# मैं गुमशुदा

# मैं गुमशुदा

पाट्रिक मोदियानो

राजपाल

अनुवाद

**मोनिका सिंह**

PAP TAGORE

www.bibliofrance.in

"The Work is published with the support of the Publication Assistance Programmes of the Institut Français"

स्थापित 1912
100 वर्षों की
श्रेष्ठ प्रकाशन परम्परा
राजपाल

₹ 245

ISBN : 9789350643402

प्रथम संस्करण : 2016



MAIN GUMSHUDA (Novel) by Patrick Modiano

(Hindi edition of *Rue Des Boutiques Obscures*)

मुद्रक : रेकमो प्रेस लिमिटेड, नयी दिल्ली

**राजपाल एण्ड सन्ज़**

1590, मदरसा रोड, कश्मीरी गेट, दिल्ली-110006

फोन : 011-23869812, 23865483, फैक्स : 011-23867791

e-mail : sales@rajpalpublishing.com

www.rajpalpublishing.com

www.facebook.com/rajpalandsons

*रूडी के लिए,*

*मेरे पिता के लिए*

इस उपन्यास के प्रमुख पात्र :

*गी रोलाँ*

*पेद्रो मैकएवाय*

*सी. एम. ह्यूट*

*सोनाशिट्ज़े*

*फ्रेडी हावर्ड द ल्यूज़*

*गे ओरलो*

*देनीज़ कुद्रज़*

*पोरफीरियो रूबीरोज़ा*

*डेडे विल्डमर*

*आलेख द व्रेजे*

*बॉब बस्सों*

[इस उपन्यास में कई जगहों पर 'मुँस्यूर' शब्द का प्रयोग किया गया है। इस शब्द का फ्रेंच भाषा में अर्थ 'श्री' होता है तथा इसका उपयोग पुरुषों को सम्बोधित करने के लिए भी किया जाता है।]

# 1

मैं कुछ भी नहीं हूँ। कॉफ़ी हाउस के बाहर की टेबल पर एक धुँधले से साये के अलावा कुछ भी नहीं। उस शाम मैं बारिश के थमने का इन्तज़ार कर रहा था—बौछार ठीक उसी वक्त शुरू हुई थी जिस वक्त ह्यूट मुझसे विदा ले रहे थे।

कुछ घंटों पहले हम लोग अन्तिम बार एजेन्सी के परिसर में मिले थे। ह्यूट हमेशा की तरह अपनी विशालकाय मेज़ पर बैठे हुए थे लेकिन कोट पहने हुए जिससे यह एहसास बरकरार था कि उनके जाने की घड़ी आ गयी है। मैं उनके सामने उस कुर्सी पर बैठा हुआ था जो हम ग्राहकों के लिए रखते थे। दूधिया लैम्प की चटक रोशनी से मेरी आँखें चौंधिया रही थीं।

''तब ऐसा है...गी...अब बस...,'' ह्यूट ने आह भर कर कहा।

एक फ़ाइल टेबल पर पड़ी हुई थी। शायद यह छोटे कद वाले उस आदमी की हो...जिसके बाल भूरे थे और सूजे चेहरे पर हमेशा आतंकित भाव रहता था और जिसने हमें अपनी बीवी का पीछा करने का ज़िम्मा दिया था। दोपहर में उसकी बीवी किसी अन्य छोटे कद...भूरे बाल...स्थूल चेहरे वाले आदमी से विताल मार्ग पर पॉल दूमे एवेन्यू के साथ वाली सड़क पर स्थित होटल में मिली थी।

ख़यालों में मग्न ह्यूट ने अपनी दाढ़ी सहलायी...करीने से कटी हुई अधपकी दाढ़ी...लेकिन जो पूरे गालों को ढके हुए थी। उनकी बड़ी निर्मल आँखें कहीं धुँधलके में खोयी हुई थीं। टेबल की बायीं तरफ़ बेंत की कुर्सी थी जिस पर काम करते वक्त मैं बैठता था। ह्यूट के पीछे...गहरे रंग की लकड़ी

के आलों ने आधी से ज़्यादा दीवार ढक रखी थी, उन पर पिछले पचास वर्षों की हर किस्म की वार्षिकियाँ और टेलीफ़ोन डायरेक्टरी क्रम से रखी हुई थीं।

ह्यूट मुझसे अक्सर कहते थे कि ये सब इस काम के अनमोल उपकरण हैं जिनसे वह कभी जुदा नहीं होते थे। और यह भी कहते थे कि इन डायरेक्टरी और वार्षिकियों ने सबसे कीमती और मर्मस्पर्शी संग्रह बनाया था जो किसी के पास हो सकता था क्योंकि इनके पन्नों में उल्लेख था : इन्सानों, घटनाओं तथा लुप्त हो गयी दुनिया का जिसकी वे इकलौती गवाह थीं।

''इन सब वार्षिकियों का आप क्या करेंगे?'' हाथ से उन आलों की ओर इशारा करते हुए मैंने पूछा।

''मैं इन्हें यहीं छोड़ रहा हूँ, इस फ्लैट को रखूँगा।''

उन्होंने अपने चारों तरफ़ उड़ती सी निगाह डाली। दरवाज़ा जो साथ लगे हुए छोटे कमरे को जोड़ता था, उसके दोनों पल्ले खुले हुए थे जिससे उसमें रखा हुआ मखमल का घिसा पुराना सोफ़ा, चिमनी और एक आइने में करीने से रखी हुई वार्षिकियाँ और डायरेक्टरी तथा ह्यूट का प्रतिबिम्ब नज़र आ रहा था। इसी कमरे में अक्सर ग्राहक हमारा इन्तज़ार किया करते थे। फ़र्श को एक फ़ारसी कालीन ढके हुए था। खिड़की के पास दीवार पर एक तस्वीर टँगी हुई थी।

''आप क्या सोच रहे हैं, गी?''

''कुछ नहीं। तब आप किराया देना ज़ारी रखेंगे?''

''हाँ। मैं समय-समय पर पेरिस आता रहूँगा और यह एजेन्सी मेरे पैरों तले की ज़मीन होगी।''

उन्होंने सिगरेट केस मेरी तरफ़ बढ़ाया।

''एजेन्सी को जस का तस रखना मुझे कम तकलीफ़देह लगता है।''

आठ वर्षों से ज़्यादा गुज़र गये थे हमें साथ काम करते हुए। उन्होंने ही 1947 में इस डिटेक्टिव एजेन्सी की नींव डाली थी। और मुझसे पहले कई लोगों के साथ काम किया था। हमारा काम, जैसा कि ह्यूट हमेशा कहा करते

थे, अपने ग्राहकों के लिए दीन-दुनिया की खबरें जुटाने का था। उनके अनुसार सब कुछ ऐसे ही चलता था जैसा भद्रलोक में चलता है।

"आपको यकीन है कि आप नीस (दक्षिण फ्रांस का एक शहर) में रह पायेंगे?"

"बिलकुल।"

"आपका मन लग जायेगा?"

"एक न एक दिन तो सेवानिवृत्त होना ही पड़ता है गी।"

बोझिल से वह उठे। ह्यूट का वज़न ज़रूर सौ किलो से अधिक होगा और कद छः फीट तीन इंच के करीब।

"मेरी ट्रेन 10:55 पर है। हमारे पास थोड़ा वक्त है, चलिये कुछ पीते हैं।"

वह गलियारे में बढ़े जो स्वागत कक्ष में जाकर खुलता था। हल्की बादामी दीवारों वाला एक अजीब गोलाकार सा कक्ष। काले रंग का एक ब्रीफकेस ज़मीन पर रखा हुआ था जो इतना भरा हुआ था कि बन्द करना मुश्किल था। ह्यूट ने उसे उठाया और दूसरे हाथ के सहारे से एक बाँह के अन्दर दबा लिया।

"आपके पास कोई सामान नहीं है?"

"मैंने सब कुछ पहले ही भिजवा दिया है।"

ह्यूट ने बाहरी दरवाज़ा खोला और मैंने हॉल की बत्ती बुझायी। बाहर निकल कर दरवाज़ा बन्द करने से पहले ह्यूट एक पल को ठिठके, फिर धड़ से बन्द होने की आवाज़ से मेरे दिल में हूक सी उठी।

"दिल बैठा जा रहा है न गी?" ह्यूट ने मुझसे कहा। अपने कोट की जेब से उन्होंने एक बड़ा सा रूमाल निकाल लिया था, जिससे वह अपना माथा पोंछ रहे थे।

दरवाज़े पर अभी भी काले संगमरमर की आयताकार तख्ती लगी हुई थी, जिस पर चमचमाते सुनहरे अक्षरों में खुदा था :

सी. एम. ह्यूट
*प्राइवेट डिटेक्टिव एजेन्सी*

''इसको छोड़ रहा हूँ,'' ह्यूट ने मुझसे कहा। फिर उन्होंने ताले में चाभी घुमायी।

हम लोग नील एवेन्यू पर चलते हुए पेरेरा चौक तक पहुँचे। शाम ढल चुकी थी, हवा में गरमाहट थी। पेरेरा चौक पर हम लोग ऑरतेन्सियास के बाहर रखी कुर्सियों पर बैठ गये। ह्यूट को यह कॉफ़ी हाउस बहुत पसन्द था क्योंकि यहाँ की कुर्सियाँ बेंत की थीं 'पहले की तरह'।

''और आप, गी, आप क्या करेंगे?'' पानी का एक घूँट भर कर उन्होंने मुझसे पूछा।

''मैं? मैं किसी का पीछा कर रहा हूँ।''

''पीछा?''

''हाँ। अपने अतीत का पीछा।'' यह वाक्य मैंने ऐसे गर्वीले अंदाज़ में कहा था कि वह मुस्कुराने लग गये।

''मैं हमेशा से यह मानता आया था कि एक दिन आप अपना अतीत तलाश करेंगे।'' इस बार वह गम्भीर थे और यह बात मेरे दिल को छू गयी।

''लेकिन सोच लीजियेगा गी, पर क्या सच में यह तलाश इतना कष्ट उठाने लायक है...''

वह चुप बैठे रहे। किन ख़यालों में डूबे हुए थे? अपने अतीत के?

''मैं आपको एजेन्सी की एक चाभी दे रहा हूँ। समय-समय पर आप यहाँ आ सकते हैं। इससे मुझे खुशी होगी।'' उन्होंने मेरी तरफ़ चाभी बढ़ायी जिसे मैंने अपनी जेब में सरका लिया।

''और मुझे फोन करते रहियेगा नीस में। मुझे खोज-खबर देते रहियेगा... अपने अतीत के बारे में...''

वह उठे और मुझसे हाथ मिलाया।

"आप चाहें तो मैं आपको ट्रेन में बिठाने चल सकता हूँ?"

"ना...नहीं...इतना दुखद है यह..."

एक लम्बा डग भरकर वह कॉफ़ी हाउस से बाहर निकल गये, मुड़ कर देखने से बच रहे थे, और मुझे अपने भीतर खालीपन महसूस होने लगा। इस आदमी की अहमियत मेरे लिए बहुत ज़्यादा थी। बगैर उनके, बिना उनकी मदद के, मेरा क्या होता यह सोच कर हैरान हो जाता हूँ, दस साल हो गये, जब एक ही झटके में मेरी याददाश्त खो गयी थी और मैं कोहरे में भटक रहा था। मेरी कहानी सुन कर उनका मन पिघल गया था और उनकी जान-पहचान की बदौलत मुझे बतौर नागरिक एक पहचान मिली।

"लीजिये," एक बड़ा सा लिफ़ाफ़ा, जिसमें एक पहचान-पत्र और एक पासपोर्ट था, उसे खोलते हुए उन्होंने मुझसे कहा था, "आज से आपका नाम 'गी रोलाँ' है।"

और उन्होंने, वह डिटेक्टिव जिससे मैं मशविरा करने आया था ताकि वह अपना कौशल मेरे अतीत के साक्ष्यों व निशानियों की तलाश में लगा दे, आगे कहा—

"मेरे प्रिय 'गी रोलाँ', इस क्षण के आगे, अब पीछे पलट कर मत देखियेगा। वर्तमान और भविष्य के बारे में सोचिये। मैं आपको अपने साथ काम करने का प्रस्ताव दे रहा हूँ..."

अगर उन्हें मुझसे हमदर्दी थी तो इसलिए कि उन्होंने भी—यह मुझे बाद में मालूम हुआ था—अपना नामोनिशां खो दिया था और उनके जीवन का एक खासा हिस्सा एक झटके में अँधेरे में समा गया था, बिना कोई सुराग छोड़े हुए जो राह दिखाती, बगैर किसी डोर के जिससे उनके अतीत की कड़ी जुड़ जाती। अन्यथा क्या समानता थी इस क्लांत वृद्ध आदमी में और गुज़रे हुए दौर के उस टेनिस खिलाड़ी में, खूबसूरत सुनहरे बालों वाले बाल्टिक नवाब कान्सतोन्ताँ वाँ ह्यूट में आखिर, जिसे मैं रात के अँधेरे में दूर जाते हुए देख रहा हूँ, उधड़ा हुआ कोट पहने, एक मोटा सा काला ब्रीफकेस लिये?

# 2

"हेलो। मुँस्यूर पॉल सोनाशिट्ज़े बोल रहे हैं?"

"जी बोल रहा हूँ"

"मैं गी रोलाँ बोल रहा हूँ... आप जानते हैं...वही..."

"हाँ...बिलकुल, मैं जानता हूँ। क्या हम मिल सकते हैं?"

"जैसा आप चाहें..."

"आज शाम... नौ बजे... क्या ख़याल है, आनातोल-द-ला-फोर्ज मार्ग पर? आपके लिए ठीक रहेगा?"

"एकदम।"

"मैं आपका इन्तज़ार करूँगा... मिलते हैं फिर।"

उन्होंने झटके से फोन काटा, मेरे माथे के कोरों से पसीना टपक रहा था। मैंने हौसला बनाये रखने के लिए एक गिलास कोन्याक पी रखी थी। क्यों आख़िर, फोन का एक नम्बर मिलाने जैसी मामूली सी चीज़, मेरे भीतर इतनी पीड़ा और डर पैदा कर देती है?

आनातोल-द-ला-फोर्ज मार्ग के बार में कोई ग्राहक नहीं था और वह शाम के औपचारिक परिधान में काउन्टर के पीछे खड़े थे।

"आपने सही वक्त चुना" उन्होंने कहा। "मेरी हर बुधवार की शाम छुट्टी होती है।"

वह मेरी तरफ़ बढ़े और मेरे कन्धे पर हाथ रखा।

"मैंने आपके बारे में बहुत सोचा।"

"शुक्रिया।"

"दरअसल इस ख़याल ने मुझे जकड़ रखा है, जानते हैं आप..."

मैं उनसे कहना चाहता था कि वह मेरे विषय में इतनी फ़िक्र न करें, मगर ज़ुबान जैसे चिपक गयी हो।

"आख़िर में मेरा मानना है कि आप ज़रूर किसी ऐसे की संगत में रहते होंगे जिससे एक दौर में मैं अक्सर मिलता रहा होऊँगा...मगर कौन?"

उन्होंने सिर हिलाया।

"आप मुझे हल्का सा इशारा दे सकते हैं?"

"नहीं।"

"क्यों?"

"मुझे कुछ भी याद नहीं है।"

उन्हें लगा कि मैं मज़ाक कर रहा था और जैसे कि यह कोई खेल हो या कोई पहेली, उन्होंने कहा—

"अच्छा। मैं अकेले ही कोई उपाय निकालूँगा। आप मुझे खुली छूट देंगे?"

"जैसा आप चाहें।"

"तब फिर आज शाम को, मैं आपको रात के खाने पर एक दोस्त के यहाँ लेकर चलता हूँ।"

बाहर निकलने से पहले, झटके से उन्होंने बिजली के मीटर का हत्था नीचे किया और लकड़ी के विशालकाय दरवाज़े के ताले को चाभी से कई बार घुमा कर बन्द किया।

उनकी गाड़ी सामने वाले फुटपाथ पर लगी हुई थी। काले रंग की नयी गाड़ी। उन्होंने अदब से मेरे लिए दरवाज़ा खोला।

" 'वील-दावरे' और 'सैं क्लूद' के छोर पर मेरे इस दोस्त का एक सुन्दर सा रेस्तराँ है।"

"और हम लोग उतनी दूर जायेंगे?"

"जी।"

आनातोल-द-ला-फोर्ज मार्ग से हम लोग ग्राँत-आरमे एवेन्यू पर निकले और मेरा एकदम से मन किया कि गाड़ी से कूद जाऊँ। 'वील-दावरे' पहुँचना मुझको दुर्गम लग रहा था। लेकिन हौसला बाँधे रखना ज़रूरी था।

जब तक हम लोग 'सैं क्लूद गेट' तक नहीं पहुँच गये, मुझको अपने भीतर की उस घबराहट से लड़ना पड़ रहा था जो मुझे अपनी गिरफ़्त में जकड़े जा रही थी। इस शख्स सोनाशिट्ज़े को, मैं मुश्किल से जानता था। कहीं वह मुझे किसी जाल में तो नहीं फँसा रहा? लेकिन धीरे-धीरे, उनकी बातें सुनते हुए, मैं शान्त पड़ गया था। वह मुझे अपने व्यावसायिक जीवन के विभिन्न पड़ावों के बारे में बता रहे थे। सबसे पहले उन्होंने एक रूसी 'डिस्को बार' में काम किया था, फिर शाँज़-एलिज़े के बागों में स्थित लाँजे रेस्तराँ में, उसके बाद कॉम्बो मार्ग के होटल कास्तीय में, इसके अलावा आनातोल-द-ला-फोर्ज मार्ग पर स्थित इस बार की बागडोर सँभालने से पहले, वह कई और जगहों पर रह चुके थे। हर बार उन्हें अर्त्तर, यह मित्र जिसके यहाँ हम लोग जा रहे थे, वह मिल जाते थे, कुछ यूँ कि तकरीबन इन बीस बरसों में इन लोगों की जोड़ी बन गयी थी। अर्त्तर की भी याददाश्त अच्छी थी। साथ मिल कर ये दोनों, निस्संदेह उस 'पहेली' का हल ढूँढ निकालेंगे जो मैं पूछ रहा था।

सोनाशिट्ज़े बहुत सावधानी से गाड़ी चला रहे थे और हमें लगभग पौन घंटा लग गया अपनी मंज़िल तक पहुँचने में।

एक किस्म का बँगला था, जिसके बायें हिस्से को बेदमजनूँ (बेंत की तरह पतली लचकदार, ज़मीन छूती शाखाओं वाला वृक्ष) ने ढक रखा था। दाहिनी तरफ़, मुझे सदाबहार का झुरमुट नज़र आ रहा था। रेस्तराँ का भोजन-कक्ष खूब बड़ा था। पीछे से, जहाँ पर एक भड़कीली बत्ती जल रही थी, उधर से एक आदमी लम्बे डग भरते हुए हमारी ओर आ रहा था। उसने मेरी तरफ़ हाथ बढ़ाया।

''आपसे मिल कर खुशी हुई, मुँस्यूर। मैं जाँ अर्त्तर हूँ।''

फिर सोनाशिट्ज़े से मुख़ातिब होते हुए कहा—

''हेलो, पॉल।''

वह हमें कमरे के कोने में ले गया। खाने की मेज़ तीन लोगों के लिए सजी हुई थी, उसके बीचोंबीच एक गुलदस्ता रखा था।

उसने एक काँच के बड़े दरवाज़े की ओर इशारा किया—

''मेरे कुछ असामी हैं दूसरे वाले बँगले में। शादी का जश्न है।''

''आप यहाँ पहले कभी नहीं आये?'' सोनाशिट्ज़े ने मुझसे पूछा।

''नहीं।''

''जाँ, इन्हें ज़रा जगह दिखाओ।''

''अर्त्तर मेरे आगे एक बरामदे में बढ़े, जहाँ से एक पोखर दिख रहा था। बायीं तरफ़ चीनी शैली की एक छोटी बेंत की पुलिया, पोखर के दूसरी तरफ़, दूसरे वाले बँगले की ओर जा रही थी। खिड़कीनुमा दरवाज़े भड़कीली रोशनी से जगमग थे और मैं उनके पीछे से आते-जाते जोड़ों को देख रहा था। सभी नाच रहे थे। वहाँ से संगीत की धुनें, टुकड़ों में हम तक पहुँच रही थीं।

''ज़्यादा लोग नहीं हैं,'' उसने कहा, ''और मेरे ख़याल से शादी के इस जश्न का अन्त भोग-विलास से होगा।''

उसने कन्धे उचकाये।

''आपको गर्मियों में यहाँ ज़रूर आना चाहिये। हम लोग रात का खाना बरामदे में खाते हैं। बड़ा सुहावना लगता है।''

हम लोग रेस्तराँ में लौट आये और अर्त्तर ने खिड़कीनुमा दरवाज़ा बन्द कर लिया।

''मैंने आप लोगों के लिए सादा खाना बनवाया है।''

उसने हमें इशारे से बैठने के लिए कहा। वे दोनों एक-दूसरे के बगल में बैठ गये, मेरे सामने।

''आप क्या पीना चाहेंगे?'' अर्त्तर ने मुझसे पूछा।

''वही जो आप पियेंगे ।''

''शातो-पथ्रु?''

''बहुत अच्छा सुझाव है, जाँ,'' सोनाशिट्ज़े ने कहा।

सफ़ेद जैकेट में एक युवक हमारी ख़ातिरदारी में लगा हुआ था। दीवार पर लगे कंदील की रोशनी सीधे मुझ पर पड़ रही थी जिससे मेरी आँखें चौंधिया रही थीं। बाकी दोनों छाया में थे, ज़ाहिर था कि मुझे इस जगह पर इसलिए बिठाया गया था ताकि मुझको अच्छी तरह पहचाना जा सके।

''तो फिर, जाँ?''

अर्त्तर ने खाना शुरू कर दिया था और थोड़ी-थोड़ी देर में मुझ पर एक पैनी नज़र डाल रहा था। सोनाशिट्ज़े की तरह उसके बाल भी गहरे रंग के थे और वह भी उन्हें रंगता था। दाग़दार त्वचा, भरे गाल और खाने-पीने के शौकीनों की तरह पतले होंठ।

''हाँ, हाँ...,'' वह फुसफुसाया।

रोशनी की वजह से मेरी आँखें झपक रही थीं। उसने हमारे गिलासों में वाइन उँड़ेली।

''हाँ, मुझे यकीन है कि मैंने जनाब को पहले देखा है...''

''अच्छी-खासी पहेली है'' सोनाशिट्ज़े ने कहा। ''जनाब हमें कोई सुराग देने को भी तैयार नहीं हैं...''

ऐसा लगा जैसे अचानक उन्हें कोई बात सूझी।

''लेकिन शायद आप चाह रहे हों कि हम इस बारे में और बात न करें? क्या आप 'अज्ञात' बने रहना चाहते हैं?''

''बिलकुल भी नहीं,'' मैंने मुस्कुराते हुए कहा।

युवक हमारे लिए कुछ कबाब लेकर आया।

''आपका पेशा क्या है?'' अर्त्तर ने मुझसे पूछा।

''आठ सालों तक मैंने एक निजी जासूसी संस्था में काम किया है, सी.

एम. ह्यूट की एजेन्सी में।''

वे दोनों चकित होकर मुझको घूरते रहे।

''लेकिन इसका मेरे पिछले जीवन से कोई वास्ता नहीं है। इसलिए इस पर गौर न करें।''

''ताज्जुब है,'' अर्त्तर ने मुझे घूरते हुए कहा, ''आपकी उम्र का अंदाज़ा लगाना मुश्किल है।''

''निस्संदेह मेरी मूँछों की वजह से।''

''बगैर मूँछों के शायद हम आपको झट से पहचान लें,'' सोनाशिट्ज़े ने कहा।

और उन्होंने मेरी ओर हाथ बढ़ाया, हथेली को बिलकुल मेरी नाक के नीचे रखा, मेरी मूँछों को छुपाने के लिए और इस तरह आँखें मिचकाते रहे जैसे कोई चित्रकार अपने प्रतिमान के सामने हो।

''जितना ही मैं जनाब को देख रहा हूँ उतना ही मुझे लग रहा है कि ये निशाचरों की उस मंडली में रहते थे...,'' अर्त्तर ने कहा।

''लेकिन कब?'' सोनाशिट्ज़े ने पूछा।

''ओह... काफ़ी अरसा पहले...एक ज़माना गुज़र गया है जब हम नाइट क्लब में काम करते थे, पॉल...''

''तुम्हें लगता है कि यह उस ज़माने की बात है, जब हम तानाग्रा में काम करते थे?''

अर्त्तर मुझे अपनी भेदती नज़रों से घूरे जा रहा था।

''माफ़ कीजियेगा,'' उसने मुझसे कहा। ''आप एक मिनट के लिए खड़े हो सकते हैं?''

मैंने हुक्म की तामील की। वह मुझे ऊपर से नीचे, नीचे से ऊपर देखता रहा।

''हाँ, आपको देख कर एक ग्राहक की याद आ रही है। आपका कद...

ठहरिये... ''

अपना हाथ ऊपर को उठाये हुए वह जड़वत था जैसे कि किसी ऐसी चीज़ को पकड़े रहने की कोशिश कर रहा हो जिसका पलक झपकते ही विलीन हो जाने का खतरा हो।

''ठहरिये एक मिनट...ठहरिये... याद आ गया, पॉल...''

उसके होंठों पर एक विजयी मुस्कान थी।

''आप बैठ सकते हैं अब...''

वह खुशी से झूम रहा था। उसे यकीन था कि जो वह कहने जा रहा है उसका असर हो कर रहेगा। उसने बड़े अंदाज़ से सोनाशिट्ज़े और मेरे गिलास में मदिरा ढाली।

''तो ऐसा है कि...आप हमेशा एक ऐसे आदमी के साथ रहते थे, जो आपके जितने ही लम्बे थे...शायद थोड़े और लम्बे...कुछ याद आ रहा है पॉल ?''

''लेकिन तुम कब की बात कर रहे हो ?'' सोनाशिट्ज़े ने पूछा।

''तानाग्रा के ज़माने की, और क्या...''

''इनके जैसा ही लम्बा आदमी ?'' सोनाशिट्ज़े ने अपने आप से कहा। ''तानाग्रा में ?''

''तुम्हें याद नहीं आ रहा ?'' अर्त्तर ने कन्धे उचकाये।

अब की बार विजयी मुस्कान बिखेरने की बारी सोनाशिट्ज़े की थी। वे सिर हिला रहे थे।

''आ रहा है कुछ-कुछ...''

''हाँ, तब ?''

''स्तीयोप्पा।''

''बिलकुल सही। स्तीयोप्पा...''

सोनाशिट्ज़े मेरी तरफ़ मुड़ चुके थे।

''आप जानते हैं स्तीयोप्पा को?''

''शायद,'' मैंने एहतियातन कहा।

''बिलकुल जानते थे...,'' अर्त्तर ने कहा। ''आप अक्सर स्तीयोप्पा के साथ रहते थे...मुझे पूरा यकीन है इस बात का...''

''स्तीयोप्पा...''

जिस अंदाज़ से सोनाशिट्ज़े यह नाम उच्चारित कर रहे थे, ज़ाहिर था कि यह एक रूसी नाम था।

''वही जो हमेशा ऑर्केस्ट्रा बैंड से एक धुन बजाने का अनुरोध करते थे : आलावेरदी...,'' अर्त्तर ने कहा। ''कोकेशिया का एक गीत...''

''आपको याद है?'' सोनाशिट्ज़े ने खूब ज़ोर से मेरी कलाई दबाते हुए कहा—''आलावेरदी...''

वह सीटी में उसकी धुन निकालने लग गये, उनकी आँखों में चमक थी। यकायक मैं भावुक हो गया था। धुन मुझे जानी-पहचानी लग रही थी।

ठीक इसी समय, बैरा जो हमें परोस रहा था, अर्त्तर के करीब आया और उसे इशारे से हॉल के कोने की तरफ़ कुछ दिखाया। अँधेरे में एक टेबल पर, एक औरत अकेली बैठी हुई थी। हल्के नीले रंग की पोशाक पहने हुए थी और अपनी ठोड़ी को हथेलियों में थाम रखा था। किन सपनों मे गुम थी?

''दुल्हन है।''

''वह यहाँ क्या कर रही है?'' अर्त्तर ने पूछा ।

''मुझे नहीं पता,'' बैरे ने कहा।

''तुमने उससे पूछा कि उसे किसी चीज़ की ज़रूरत तो नहीं?''

''ना। नहीं। उसे कुछ नहीं चाहिये।''

''और बाकी लोग?''

''उन्होंने फिर से शैम्पेन की दसियों बोतलें मँगवायी हैं।''

अर्त्तर ने कन्धे उचकाये।

''मेरा इससे कोई लेना-देना नहीं।''

और सोनाशिट्ज़े, जिन्होंने 'दुल्हन' की तरफ़ कोई ध्यान नहीं दिया था, न ही इस पर कि वह क्या कह रहा था, मुझसे अपना सवाल दोहराया :

''तब...स्तीयोप्पा...आपको स्तीयोप्पा याद है?''

वह इतने बेचैन थे कि आखिरकार मैंने उन्हें जानबूझ कर एक रहस्यमयी मुस्कुराहट के साथ जवाब दिया :

''जी, जी। थोड़ा-थोड़ा...''

वह अर्त्तर की ओर मुख़ातिब हुए और उससे संगीन लहज़े में कहा :

''इन्हें स्तीयोप्पा याद हैं।''

''जैसा कि मैं सोच रहा था।''

सफ़ेद जैकेट में बैरा, थोड़ा लजाया हुआ सा, अर्त्तर के सामने बुत जैसा खड़ा था।

''मुँस्यूर, मुझे लग रहा है वे लोग कमरे माँगने वाले हैं...क्या करना चाहिये ऐसे में?''

''मुझे लग रहा था,'' अर्त्तर ने कहा ''कि शादी के इस जश्न का अन्त बुरा होने वाला है...तो, भाई मेरे, करें जो करना है उन्हें। हमें इससे कोई मतलब नहीं है...''

टेबल पर वहाँ, दुल्हन मूर्त्तवत बैठी हुई थी। उसने अपनी बाँहें बाँध लीं थीं अब।

''मैं समझ नहीं पा रहा हूँ कि वह यहाँ पर अकेली क्यों बैठी हुई है,'' अर्त्तर ने कहा। ''खैर, हमें इससे बिलकुल कोई लेना-देना नहीं है।''

और अपना हाथ इस तरह झाड़ा जैसे कोई मक्खी उड़ा रहा हो।

''मुद्दे की बात की जाये,'' उसने कहा। तो आप मानते हैं कि स्तीयोप्पा

से आपकी जान-पहचान थी।''

''जी।'' मैंने आह भरी।

''बहरहाल, आप उसी टोली में रहते थे न...एकदम ज़िंदादिल टोली थी, है ना, पॉल?''

''ओह...,सब के सब गायब हो गये।'' सोनाशिट्ज़े ने उदास स्वर में कहा।''सिवाय आपके, मुँस्यूर...मुझको बेहद ख़ुशी है कि मुझे आपका...आपका 'पता-ठिकाना' मिल सका...आप स्तीयोप्पा की मंडली में ही रहते थे...आप किस्मत वाले हैं...वह हमारे इस आज के दौर से कहीं ज़्यादा ख़ूबसूरत दौर था, और ख़ास कर के लोग ज़्यादा अच्छे थे, आज के मुकाबले...''

''और सबसे ख़ास बात कि हम लोग जवान थे,'' अर्त्तर ने हँसते हुए कहा।

''यह किस ज़माने की बात है?'' धड़कते दिल से मैंने उनसे पूछा।

''तारीखें धुँधली पड़ गयी हैं,'' सोनाशिट्ज़े ने कहा। ''खैर, किसी भी सूरत में, किसी और युग की बात है...''

यकायक वह विह्वल हो उठे।

''कभी-कभी अजीब से इत्तफ़ाक हो जाते हैं,'' अर्त्तर ने कहा। फिर वह उठा, कमरे के एक कोने में बने छोटे से 'बार' की ओर बढ़ा और एक अख़बार लेकर, उसके पन्ने पलटते हुए, हमारी तरफ़ आया। आख़िर में, अख़बार उसने मेरी तरफ़ बढ़ाया, उसमें छपे निम्नलिखित सूचना को इंगित करते हुए :

''आपको सूचित किया जाता है कि बयानवे वर्ष की आयु में 25 अक्तूबर को 'मारी द रसाँ' का निधन हो गया है।''
पुत्री, पुत्र, पौत्र, भतीजे-भतीजियों और उनकी संतानों की ओर से।
एवं मित्रगण, जॉर्ज साशर व स्तीयोप्पा द जागोरीव की ओर से।
सेंट जेनवियेव-दे-ब्वा के कब्रिस्तान में दफ़नाने के पश्चात, प्रार्थना-सभा 4 नवम्बर सायं 4 बजे कब्रिस्तान के गिरजाघर में आयोजित है।
नवें दिन के कर्म-काण्ड का आयोजन परम्परागत रूसी गिरजाघर, 19 क्लोद-लोराँ मार्ग, 75016, पेरिस में होगा।

''कृपया इस विज्ञप्ति को एकमात्र सूचना मानें।''

''इसका मतलब स्तीयोप्पा जीवित हैं?'' सोनाशिट्ज़े ने कहा। ''आप अभी भी मिलते हैं उनसे ?''

''नहीं,'' मैंने कहा ।

''ठीक करते हैं आप। वर्तमान में जीना चाहिये। जाँ, एक और जाम हो जाये?''

''फ़ौरन लाया।''

इस क्षण के बाद, वे दोनों स्तीयोप्पा और मेरे अतीत के सन्दर्भ से एकदम उदासीन हो गये। लेकिन इससे कोई फ़र्क नहीं पड़ा, क्योंकि आख़िरकार एक सिरा मेरी पकड़ में आ गया था।

''आप मुझे यह अखबार दे सकते हैं?'' मैंने भीतर की तीव्र इच्छा को दबाते हुए सहज भाव से पूछा।

''ज़रूर।'' अर्त्तर ने कहा।

हमने आपस में जाम टकराये। इस प्रकार, बीते वक्त में, मैं जो भी रहा होऊँ, इन दो साकियों की स्मृति में उसकी हल्की परछाईं मात्र थी। हालाँकि वह भी इस स्तीयोप्पा द जागोरीव की छाप से तकरीबन मिट सी गयी थी।

और इस स्तीयोप्पा की कोई खोज-खबर इन्हें नहीं थी, 'अनन्त काल' से, जैसा कि सोनाशिट्ज़े ने कहा था।

''तो आप प्राइवेट डिटेक्टिव हैं?'' अर्त्तर ने मुझसे पूछा।

''अब नहीं रहा। मेरे मालिक ने अभी-अभी काम से छुट्टी ले ली है।''

''और आप? आपका काम ज़ारी है?''

बगैर कोई जवाब दिये, मैंने कन्धे उचकाये।

''बहरहाल, मुझे आपसे दोबारा मिलने में ख़ुशी होगी। जब भी जी चाहे, यहाँ फिर आयें।''

वह उठ गया था और हम लोगों की तरफ़ उसने अपना हाथ बढ़ाया।

''माफ़ कीजियेगा...मैं आप को बाहर का रास्ता दिखा रहा हूँ लेकिन मुझे अभी कुछ हिसाब-किताब करना बाकी है...और वे लोग...अपने भोग-विलास में लिप्त...''

उसने पोखर की दिशा में इशारा किया।

''फिर मिलेंगे, जाँ।''

''हाँ, फिर मिलते हैं, पॉल।''

किसी सोच में डूबे हुए अर्त्तर मुझे देख रहा था। धीमी सी आवाज़ में कहा :

''अब जब आप खड़े हो गये हैं, आप किसी और की याद दिला रहे हैं मुझको...''

''यह किसकी याद दिला रहा है तुमको?'' सोनाशिट्ज़े ने पूछा।

''एक ग्राहक की जो रात को बहुत देर से लौटता था, जब हम लोग होटल कास्तीय में काम करते थे...''

अबकी बार मुझे सिर से पाँव तक निहारने की बारी सोनाशिट्ज़े की थी।

''सम्भव है,'' उन्होंने कहा, ''कि आप होटल कास्तीय के कोई पुराने ग्राहक रहे हों...''

झेंपते हुए मैं हल्का सा मुस्कुराया।

सोनाशिट्ज़े ने मुझे बाँह से पकड़ा और हम लोग रेस्तराँ से निकले, हम जब आये थे, उस वक्त से अँधेरा गहरा गया था। हल्के नीले परिधान में दुल्हन अब अपनी टेबल पर नहीं थी। बाहर से, संगीत का शोर और ठहाके हमें सुनाई पड़ रहे थे, जो तालाब के दूसरी तरफ़ से आ रहे थे।

''क्या आप मुझे याद दिलाने की ज़हमत कर सकते हैं,'' मैंने सोनाशिट्ज़े से पूछा, ''वह कौन सा गाना था जिसकी फ़रमाइश हमेशा करता था वह...वह...''

''स्तीयोप्पा?''

''जी।''

वह मुखड़े की धुन गुनगुनाने लगे। फिर वह रुक गये।

''आप जा रहे हैं स्तीयोप्पा से मिलने?''

''शायद।''

उन्होंने खूब कस के मेरी बाँह जकड़ी।

''उनसे कहियेगा कि सोनाशिट्ज़े अभी भी उन्हें याद करता है।''

उनकी निगाह मुझ पर ठहरी रही...

''जाँ ठीक कह रहा था शायद। आप काम्बो मार्ग के होटल कास्तीय के कोई पुराने ग्राहक थे...याद करने का यत्न कीजियेगा...''

मैंने सिर घुमाया और गाड़ी का दरवाज़ा खोला। आगे की सीट पर गठरी बना, माथा खिड़की से टिकाये हुए, कोई बैठा था। मैं झुका और मैंने दुल्हन को झट से पहचान लिया। वह सो रही थी, उसकी नीली पोशाक जाँघों तक ऊपर उठी हुई थी।

''इसे यहाँ से बाहर निकालना पड़ेगा,'' सोनाशिट्ज़े ने कहा।

मैंने उसे हल्के से झकझोरा, मगर वह सोती रही। तब, मैंने उसको कमर से पकड़ा और गाड़ी से बाहर खींचने में कामयाब हो सका।

''कुछ भी हो हम लोग इसे इस तरह ज़मीन पर नहीं छोड़ सकते हैं,'' मैंने कहा।

मैंने उसे अपनी बाँहों में उठाया और सराय तक ले गया। उसका सिर मेरे कन्धे पर डोल रहा था और बाल मेरी गर्दन को सहला रहे थे। उसने कोई बड़ी तीखी इत्र लगायी हुई थी जो मुझको कुछ याद दिला रही थी। मगर क्या?

# 3

शाम के सवा छः बज रहे थे। मैंने टैक्सी ड्राइवर से कहा कि वह पतली सड़क, शार्ल–मारी–विदोर मार्ग में मेरा इन्तज़ार करे और मैं इस सड़क पर पैदल चलते हुए क्लोद–लोरॉं मार्ग तक आया जहाँ पर रूसी गिरजाघर स्थित था।

एक मंज़िला भवन जिसकी खिड़कियों पर महीन जाली के परदे थे। दाहिनी तरफ़, एक बहुत चौड़ी पगडंडी थी। मैं सामने वाले फुटपाथ पर तैनात हो गया।

सबसे पहले, मैंने दो महिलाओं को देखा जो भवन के सड़क की ओर वाले दरवाज़े के आगे रुक गईं। उनमें एक के छोटे और भूरे बाल थे, उसने काला ऊनी शॉल ओढ़ा हुआ था—दूसरी के सुनहरे बाल थे, खूब बनी–ठनी, स्लेटी रंग का हैट पहने थी जिसका आकार सिपाही के टोप जैसा था। मैंने उन्हें फ्रेंच में बातें करते हुए सुना।

टैक्सी से एक स्थूल वृद्ध आदमी निकला, बिलकुल गंजा, भिंची मंगोली आँखों के नीचे ढीले उभार से बन गये थे। उसने भी पगडंडी का रास्ता पकड़ा।

बायीं तरफ़, ब्वालो मार्ग की ओर से पाँच लोगों का एक झुण्ड मेरी तरफ़ बढ़ा चला आ रहा था। सबसे आगे, दो अधेड़ उम्र की महिलाएँ एक वयोवृद्ध को बाँहों का सहारा दिये थीं, एकदम सफ़ेद, दुर्बल बूढ़ा आदमी जिसे देख कर ऐसा लग रहा था जैसे सूखे सफ़ेद प्लास्टर में लिपटा हुआ हो। उनके पीछे दो आदमी चल रहे थे जिनकी शक्लें आपस में मिलती–जुलती थीं, बाप–बेटे थे, यकीनन, दोनों ने स्लेटी रंग का धारीदार ख़ूबसूरत सूट पहना हुआ था, बाप का रूप–रंग बाँके छैले जैसा, बेटे के सुनहरे, घुँघराले बाल थे। ठीक इसी समय, इस झुण्ड के आगे एक गाड़ी झटके से आकर रुकी और उसमें से एक और बूढ़ा आदमी बाहर निकला, बिलकुल सीधे कन्धे, फुर्तीला, लबादे में लिपटा, एकदम खड़े, छोटे कटे बाल। उसके भेष से, उसके फौजी होने का आभास हो रहा था। क्या यही थे स्तीयोप्पा?

वे सभी, गिरजाघर में बगल के दरवाज़े से प्रविष्ट हुए, जो पगडंडी के अन्तिम छोर पर था। मैं उनके पीछे-पीछे जाना चाहता था लेकिन मेरी उपस्थिति उनका ध्यान मेरी ओर खींच लेती। स्तीयोप्पा को न पहचान पाने के डर से मुझे अपने भीतर एक बढ़ती बेचैनी महसूस हुई।

दाहिनी तरफ़, थोड़ी दूर पर अभी-अभी एक गाड़ी आकर लगी थी। उसमें से दो आदमी, फिर एक औरत बाहर निकले। उनमें से एक आदमी बहुत लम्बा था और उसने हल्के नीले रंग का ओवरकोट पहना हुआ था। मैंने सड़क पार की और उनका इन्तज़ार करने लगा।

वे करीब आ रहे हैं, और करीब। ऐसा लग रहा है कि ऊँचे कद वाला आदमी मुझको घूरे जा रहा है, अन्य दोनों के साथ पगडंडी पर जाने से पहले। पगडंडी की ओर खुलती हुई शीशे वाली खिड़कियों के पीछे वेदी की मोमबत्तियाँ जल रही हैं। दरवाज़ा जो उसके लिए बहुत नीचा है, उसे पार करने के लिए वह झुकता है और मुझे यकीन हो चला है कि यही स्तीयोप्पा है।

~

टैक्सी का इंजन चालू था लेकिन ड्राइवर की जगह पर कोई नहीं था। गाड़ी का एक दरवाज़ा आधा खुला था, जैसे कि चालक किसी भी क्षण वापस आने वाला हो। कहाँ होगा वह? मैंने अपने चारों ओर देखा। फिर उसकी तलाश में मकानों के ब्लॉक के चक्कर काटने का इरादा किया। एकदम नज़दीक, शारदों-लागाश मार्ग के कॉफ़ी हाउस में वह मुझे मिल गया। एक मेज़ पर बैठा था , सामने एक बीयर का गिलास रखा था।

"आपको अभी काफ़ी वक्त लगेगा क्या?" उसने पूछा।

"ओह...बीस मिनट और।"

सुनहरे बाल, सफ़ेद चमड़ी, मोटे गाल और नीली निकली हुई आँखें। मैंने कभी ऐसा आदमी नहीं देखा था, जिसके कान की लोलकी इतनी मोटी हो।

"कोई दिक्कत तो नहीं अगर मैं मीटर चलता रहने दूँ?"

"कोई दिक्कत नहीं," मैंने कहा।

वह विनम्रता से मुस्कुराया।

''आपको डर नहीं है कि कोई आपकी टैक्सी चुरा लेगा?''

उसने कन्धे उचकाये।

''ओह, आप जानते हैं...''

उसने एक सैंडविच मँगवाया और मुझे टकटकी लगाये देखते हुए एहतियात से खाने लगा।

''दरअसल किसका इन्तज़ार कर रहे हैं आप?''

''कुछ दूरी पर एक रूसी गिरजाघर से कोई निकलने वाला है, उसका।''

''आप रूसी हैं?''

''नहीं।''

''बेवक़ूफ़ी है...आपको उससे पूछना चाहिये था कि वह कितने बजे निकलने वाला है...आपको कम महँगा पड़ता...''

''कोई फ़र्क नहीं पड़ता।''

उसने बीयर का एक और गिलास मँगवाया।

''आप मेरे लिए एक अखबार ला सकते हैं?'' उसने कहा।

वह अपनी जेब में सिक्के ढूँढने का जतन कर रहा था लेकिन मैंने उसे रोक दिया।

''रहने दीजिये...''

''शुक्रिया। आप मेरे लिए *ल एरीसों* (एक अखबार) लेते आइयेगा। अच्छा...फिर से शुक्रिया।''

काफ़ी देर तक भटकने के बाद आवेन्यू द वेर्सायी (सड़क का नाम) में एक अखबार वाला मिला। *ल एरीसों* के पन्ने हरे रंग के थे।

भवें सिकोड़ते, जीभ से तर्जनी गीली कर पन्ने पलटते हुए वह अखबार

पढ़ता रहा। और मैं, नीली आँखों, सफ़ेद चमड़ी, सुनहरे बालों वाले इस मोटे आदमी को अपना हरा अखबार पढ़ते देखता रहा।

मेरी हिम्मत नहीं हो रही थी कि मैं उसके पठन में व्यवधान डालूँ। आखिरकार, उसने अपनी छोटी सी कलाई घड़ी देखी ।

''अब जाना चाहिये।''

शार्ल-मारी-विदोर मार्ग पर वह अपनी टैक्सी के अन्दर ड्राइवर की जगह पर काबिज़ हो गया और मैंने उससे इन्तज़ार करने को कहा। फिर से एक बार, मैं रूसी गिरजाघर के सामने वाले फुटपाथ पर तैनात हो गया।

वहाँ कोई नहीं था। शायद वे सभी जा चुके थे? इस स्थिति में मेरे लिए किसी भी विधि से स्तीयोप्पा द जागोरीव के निशाँ ढूँढ पाना नामुमकिन था क्योंकि इस नाम का उल्लेख पेरिस की डायरेक्टरी में नहीं था। खिड़कियों के पीछे बड़ी मोमबत्तियाँ अभी भी जल रहीं थीं। क्या मेरी जान-पहचान इस वृद्ध महिला, जिसके अन्तिम संस्कार रस्म अदा हो रही है, से हुई होगी? अगर स्तीयोप्पा से मेरी मुलाकातें होती थीं, तब संभव है कि उन्होंने मुझे अपने दोस्तों से मिलवाया होगा और इस मारी द रसाँ से तो निश्चित ही। वे उम्र में हम लोगों से काफ़ी बड़ी रही होंगी उस दौर में।

जिस दरवाज़े से उन लोगों ने प्रवेश किया था और जो उन्हें उपासना स्थल तक ले जाता था, जहाँ पर रस्म पूरी की गयी थी, वह दरवाज़ा जिस पर मैं नज़रें गड़ाये हुए था, वह एकदम से खुला, और उसमें दिखी सुनहरे बालों वाली, सिपाही जैसी टोपी पहने महिला। उसके पीछे थी काली शॉल ओढ़े, भूरे बालों वाली महिला। उसके बाद धारीदार स्लेटी सूट पहने बाप-बेटे, प्लास्टर में लिपटे बूढ़े आदमी को सहारा देते हुए जो मंगोली नैन-नक्श वाले, मोटे, गंजे आदमी की ओर झुका हुआ था, अपने साथी के कान से मुँह लगभग चिपकाये हुए : प्लास्टर वाले बूढ़े आदमी की आवाज़ फुसफुसाहट से ज़्यादा नहीं थी। बाकी लोग पीछे-पीछे थे। धड़कते दिल से मैं स्तीयोप्पा को घूरे जा रहा था।

आखिरकार वह बाहर आये, सबसे बाद में निकलने वालों में वह थे। वे संख्या में बहुत ज़्यादा थे, कोई चालीस के करीब लेकिन उनका ऊँचा कद

और हल्के नीले रंग के ओवरकोट ने उन्हें नज़रों से ओझल नहीं होने दिया। अधिकांश उम्रदराज़ थे परंतु मैंने गौर किया कि कुछ जवान महिलायें और दो बच्चे भी थे। सभी पगडंडी पर ठहरे हुए थे और आपस में बातें कर रहे थे।

लग रहा था जैसे किसी आँचलिक विद्यालय का प्राँगण हो। उन लोगों ने प्लास्टर जैसी त्वचा वाले बूढ़े आदमी को एक बेंच पर बिठा दिया था और बारी-बारी से सभी आ कर उनका अभिवादन कर रहे थे। कौन थे वह? अखबार की विज्ञप्ति में नामित 'जॉर्ज साशर'? या 'पाज स्कूल' के कोई पुराने विद्यार्थी? संभवत: इनका और दिवंगत मारी द रसाँ का कोई अल्पकालिक प्रेम-संबंध रहा हो, पीटर्सबर्ग में या काले सागर के किनारे, सब कुछ टूट के बिखरने से पहले? मंगोली आँखों वाला मोटा गंजा आदमी भी लोगों से घिरा हुआ था। धारीदार स्लेटी सूट पहने बाप-बेटे एक झुण्ड से दूसरे झुण्ड, दूसरे झुण्ड से तीसरे झुण्ड तक जा रहे थे, जैसे नर्तकों का जोड़ा एक मेज़ से दूसरी मेज़ तक लहरा रहा हो। वे आत्ममुग्ध दिख रहे थे, बाप थोड़ी-थोड़ी देर पर सिर पीछे झटक कर हँस रहा था, जो कि मुझको असंगत लग रहा था।

वहीं पर, स्तीयोप्पा, उस महिला से गंभीरतापूर्वक बातचीत करने में मशगूल थे, जिसने स्लेटी रंग का सिपाही जैसा हैट पहन रखा था। उन्होंने अपना हाथ शालीनता से स्नेहपूर्वक उसकी बाँह और उसके कन्धे पर रखा हुआ था। वह निश्चित ही बड़े सुदर्शन पुरुष रहे होंगे। मेरे मुताबिक लगभग सत्तर वर्ष के होंगे। उम्र की वजह से चेहरा थोड़ा सूज गया था, उड़ते बाल, लेकिन खड़ी नाक और सीधी गर्दन किसी ऊँचे खानदानी घराने से ताल्लुक होने का संकेत दे रहे थे। कम से कम दूर से कुछ ऐसा था मेरा अनुमान।

समय बीता जा रहा था। करीब आधा घंटा गुज़र चुका था और वे अभी भी बातें कर रहे थे। मुझे डर लग रहा था कि उनमें से किसी एक का ध्यान वहाँ फुटपाथ पर खड़े मुझ पर खिंचेगा ही। और टैक्सी ड्राइवर? बड़े-बड़े डग भरता हुआ मैं शार्ल द मारी विदोर मार्ग पर आ गया। इंजन अभी भी चालू था और वह अपने हरे अखबार में डूबा हुआ चालक सीट पर बैठा हुआ था।

"क्या हुआ?" उसने पूछा।

"मैं नहीं जानता," मैंने कहा, "अभी भी शायद एक घंटा और इन्तज़ार

करना पड़ेगा।''

''आपका दोस्त अभी तक गिरजाघर से बाहर नहीं निकला।''

''निकला, लेकिन वह बाकी लोगों से गपशप कर रहा है।''

''और आप उससे आने के लिए नहीं कह सकते?''

''नहीं।''

उसकी मोटी, नीली आँखें चिन्तित भाव लिए मुझ पर टिकी हुई थीं।

''आप फ़िक्र मत कीजिये,'' मैंने कहा।

''वह तो मैं आपके लिए...मैं टैक्सी का मीटर चलते रहने देने के लिए बाध्य हूँ।''

मैं दोबारा अपनी जगह पर जा कर खड़ा हो गया था, रूसी गिरजाघर के सामने।

स्तीयोप्पा कुछ गज आगे बढ़ चुके थे। दरअसल वह पगडंडी के छोर पर नहीं थे अब, बल्कि फुटपाथ पर, सुनहरे बालों वाली महिला जिसने सिपाही जैसा हैट पहन रखा था, काली शॉल ओढ़े, भूरे बालों वाली महिला, मंगोली लटकी आँखों वाले गंजे आदमी और दो अन्य आदमियों द्वारा बनाये गये घेरे के बीचोंबीच खड़े थे।

इस बार, मैंने सड़क पार कर ली और उनकी तरफ़ पीठ करके उनके नज़दीक खड़ा हो गया। रूसी स्वरों की स्नेहसिक्त खनक मुझे अपने आगोश में लपेट रही थी और एक भारी गंभीर खनकदार आवाज़ बाकियों से ज़्यादा गूँजती हुई, क्या यह स्तीयोप्पा की आवाज़ थी?

मैं मुड़ा। वह सुनहरे बालों वाली महिला जो सिपाही जैसी टोपी पहने थी, उसको देर तक बाँहों में जकड़े रहा और भाव विह्वल होने से उनके चेहरे की भंगिमाएँ सिकुड़ सी रही थीं। फिर उन्होंने उसी अंदाज़ से फूली आँखों वाले मोटे गंजे आदमी को भी आलिंगन में लिया और फिर बारी-बारी सभी को।

मैंने मन में सोचा कि रुख़सत की घड़ी आ गयी है। मैं भाग कर टैक्सी

तक पहुँचा और छलाँग लगा कर गाड़ी की सीट पर जा बैठा।

"जल्दी...बिलकुल सीधे...रूसी गिरजाघर के सामने।"

स्तीयोप्पा की अभी भी उनसे बातचीत ज़ारी थी।

"क्या करूँ?" चालक ने मुझसे पूछा।

"हल्के नीले रंग में उस ऊँचे कद वाले शख्स को देख रहे हैं आप?"

"जी।"

"उसका पीछा करना होगा अगर वह गाड़ी में हुआ तब।"

ड्राइवर ने पीछे पलट कर मुझे भरपूर नज़रों से देखा। उसकी नीली आँखें बाहर को निकली आ रहीं थीं।

"मुँस्यूर, उम्मीद करता हूँ, कहीं कोई खतरा न हो?"

"आप फ़िक्र न करें," मैंने उससे कहा।

स्तीयोप्पा उस झुण्ड से अलग हुए, कुछ कदम बढ़ाये और बिना पीछे मुड़े हाथ हिलाया। बाकी सारे खड़े-खड़े उन्हें दूर जाते देखते रहे। सिपाहीनुमा स्लेटी रंग की टोपी वाली महिला, झुकी हुई, झुण्ड से थोड़ा आगे खड़ी थी, जैसे जहाज़ के अग्रभाग पर लगी मूर्ति, उसकी टोपी पर लगा बड़ा सा पंख हवा से हल्का-हल्का फड़फड़ा रहा था।

अपनी गाड़ी का दरवाज़ा खोलने में उन्हें थोड़ा समय लगा। मेरे ख़याल से वह चाभी लगाने में गलती कर रहे थे। जब वह ड्राइवर की सीट पर बैठ गये मैं टैक्सी चालक की तरफ़ झुका।

"आप उस गाड़ी का पीछा कीजिये जिसमें नीले कपड़े पहने वह शख़्स घुसा है।"

और मैं यही मनाता रहा कि कहीं गलत इशारे पर तो नहीं चल रहा मैं। क्योंकि कुछ भी नहीं था जिससे यह संकेत मिल रहा हो कि यही शख़्स स्तीयोप्पा द जागोरीव है।

# 4

उनका पीछा करना ज़्यादा मुश्किल नहीं था : वह गाड़ी धीरे-धीरे चला रहे थे। पोर्त्त माइयो (जगह का नाम) पर वह लाल बत्ती लाँघ गये, टैक्सी ड्राइवर ने उनकी नकल करने की जुर्रत नहीं की। लेकिन हमने उन्हें बूलवार मॉरिस-बार्रेस मार्ग पर पकड़ लिया। हमारी गाड़ियाँ एक पैदल पारपथ के सामने साथ-साथ रुकी हुई थीं। उन्होंने मुझ पर एक उड़ती निगाह डाली जैसा कि अक्सर गाड़ी वाले ऐसे बम्पर से बम्पर वाले ट्रैफिक जाम में करते हैं।

उन्होंने अपनी गाड़ी रिशार-वाल्लास मार्ग में खड़ी की, आखिरी कतार वाले मकानों के सामने, सेन नदी और प्यूतो पुल के नज़दीक। फिर जूलियाँ-पोताँ मार्ग पर बढ़ गये और मैंने टैक्सी का हिसाब-किताब किया।

"गुड लक मुँस्यूर," ड्राइवर ने कहा, "अपना ख़याल रखियेगा।"

जब मैं जूलियाँ-पोताँ मार्ग पर बढ़ा, तब मुझे महसूस हुआ कि उसकी नज़रें मेरा पीछा कर रही थीं। शायद उसे मेरी चिन्ता हो रही थी।

रात ढल रही थी। एक पतली सड़क जिसके दोनों तरफ़, एक सिरे से दूसरे सिरे तक, दोनों युद्धों के बीच में बनी इमारतें थीं और ये बाहर से एक ही लम्बी सी इमारत लग रही थी। स्तीयोप्पा मुझसे कोई दस ग़ज़ आगे चल रहे थे। वह अरनेस्त-दल्वाज़ो मार्ग में दाहिने मुड़े और एक किराने की दुकान में प्रवेश कर गये।

वक़्त आ गया था कि मैं उनके पास जाऊँ और बात शुरू करूँ। मेरे लिए यह बहुत मुश्किल हो रहा था, वजह था मेरा संकोची स्वभाव, मुझे डर लग रहा था कि वह मुझे पागल न समझ बैठें : मैं हकलाने लगूँगा, मैं उनसे बेतुकी बातें करने लग जाऊँगा। सिवाय इसके कि वह मुझको तुरन्त पहचान लें और तब मैं उन्हें बात करने दूँगा।

हाथ में कागज़ का थैला लिए वह किराने की दुकान से बाहर निकल रहे थे।

"मुँस्यूर स्तीयोप्पा द जागोरीव ?"

वह एकदम से चौंके। हम दोनों एक ही कद के थे और यह बात मुझे और ज़्यादा डरा रही थी।

"जी। पर आप कौन हैं ?"

नहीं। वह मुझे पहचान नहीं रहे थे। वह सहजता से फ्रेंच बोल रहे थे। थोड़ा हौसला रखने की ज़रूरत थी।

"मैं...मैं बहुत दिनों से आपसे मिलना चाहता था..."

"और वह किसलिए मुँस्यूर ?"

"मैं एक...एक किताब लिख रहा हूँ...उत्प्रवास पर..."

"आप रूसी हैं ?"

यह दूसरी बार था जब मुझसे यह सवाल किया गया था। टैक्सी ड्राइवर ने भी मुझसे पूछा था। अन्ततः शायद मैं रहा होऊँगा रूसी।

"नहीं।"

"और आप उत्प्रवास में रुचि रखते हैं ?"

"मैं...मैं...मैं एक किताब लिख रहा हूँ उत्प्रवास पर। किसी ने...किसी ने...मुझे सलाह दी कि मैं आपसे आकर मिलूँ...पॉल सोनाशिट्ज़े..."

"सोनाशिट्ज़े ?..."

वे रूसी अंदाज़ में नाम उच्चारित कर रहे थे। बहुत मधुर लगा : जैसे पत्तों में हवा की सरसराहट।

"जॉर्जियन नाम है...मैं नहीं जानता..." उन्होंने भवें सिकोड़ीं।

"सोनाशिट्ज़े...नहीं।"

"मैं आपका समय तो खराब नहीं कर रहा मुँस्यूर। सिर्फ़ कुछ सवाल पूछने थे आपसे।"

''पर मुझे बेहद खुशी होगी यह करने में...'' वह मुस्करा रहे थे, एक उदास मुस्कान ।

''त्रासद विषय है उत्प्रवास...लेकिन आप मुझे स्तीयोप्पा कैसे पुकार रहे हैं?...''

''मैं...नहीं... मैं...''

''अधिकांश लोग जो मुझे स्तीयोप्पा पुकारते थे, गुज़र चुके हैं। बाकी रहे-सहे उँगलियों पर गिने जा सकते हैं।''

''वो... यह सोनाशिट्ज़े...''

''नहीं जानता।''

''मैं आपसे कुछ सवाल पूछ सकता हूँ?''

''हाँ। आप मेरे घर आना चाहेंगे? वहीं बातें करेंगे।''

जूलियाँ-पोताँ मार्ग पर फाटक को पार करने के बाद हम लोगों ने एक चौक को पार किया जिसके चारों तरफ़ इमारतों के ब्लॉक बने हुए थे। हम लोग लकड़ी की लिफ्ट में गये जिसका दोहरा दरवाज़ा लोहे की ग्रिल का था और अपने कद व लिफ्ट के छोटा व सँकरा होने के चलते हम दोनों को अपने सिर को दीवार की तरफ़ तिरछा कर के खड़े होना पड़ रहा था ताकि हमारे ललाट आपस में टकरायें नहीं।

वह पाँचवीं मंज़िल पर दो कमरे के फ्लैट में रहते थे। वह मुझे अपने शयनकक्ष में ले गये और सीधे जाकर बिस्तर पर लम्बे हो गये।

''माफ़ कीजियेगा,'' उन्होंने कहा, ''लेकिन छत बहुत नीची है, खड़े रहने से दम घुटता है।''

असल में, छत और मेरी खोपड़ी के बीच में महज कुछ सेंटीमीटर का फासला था। झुके रहने के अलावा कोई रास्ता नहीं था। इसके अलावा उस दरवाज़े को पार करने के लिए उनका और मेरा सिर चौखट से ऊँचा था और मैंने अंदाज़ा लगाया कि दरवाज़ा पार करते हुए अक्सर उन्हें माथे पर चोट

लगती होगी।

''आप भी लेट जाइये...अगर चाहें तो...''

उन्होंने खिड़की के पास लगे हल्के हरे रंग के मखमल मढ़े दीवान की तरफ़ इशारा किया।

''आप परेशान न हों...लेट कर आपको भी बेहतर लगेगा...बैठे रहने पर भी ऐसा लगता है कि एक बेहद छोटे पिंजरे में बन्द हैं...कह रहा हूँ... लेट जाइये...''

मैं लेट गया। उन्होंने बत्ती जला दी थी, जिस पर हल्के गुलाबी रंग का लैम्प शेड लगा था। पलंग के साथ रखी छोटी मेज़ पर रखे इस लैम्प से घर में झीनी सी रोशनी थी और कमरे की छत पर परछाइयाँ।

''तो, आपकी रुचि उत्प्रवास में है?

''बहुत।''

''हालाँकि आप तो अभी जवान हैं?''

जवान? मैंने कभी इस बात पर गौर नहीं किया था कि मैं जवान हूँ। सुनहरे फ्रेम वाला एक बड़ा सा आईना दीवार पर टंगा हुआ था, बिलकुल मेरे नज़दीक। मैंने अपना चेहरा देखा। जवान?

''ओह...मैं इतना भी जवान नहीं हूँ।''

कुछ देर ख़ामोशी रही। कमरे के दोनों कोनों में पसरे हुए, हम दोनों चरसियों जैसे लग रहे थे।

''मैं एक अन्तिम संस्कार की क्रिया से वापस आ रहा हूँ।'' उन्होंने कहा। ''खेद है कि आप इस वृद्ध महिला से अभी तक नहीं मिल पाये थे जो गुज़र गयीं...वह आपको बहुत सारे वाकये बता सकती थीं। 'उत्प्रवास' के बारे में जानकारी रखने वाली वह एक महत्त्वपूर्ण हस्ती थीं।''

''अच्छा?''

''एक बेहद साहसी महिला। शुरू में, उन्होंने मों-ताबोर मार्ग पर एक

छोटी सी चाय की दुकान खोली थी और हर किसी की सहायता करती थीं... बहुत मुश्किल था...''

पीठ झुकाये हाथ बाँध कर, वह पलंग के किनारे पर बैठ गये थे।

''उस समय मैं पंद्रह वर्ष का था अगर हिसाब लगाऊँ तो ज़्यादा लोग नहीं बचे हैं अब।''

''जॉर्ज साशर...हैं अभी...'' मैंने बेपरवाही से कहा।

''अब ज़्यादा दिनों के लिए नहीं। आप उन्हें जानते हैं?''

क्या ये प्लास्टर में बंधे से बूढ़े आदमी थे? या कि वह गंजे स्थूल मंगोल लोगों सी सूरत वाले?

''सुनिये,'' उन्होंने कहा। ''मैं इसके बारे में अब आपसे और बातें नहीं कर सकता...यह सब मुझे बहुत उदास कर देता है...मैं आपको तस्वीरें दिखा सकता हूँ...उनके पीछे तारीखें और नाम लिखे हुए हैं...आप खुद ही देख लीजियेगा...''

''मेहरबानी है आपकी, जो आप मेरे लिए इतनी ज़हमत उठा रहे हैं।''

वह मुझे देख कर मुस्कुराये।

''मेरे पास ढेर सारी तस्वीरें हैं...मैंने उनके पीछे नाम और तारीखें डाल दी हैं क्योंकि अब कुछ याद नहीं रहता है...''

वह उठे और झुकते हुए साथ के कमरे में गये। मैंने उन्हें एक दराज़ खोलते हुए सुना। वह हाथों में एक बड़ा सा लाल डिब्बा ले कर वापस आये, ज़मीन पर बैठ गये और पलंग की पाटी से अपनी पीठ टिका ली।

''आइये, आकर मेरे पास बैठ जाइये। तस्वीरें देखने के लिए ऐसे ज़्यादा ठीक रहेगा।'' हमने हुक्म की तामील की। डिब्बे के ढक्कन पर गोथिक शैली में एक मिठाईवाले का नाम खुदा हुआ था। उन्होंने उसे खोला। तस्वीरों से भरा हुआ था।

''इसके अन्दर आपको उत्प्रवास की महत्त्वपूर्ण हस्तियाँ मिल जायेंगी।''

वह मेरी ओर एक-एक कर के तस्वीरें बढ़ाये जा रहे थे, नाम और तारीखें बताते हुए जो उनके पीछे लिखी हुई थीं, और यह एक लम्बी फेहरिस्त थी जिसको रूसी नाम एक ख़ास किस्म का सुरीलापन प्रदान कर रहे थे, कभी गुँजायमान मानो झाँझ-मजीरे की आवाज़, कभी ग़मगीन या लगभग घुटा हुआ सा। त्रुबेट्स्कोई। ऑरबेल्यानी। शिरीमिटीव। गालीट्सीन। एरीस्टोव। आबालेंस्की। बाग्राशियों। शवाशवाड्ज़े...कई बार वह मुझसे कोई तस्वीर वापस ले रहे थे, दोबारा नाम और तारीखों पर गौर कर रहे थे। दावत की तस्वीरें। ग्रैंड ड्यूक बोरिस की मेज़, बास्क किले के उत्सव में, निस्संदेह तस्वीर क्रांति के बाद की थी। और 1914 में "गोरों और कालों" के एक रात्रिभोज की तस्वीर में ये बेशुमार चेहरे...पीटर्सबर्ग के आलेक्सॉंद्र उच्च माध्यमिक विद्यालय की एक कक्षा की तस्वीर।

"मेरे बड़े भाई..."

वह मुझे बगैर देखे जल्दी-जल्दी तस्वीरें पकड़ाये जा रहे थे। ज़ाहिर तौर पर, उन्हें ख़त्म करने की जल्दी थी। अचानक उन तस्वीरों में से एक तस्वीर पर मैं ठहर गया, जो अन्य तस्वीरों की अपेक्षा मोटे कागज़ पर छपी हुई थी और जिसके पीछे किसी तरह का उल्लेख नहीं था।

"क्या हुआ?" उन्होंने पूछा, "कोई बात सता रही है क्या?"

अगली तस्वीर में, एक बूढ़े सज्जन, मुस्कुराते हुए सीधे कुर्सी पर बैठे थे। उनके पीछे सुनहरे बालों वाली एक युवती, जिसकी आँखें एकदम हल्के रंग की थीं। उनको घेरे हुए लोगों का एक छोटा सा झुंड, जिसमें अधिकतर पीठ किये हुए थे। और बायीं तरफ़ एक बहुत लम्बा आदमी, तकरीबन तीस वर्ष का, काले बालों, पतली मूँछों वाला, जिसकी दाहिनी बाँह तस्वीर के किनारे से कट गयी थी, दूसरा वाला हाथ सुनहरे बालों वाली युवती के कन्धे पर था। मुझे पूरा विश्वास है कि यह मैं ही था। मैं उनके नज़दीक खिसका। हमने पीठ पलंग से टेक लगायी हुई थी, ज़मीन पर पाँव फैलाये हुए, हमारे कन्धे आपस में छू रहे थे।

"ये सब कौन लोग हैं, बताइये?" मैंने पूछा।

उन्होंने तस्वीर ली और अनमने ढंग से उसे देखा।

"वह, जिर्योजियाद्जे थे एक..."

वह कुर्सी पर बैठे वृद्ध को इंगित कर रहे थे।

"वे पेरिस में जिर्योजिया के दूतावास में थे जब तक..."

उन्होंने अपना वाक्य खत्म नहीं किया था, यूँ कि उसके बाद जो हुआ वह मुझे तुरन्त खुद ही समझ जाना चाहिये था।

"वह उनकी नातिन थी, उसे 'गे' पुकारते थे...गे ओरलो...वह अपने माता-पिता के साथ अमरीका चली गयी थी।

"आप उन्हें जानते थे?"

"बहुत अच्छी तरह नहीं। ना। वह लम्बे अरसे तक अमरीका में रही।"

"और यह?" सपाट सी आवाज़ में तस्वीर में अपने-आप को इंगित करते हुए मैंने पूछा।

"वह?"

उन्होंने भौंहें उचकायीं।

"उसे... उसको मैं नहीं जानता।"

"पक्का?"

"हाँ।"

मैंने एक गहरी साँस ली।

"आपको नहीं लगता कि इसकी शक्ल मुझसे मिलती है?"

उन्होंने मुझे देखा।

"कि इसकी शक्ल आपसे मिलती है? नहीं...क्यों?"

"कुछ नहीं।"

उन्होंने मेरी तरफ़ एक और तस्वीर बढ़ायी।

''लीजिये...इत्तफाक अच्छे होते हैं...'' यह सफ़ेद कपड़ों में एक छोटी लड़की की तस्वीर थी, बाल सुनहरे थे और यह तस्वीर किसी समुद्र किनारे बसी जगह की थी क्योंकि तस्वीर में समुद्र तट और केबिन दिख रहे थे। उसके पीछे किसी ने बैंगनी स्याही से लिखा था : गालिना ओरलो—याल्टा।

''आप देखिये यह वही है...गे ओरलो...उसका नाम था गालिना, अभी तक उसको अमरीकी नाम नहीं मिला था...''

और वे सुनहरे बालों वाली युवती को इंगित कर रहे थे, जो दूसरी तस्वीर में थी और जिसे मैं अभी तक पकड़े हुए था।

''मेरी माँ हर चीज़ सँभाल कर रखती थीं...''

वह झटके से उठे।

''आपको दिक्कत तो नहीं अगर हम यहीं पर रोकें? मेरा सिर घूम रहा है...''

एक हाथ से वह अपना माथा सहला रहे थे।

''मैं कपड़े बदलने जा रहा हूँ...यदि आप चाहें तो हम रात का खाना एक साथ खा सकते हैं...''

मैं ज़मीन पर बैठा रहा, अकेला, मेरे इर्द-गिर्द तस्वीरें बिखरी पड़ी थीं। मैंने उन सबको बड़े से लाल डिब्बे में सँभाल कर रखा और सिर्फ़ दो तस्वीरें रख लीं अपने पास, जिन्हें अलग बिस्तर पर रख दिया था : एक वह तस्वीर जिसमें गे ओरलो बूढ़े जिर्योजियाद्जे के साथ थी और दूसरी, छोटी गे ओरलो वाली।

मैं उठा और खिड़की तक गया। रात ढल चुकी थी। इमारतों से घिरा एक और चौक, दूर छोर पर सेन नदी और बायीं तरफ़ प्यूतो पुल। और वह द्वीप जो अंगड़ाई ले रहा था। गाड़ियों की कतार पुल पार कर रही थी। मैं इमारतों के बाहरी हिस्से, इन सब खिड़कियों को देख रहा था, सारी वैसी ही, जिनमें से एक के पीछे मैं खड़ा था। और सीढ़ियों व लिफ्ट की इस भूलभुलैया में, इन सैकड़ों गलियों के बीच में, मैंने खोज निकाला था उस इन्सान को जो शायद...

मैंने अपना माथा खिड़की के शीशे से सटा दिया था। नीचे हर इमारत का प्रवेश द्वार, पीली रोशनी में जगमगा रहा था जो रात भर जलता रहेगा।

''रेस्तराँ बगल में ही है,'' उन्होंने मुझसे कहा।

मैंने वे दोनों तस्वीरें उठायीं जो बिस्तर पर रख छोड़ीं थीं।

''मुँस्यूर द जागोरीव,'' मैंने कहा, ''आप ये दोनों तस्वीरें मुझे दे सकते हैं?''

''मैं आपको यह दे रहा हूँ।'' उन्होंने लाल डिब्बे को इंगित किया। ''मैं आपको सारी तस्वीरें दे रहा हूँ।''

''लेकिन...मैं...''

''ले लीजिये।''

उनके लहज़े में ऐसी ज़िद थी कि मेरे पास बात मानने के अलावा कोई चारा नहीं था। जब हम फ्लैट से निकले, मैं अपनी बाँह के अन्दर एक बड़ा सा लाल डिब्बा दबाये हुए था।

इमारत से नीचे आकर हम लोग जनरल कनींग घाट पर चल पड़े। पत्थरों की बनी सीढ़ियों से हम नीचे उतरे और वहाँ बिलकुल सेन नदी के किनारे पर, एक ईंटों की बिल्डिंग थी। दरवाज़े के नीचे तख्ती थी : द्वीप रेस्तराँ बार। हम लोग अन्दर गये। एक कमरा था नीची छत वाला, मेज़ों पर सफ़ेद कागज़ के रूमाल सजे थे और बेंत की बाँह वाली कुर्सियाँ। खिड़कियों से सेन नदी और प्यूतो पुल की बत्तियाँ दिख रही थीं। हम लोग कमरे के अन्तिम छोर पर जाकर बैठ गये। हम इकलौते ग्राहक थे।

स्तीयोप्पा ने अपनी जेब टटोली। फिर मेज़ के बीचोंबीच एक कागज़ का दोना रख दिया, वही जो मैंने उन्हें किराने की दुकान से खरीदते हुए देखा था।

''हमेशा की तरह?'' बैरे ने उनसे पूछा।

''हमेशा की तरह।''

''और जनाब?'' बैरे ने मेरी तरफ़ इशारा करते हुए पूछा।

"ये भी वही लेंगे जो मैं लूँगा।"

बैरे ने फटाफट हमें बाल्टिक सागर की हिलसा मछली की दो तश्तरियाँ परोस दीं।

और छोटे आकार वाले गिलासों में पानी ढाला। स्तीयोप्पा ने मेज़ के बीच रखे हुए दोने में से खीरे निकाले, जिसको हमने आपस में बाँट लिया।

"अच्छा लग रहा है आपको?" उन्होंने पूछा।

"जी।"

लाल डिब्बे को मैंने अपने बगल में एक कुर्सी पर रख दिया था।

"आप सचमुच ये सारी यादें संजो के रखना नहीं चाहते?" मैंने पूछा।

"नहीं। ये अब आपके हैं। मैं मशाल, आपको थमा रहा हूँ।"

हमने भोजन ख़ामोशी से किया। एक शिकारा इतने करीब से गुज़र रहा था कि उसके झरोखे से मुझे उसके बाशिंदों का नज़ारा मिल गया था, वे मेज़ के चारों तरफ़ बैठे हुए थे, वे लोग भी खाना खा रहे थे।

"और यह गे ओरलो?" मैंने कहा। "आपको मालूम है उसका क्या हुआ?"

"गे ओरलो? मेरे ख़याल से वह मर चुकी है।"

"मर गयी?"

"मुझे लगता है। मैं उससे दो या तीन बार मिला होऊँगा...मुश्किल से ही जानता था मैं उसको। बूढ़े जिर्योजियाद्ज़े की मित्र मेरी माँ थीं। थोड़ा खीरा और?"

"शुक्रिया।"

"मेरा मानना है कि अमरीका में उसका जीवन उथल-पुथल भरा रहा।"

"और आप नहीं जानते कि कौन मुझे इस गे ओरलो के बारे में जानकारियाँ दे सकता है?"

उन्होंने मुझे प्यार भरी नज़र से देखा।

''मेरे अभागे दोस्त...कोई नहीं...शायद अमरीका में कोई...''

धीमे-धीमे, एक दूसरा शिकारा गुज़रा, अँधेरा, लावारिस।

''मीठे में, मैं हमेशा एक केला खाता हूँ,'' उन्होंने कहा। ''और आप?''

''मैं भी।''

हम लोगों ने अपने-अपने केले खाये।

''और इस गे ओरलो के माता-पिता?'' मैंने पूछा।

''वे अमरीका में ही गुज़र गये होंगे। लोग कहीं भी मर जाते हैं, है न...''

''जियोंजियाद्जे के परिवार का और कोई फ्राँस में नहीं था?''

उन्होंने कन्धे उचकाये।

''लेकिन आपको गे ओरलो के बारे में इतनी ज़्यादा रुचि क्यों है? आपकी बहन थी वह?'' वे मुझ पर प्यार से मुस्कुराये।

''कॉफ़ी?'' उन्होंने पूछा।

''नहीं, शुक्रिया।''

''मुझे भी नहीं चाहिये।''

उन्होंने खाने का पैसा चुकाना चाहा, लेकिन मैंने उन्हें रोक दिया।

हम लोग रेस्तराँ से बाहर निकले और घाट की सीढ़ियाँ चढ़ने के लिए उन्होंने मेरी बाँह पकड़ ली।

कोहरा छँट गया था, कुहासा जो कोमल भी था बर्फीला भी, फेफड़ों में ऐसी ठंडक भर रहा था कि महसूस हो रहा था जैसे हम हवा में तैर रहे हों। घाट के फुटपाथ से कुछ फर्लांग पर, मैं बमुश्किल इमारतों का ब्लॉक देख पा रहा था। मैं उन्हें ऐसे रास्ता दिखा रहा था जैसे किसी अन्धे को।

उनको इसी तरह उस चौक तक रास्ता दिखाया जिसके चारों ओर सीढ़ियों

के प्रवेशद्वार पीले धब्बों जैसे लग रहे थे, वे मार्गदर्शन के एकमात्र संकेत बिन्दु थे। उन्होंने मुझसे हाथ मिलाया।

''फिर भी गे ओरलो को ढूँढने की कोशिश कीजिएगा,'' उन्होंने कहा, ''चूँकि आप इतनी तरज़ीह देते हैं इस बात को...''

मैंने उन्हें इमारत के रौशन बड़े से हॉल में अन्दर जाते देखा। वे रुके और हाथ हिलाते हुए मुझसे रुख़सत ली। मैं बुत बना खड़ा रहा, बड़ा लाल डिब्बा बाँह के अन्दर दबाये हुए, मानो जन्मदिन के समारोह से वापस लौटता हुआ कोई बच्चा हो और मुझे लग रहा था कि वह अभी भी मुझसे कुछ कह रहे थे लेकिन कुहासे की वजह से उनकी आवाज़ घुट रही थी।

# 5

पोस्टकार्ड पर ग्रीष्म ऋतु में अंग्रेज़ों की सैरगाह (प्रोमेनाद देज़ आँग्ले) का चित्र।

> मेरे प्रिय गी, मुझे आपका पत्र मिल गया था। यहाँ पर हर दिन एक जैसा लगता है लेकिन नीस एक बेहद खूबसूरत शहर है। आपको यहाँ पर मुझसे मिलने ज़रूर आना चाहिये। अजीब इत्तेफ़ाक होते हैं, अचानक मेरी मुलाकात सड़क के किसी मोड़ पर उस व्यक्ति से हो जाती है जिससे पिछले तीस वर्षों से नहीं मिला था या कोई ऐसा जिसे मैं मृत समझे बैठा था। हम लोग एक-दूसरे को डरा देते हैं। नीस भूतों और प्रेतात्माओं का शहर है लेकिन मुझे उम्मीद है कि मैं तुरन्त इनका हिस्सा नहीं बनूँगा।
>
> यह महिला जिसकी तलाश आप कर रहे हैं उसके लिए बेहतर होगा कि आप बरनार्डी को फोन करें, Mac Mohan 00-08। विभिन्न विभागों में कार्यरत लोगों के साथ उसने करीबी संबंध बना रखे थे।

आपको जानकारियाँ दिलवाने में उसे खुशी होगी।

आपसे नीस में मिलने के इन्तज़ार में, मेरे प्रिय गी, आपकी सहायता के लिए सदा हाज़िर, सस्नेह।

ह्यूट

आपको मालूम है न कि एजेंसी का परिसर आपके लिए खुला है।

# 6

23 अक्तूबर 1965

विषय : ओरलो, गालीना, प्यार का नाम 'गे' ओरलो।

जन्म : 1914 में (मॉस्को) रूस में। आत्मजा किरील ओरलो एवं इरेन जिर्योजियाद्ज़े।

राष्ट्रीयता : राज्यविहीन। (सुश्री ओरलो स्वयं व उनके माता-पिता रूसी शरणार्थी की हैसियत में, सोवियत संघ की सरकार द्वारा उसके नागरिक होने की मान्यता प्राप्त नहीं थी। ) सुश्री ओरलो के पास एक साधारण आवास प्रमाणपत्र था। प्रमाणित रूप से सुश्री ओरलो अमरीका से 1936 में फ्राँस में पहुँचीं।

अमरीका में उन्होंने वॉल्डो ब्लंट से विवाह किया, फिर तलाक ले लिया।

सुश्री ओरलो का निवास क्रमशः निम्नलिखित स्थानों पर रहा :

पेरिस-8 में होटल शातोब्रियाँ, 18, सीर्क मार्ग पर।

पेरिस-8 में 53, मोनताँज एवेन्यू पर।

पेरिस-16 में 25, मारेशाल-लियोते एवेन्यू पर।

फ्राँस आने से पहले, सुश्री ओरलो अमरीका में नर्त्तकी थीं।

पेरिस में उनकी आय का कोई ज्ञात स्रोत नहीं था, हालाँकि उनका जीवन सुख-साधन से परिपूर्ण था।

सुश्री ओरलो का देहान्त बार्बीचुरेट्स का अधिक मात्रा में सेवन करने से 1950 में उनके निवास स्थान पर हुआ,

25, मारेशाल-लियोते एवेन्यू, पेरिस-16

श्री वॉल्डो ब्लंट, उनके पूर्व पति का निवास 1952 से पेरिस में है और उन्होंने विभिन रात्रिक्लबों में एक पेशेवर पियानो वादक के रूप में काम किया है। वह अमरीकी नागरिक हैं।

जन्म शिकागो में 30 सितम्बर 1910 को हुआ।

आवास अनुज्ञा पत्र संख्या 534HC828

इस टंकित प्रमाणपत्र के साथ जाँ-पियेर बेरनार्डी का एक विज़िटिंग कार्ड संलग्न था, निम्नलिखित संदेश सहित :

''ये रहीं सारी जानकारियाँ, जो उपलब्ध थीं। सस्नेह। ह्यूट को मेरी शुभकामनाएँ।''

# 7

शीशे के दरवाज़े पर, एक सूचना थी 'वाल्डो ब्लंट रोज़ाना शाम छः बजे से नौ बजे तक हिल्टन होटल स्थित बार में पियानो वादन प्रस्तुत करते हैं।''

बार लोगों से भरा हुआ था और वहाँ पर एकदम जगह नहीं थी, सिवाय उस मेज़ के साथ लगी एक खाली कुर्सी के, जिस पर एक जापानी सुनहरे गोलाकार फ्रेम का चश्मा पहने बैठा था। वह समझा नहीं कि मैं वहाँ बैठने की इजाज़त माँगने के लिए उसकी तरफ़ झुका था और मेरे वहाँ बैठ जाने पर

भी उसने इस तरफ़ कोई ध्यान नहीं दिया।

अमरीकी, जापानी ग्राहक अन्दर आते जा रहे थे, आपस में उलझ रहे थे और ऊँचे से ऊँचा बोलते चले जा रहे थे। वे मेज़ों के बीच में रुक कर खड़े होते जा रहे थे। कुछेक हाथ में जाम लिए हुए थे और कुर्सी की पीठ या बाँह पर टेक लगाये थे। यहाँ तक कि एक युवती जिसके बालों का रंग धूसर था, एक आदमी के घुटनों पर टिकी हुई थी।

वाल्डो ब्लंट पौन घंटे की देरी से पहुँचा और पियानो के आगे बैठ गया। एक छोटा, थुलथुल सा आदमी, पतली मूँछें और उड़ते बालों से चौड़ा हो चुका माथा। वह स्लेटी रंग का सूट पहने था। उसने पहले पलट कर देखा और उन मेज़ों पर एक निगाह डाली जिनके इर्द-गिर्द लोग ठेलमठेल कर रहे थे। दाहिने हाथ से उसने अपने पियानो को सहलाया और बगैर सोचे-समझे कुछ धुनें टुनटुनाने लगा। मेरी खुशकिस्मती थी कि मैं उसके सबसे नज़दीक वाली मेज़ों में से एक पर बैठा हुआ था।

उसने एक धुन बजानी शुरू की, जो मेरे ख़याल से, वह वाला गीत था : स्यूर ले के द वीअ पारी, लेकिन लोगों के शोर और खिलखिलाहटों की वजह से संगीत बड़ी मुश्किल से सुनाई पड़ रहा था, खुद मैं पियानो के एकदम करीब होने पर भी सुरों को पकड़ पाने में असमर्थ था। वह, सिर झुकाये हुए, सीधे बैठे हुए, एकाग्रता से बजाये जा रहा था। मुझे उसके लिए दुःख हुआ : मैं सोच रहा था कि जीवन में ऐसा भी दौर रहा होगा कि जब वह पियानो बजाता होगा तब लोग तन्मयता से सुनते होंगे। बाद में, उसे इस निरन्तर कोलाहल की आदत पड़ गयी होगी जो उसके संगीत का गला घोंट देती थी। मेरे मुँह से गे ओरलो का नाम सुनने पर क्या कहेगा वह? क्या यह नाम उसे एक पल के लिए इस उदासीनता से बाहर निकाल पायेगा जिससे वह यह धुन बजा रहा था? या कि उस पर कोई असर नहीं पड़ेगा। पियानो के इन बेअसर सुरों की तरह जो बातचीत की गहमागहमी में डूब गये थे?

बार धीरे-धीरे खाली हो गयी थी। गोल सुनहरे फ्रेम का चश्मा पहने जापानी, मेरे और कोने में एक युवती के अलावा कोई नहीं था जिसे मैंने स्लेटी बालों वाले आदमी के घुटनों पर देखा था और जो अब नीले सूट में

एक मोटे आदमी के संग बैठी थी। वे ऊँची आवाज़ में जर्मन में बातें कर रहे थे। वाल्डो ब्लंट एक धीमी धुन बजा रहा था, जिसे मैं भली-भाँति जानता था। वह हमारी तरफ़ मुड़ा।

"आप लोगों की कोई ख़ास पसंदीदा धुन हो तो बताइये," उसने ठंडी आवाज़ में पूछा, जिसमें ज़रा अमरीकी अंदाज़ की झलक थी। मेरे बगल में बैठे जापानी ने कोई प्रतिक्रिया नहीं दी। वह जड़वत था, चेहरा निर्विकार। मुझे डर लग रहा था कि एक हल्के हवा के झोंके भर से वह अपनी कुर्सी में डोलने लगेगा क्योंकि वह वाकई में मानो मरहम में लिपटा हुआ मुर्दा हो।

"साग वारम प्लीज़," भारी शुष्क सी आवाज़ में कोने से युवती ने कहा।

ब्लंट ने सिर हिला कर हामी भरी और साग वारम की धुन बजाने लगा। बार की बत्ती मद्धिम हो गयी थी और वे आलिंगन-चुम्बन के लिए इसका फायदा उठा रहे थे। युवती का हाथ उस मोटे की कमीज़ के अन्दर सरकते-सरकते नीचे की तरफ़ जाने लगा। जापानी के सोने के गोल चश्मे रह-रह के चमचमा रहे थे। अपने पियानो के सामने ब्लंट एक स्वचालित यंत्र की तरह हिल रहा है, साग वारम की धुन बजाने के लिए ज़रूरी है कि उँगलियाँ निरन्तर स्वरपटल पर चलती रहें।

क्या सोच रहा होगा वह, जब उसके पीछे एक मोटा लाल बालों वाला आदमी, एक सुनहरे बालों वाली युवती की जंघा सहला रहा हो और एक ऐसा जापानी जिसे देख कर लग रहा था मानो शव को संलेप लगाया हुआ हो, जो कई दिनों से इस बार की कुर्सी पर सीधा बैठा रहता हो? वह कुछ भी नहीं सोच रहा था, इस बात का यकीन था मुझे। वह एक गहराती जा रही तंद्रा में तैर रहा था। क्या मुझको यह हक था कि मैं उसको इस तंद्रा से खींच कर बाहर निकाल लूँ और उसके दिल में टीस पहुँचाने वाली कोई याद जगा दूँ?

लाल बालों वाला मोटा और सुनहरे बालों वाली लड़की बार से निकल कर जा रहे थे, बेशक कमरा लेने के लिए। आदमी उसकी बाँह पकड़ उसे खींच रहा था, वह लड़खड़ा कर गिरते-गिरते बची। अब मेरे और जापानी के सिवाय कोई नहीं था। ब्लंट फिर एक बार मेरी तरफ़ मुड़ा और ठंडी आवाज़

में कहा, "आप कोई और तराना सुनना चाहेंगे?" जापानी हिला तक नहीं।

"क रेस्त-तील द नोज़ आमूर (1943 का एक मशहूर गीत, शार्ल त्रने द्वारा लिखा और गाया हुआ), मेहरबानी होगी," मैंने उससे कहा।

यह धुन वह अजीब सी धीमी गति से बजा रहा था और ज़रूरत से ज़्यादा खींचा राग, जैसे स्वर दलदल में फँसे हुए हों और मुश्किल से निकल पा रहे हों। एक थके-माँदे लड़खड़ाते पथिक की तरह समय-समय पर वह बजाना बन्द कर दे रहा था। उसने अपनी घड़ी को देखा, झटके से उठा और सिर झुका कर हमारा अभिवादन किया।

"अब आपसे इजाज़त चाहूँगा, नौ बज चुके हैं, नमस्कार।" वह निकल गया। लेप में लिपटे जापानी को बार की खोह में छोड़ कर, मैं उसके कदम से कदम मिला कर चलने लगा।

गलियारे से निकल कर खाली हॉल को पार करने के बाद मैं उसे पकड़ पाया।

"मुँस्यूर वाल्डो ब्लंट? मैं आपसे बात करना चाहता हूँ।"

"किस विषय में?"... उसने मुझे टेढ़ी नज़रों से देखा।

"किसी ऐसे के बारे में जिसको आप जानते थे...गे नाम की एक महिला... उसका नाम था गे। गे ओरलो..."

वह हॉल के बीचोंबीच थम कर रुक गया।

"गे?"

उसकी आँखें फैल गईं। लगा जैसे उसके चेहरे पर प्रोजेक्टर से रोशनी डाल दी गयी हो।

"आप...आप जानते थे...गे को?"

"नहीं।"

हम लोग होटल से निकल चुके थे। स्त्रियों और पुरुषों की एक कतार, चटक रंगों के साटिन के हल्के नीले या हरे रंग के टखनों तक, स्मोकिंग वाले

शाम के परिधान पहने टैक्सी का इन्तज़ार कर रहे थे।

''मैं आपको परेशान नहीं करना चाहता हूँ...''

''आप मुझे परेशान नहीं कर रहे हैं,'' उसने चिन्तित स्वर में कहा। ''एक मुद्दत से गे का ज़िक्र होते नहीं सुना...लेकिन आप हैं कौन?''

''मैं रिश्ते में भाई हूँ उनका। मैं...मैं विस्तार से जानना चाहूँगा, उनके बारे में...''

''विस्तार से?''

वह तर्जनी से अपना माथा रगड़ रहा था।

''मुझसे आखिर क्या जानना चाहेंगे आप?''

हम लोग एक सँकरी गली से निकले, जो होटल के किनारे से जाती हुई सीधे सेन नदी तक पहुँच जाती थी।

''मुझे अपने घर लौटना होगा,'' उसने कहा।

''मैं आपके साथ चलता हूँ।''

''तो, सचमुच ही आप उसके रिश्ते के भाई हैं?''

''जी। हम लोग उसके बारे में कुछ जानकारी चाहते हैं, हमारे परिवार के लोग।''

''उसे गुज़रे हुए काफ़ी समय गुज़र गया है।''

''मुझे मालूम है।''

वह लम्बे डग भरता हुआ तेज़ चल रहा था और मुझे उसके साथ कदम मिलाने में दिक्कत हो रही थी। मैं कोशिश कर रहा था उससे कन्धा मिलाये रहने की। हम ब्रान्ली घाट तक पहुँच चुके थे।

''मैं यहाँ पर सामने रहता हूँ,'' सेन नदी का दूसरा तट दिखाते हुए उसने कहा।

हमने बीर हकीम पुल पर चलना शुरू कर दिया।

''मैं बहुत कुछ नहीं बता पाऊँगा।'' उसने कहा। ''मेरी गे से जान-पहचान एक मुद्दत पहले हुई थी। उसने अपनी चाल धीमी कर दी थी मानो अब वह सुरक्षित महसूस कर रहे हों। शायद यहाँ तक बहुत तेज़ चला होगा क्योंकि उसे लग रहा होगा कि कोई उसका पीछा कर रहा है या फिर मुझसे छुटकारा पाना चाहता होगा।

''मुझे मालूम नहीं था कि गे के रिश्तेदार भी हैं,'' उसने कहा।

''यकीनन...जिर्योजियाद्जे परिवार की तरफ़ वाले।''

''माफ़ कीजियेगा?''

''जिर्योजियाद्जे का खानदान...उसके नाना...का नाम था।''

''अच्छा...''

वह रुका और पुल के पथरीले जंगले से टेक लगा ली। मैं उसकी देखा-देखी नहीं कर सकता था क्योंकि ऊँचाई से नीचे देखने से मुझे चक्कर आता है। इसलिए मैं उसके मुखातिब हो गया। वह बात करने में हिचक रहा था।

''आप जानते हैं...मेरी उससे शादी हुई थी?''

''जानता हूँ?''

''कैसे जानते हैं आप?''

''पुराने कागज़ातों में लिखा है।''

''हम लोग न्यूयॉर्क के एक डिस्को में एक साथ आये थे। मैं पियानो बजा रहा था...उसने मुझसे कहा कि मैं उससे शादी कर लूँ, सिर्फ़ इसलिए कि वह अमरीका में रहना चाहती थी और प्रवासी दफ़्तर में कोई झंझट न हो...'' यह सब याद करते हुए वह अपना सिर हिला रहा था।

''वह बड़ी अजीबोगरीब लड़की थी। बाद में उसकी मुलाकातें लकी लूचियानो से होने लगीं, उससे पहचान तब हुई थी जब वह पाम आइलेंड के जुआ घर में जाया करती थी।''

''लूचियानो?''

"हाँ, हाँ। लूचियानो...वह उसके साथ ही थी जब उसे आरकाँसास में गिरफ्तार किया गया था, फिर बाद में उसकी मुलाकात एक फ्रांसीसी से हुई और मुझे खबर मिली थी कि वह उसके साथ फ्राँस चली गयी थी।"

उसकी आँखों में चमक आ गयी थी। वह मुझे देख कर मुस्कुरा रहा था।

"मुझे गे के बारे में बात करने में खुशी होती है मुँस्यूर।"

सेन नदी के दाहिने तट की दिशा में एक मेट्रो हमारे ऊपर से गुज़री... फिर एक ही क्षण बाद उल्टी दिशा में। उनकी गड़गड़ाहट ने ब्लंट की आवाज़ घोंट दी। वह मुझसे कुछ कह रहा था। मैं उसके होठों को देख रहा था।

"...सबसे खूबसूरत लड़की जो मुझे मिली थी..."

वाक्य का यह टुकड़ा जो मेरी पकड़ में आ सका उससे मुझे घोर निराशा हुई। रात के पहर में, मैं एक पुल के बीच में एक आदमी के साथ खड़ा था जिसे मैं जानता तक नहीं था, उससे विस्तार में कुछ जानकारियाँ पाने के चक्कर में ताकि मुझे अपने बारे में कुछ पता चल पाये और मेट्रो का शोर मुझे यह सब सुनने नहीं दे रहा था।

"अगर आप चाहें तो हम थोड़ा आगे की तरफ़ बढ़ें?"

लेकिन वह इतना तल्लीन था कि उसने मुझे जवाब ही नहीं दिया। ज़ाहिर है इतना अरसा बीत गया था, उसने कभी इस गे ओरलो के बारे में सोचा भी न होगा और आज उससे जुड़ी हुई यादें दोबारा उभर कर सतह पर आ रही हैं, समुन्दर के ताज़े झोंके की तरह।

"थोड़ा आगे चलें आपको तकलीफ न हो तो?"

"आप गे को जानते थे? आप मिले थे उससे?"

"नहीं। और बस इसी लिए मैं कुछ बातें विस्तार में जानना चाहता हूँ।"

"उसके बाल सुनहरे थे...आँखें हरे रंग की थीं...बेहद ख़ास सुनहरे बालों वाली थी...कैसे बताऊँ? सुनहरे बालों में भस्म जैसा धूसरपन था..."

धूसर सुनहरे बालों वाली और इसने शायद मेरे जीवन में एक अहम

भूमिका निभायी हो। तकाज़ा है कि मैं उसकी तस्वीर ज़रा गौर से देखूँ और फिर आहिस्ता-आहिस्ता सब कुछ याद आ जाएगा। वाल्डो ब्लंट का मिल जाना बड़ी किस्मत की बात थी।

मैंने उसको बाँहों से पकड़ कर खींचा क्योंकि हम पुल पर नहीं रह सकते थे इस तरह। हम पासी घाट से जा रहे थे।

''आप दोबारा उससे फ्राँस में मिले?'' उससे पूछा।

''नहीं। जब मैं फ्राँस आया तब तक वह गुज़र चुकी थी। आत्महत्या कर ली थी उसने...''

''क्यों?''

''वह मुझसे हमेशा कहती थी कि उसे बुढ़ापे से डर लगता है...''

''आखिरी बार आपने उसे कहाँ देखा था?''

''लूचियानो वाले किस्से के बाद जब वह इस फ्राँसीसी से मिली थी। उस वक्त हम लोग कभी-कभार मिल लिया करते थे...''

''आपकी जान-पहचान थी फ्राँसीसी से?''

''नहीं। उसने मुझसे कहा कि वह उससे शादी करने वाली थी, फ्राँसीसी नागरिकता पाने के लिए...नागरिकता पाने का जुनून था उसको...''

''क्या आपका तलाक हो चुका था?''

''और क्या...हमारी शादी छः महीने चली थी...सिर्फ़ प्रवासी विभाग को चुप करवाने के लिए, जो उसे अमरीका से बाहर निकाल देना चाहते थे...''

मैं एकाग्रचित्त था ताकि उसकी कहानी का सिरा न छूट जाये मुझसे। उसकी आवाज़ नहीं के बराबर सुनायी पड़ रही थी।

''फिर वह फ्राँस चली गयी थी...और मैंने फिर कभी नहीं देखा उसे... तब मुझे मालूम हुआ...कि उसने आत्महत्या कर ली...''

''कैसे पता चला था आपको?''

''एक अमरीकी दोस्त के ज़रिये, जिसकी उस दौर में गे से जान-पहचान हुई थी। उसने मुझे अखबार की एक छोटी सी कतरन भेजी थी''

''आपने रखा है उसे?''

''हाँ। मेरे घर पर होगी ज़रूर, किसी दराज़ में।'' हम लोग त्रोकादेरो के बागीचों के ऊपरी हिस्से तक पहुँच चुके थे। फव्वारे की बत्तियाँ जल गयी थीं और आवाजाही बढ़ गयी थी। फव्वारों के सामने और इयेना पुल पर, पर्यटक झुंडों में दिख रहे थे। अक्तूबर के शनिवार की शाम थी, लेकिन हवा की गरमाहट से, सैर करने वालों और वे पेड़, जिनकी पत्तियाँ झड़ी नहीं थी उसकी वजह से लग रहा था कि यह वसन्त के शनिवार की शाम है।

''मैं थोड़ी और दूर रहता हूँ।''

हम बागीचों को पार कर गये थे और न्यूयार्क एवेन्यू पर निकल आये थे। वहाँ घाट के पेड़ों के नीचे नज़र पड़ने पर मुझे एक दुःस्वप्न देखने जैसा एहसास हुआ। मैंने अपना जीवन जी लिया था और अब मैं एक अजनबी से बढ़ कर कुछ नहीं था, जो शनिवार शाम की इस गुनगुनी हवा में तैर रहा था। उन बन्धनों को दोबारा जोड़ने की इच्छा क्यों है जो हिस्सों में बँट चुके थे और वहाँ पर रास्ते तलाशने की, जहाँ पर लम्बे समय से दीवार खिंच गयी थी? और यह छोटे कद का थुलथुल, मूँछों वाला आदमी जो मेरे साथ चल रहा था, मुझे यह सब मुश्किल से सच लग रहा था।

''अजीब है, अचानक मुझको याद आ गया उस फ्राँसीसी का नाम जिससे गे अमरीका में गिली थी।''

''क्या नाम था उसका?'' काँपती सी आवाज़ में मैंने पूछा।

''हावर्ड...यह उसका उपनाम था, नाम नहीं, ठहरिये...हावर्ड द फलाँ...''

मैं उसकी तरफ़ झुका।

''हावर्ड द क्या?''

''द...द...द ल्यूज़...। ल...यू...ज़...हावर्ड द ल्यूज़...हावर्ड द ल्यूज़... नाम अनोखा लगा...आधा अंग्रेज़ी...आधा फ्राँसीसी या स्पेनी...''

''और पहला नाम?''

''वो...''

उसने हाव-भाव से असमर्थता जतलायी।

''आपको मालूम नहीं कि वह दिखता कैसा था?''

''नहीं।''

मैं उसे गे की तस्वीर दिखाऊँगा जिसमें बूढ़े जियोंजियाद्ज़े थे और वह, जिसे मैं समझ रहा था कि मैं हूँ।

''और वह करता क्या था, यह हावर्ड द ल्यूज़?''

''गे ने मुझे बताया था कि वह किसी नवाबी ख़ानदान से ताल्लुक रखता था...कुछ करता होगा।''

वह हल्के से हँसा।

''हाँ, हाँ...ठहरिये...मुझे याद आ रहा है, वह हॉलीवुड में लम्बे प्रवास पर था...और वहाँ गे ने मुझसे कहा था कि वह अभिनेता जॉन जिलबर का अन्तरंग मित्र था।''

''जॉन जिलबर का हमराज़?''

''हाँ...जिलबर के जीवन के आखिरी दिनों में...''

न्यूयार्क एवेन्यू पर गाड़ियाँ बगैर मोटरों के शोर के तेज़ी से चल रही थीं और इससे मेरे सपने में होने का एहसास और बढ़ गया। वे कतारों में निकल रहीं थीं, घुटी सी आवाज़ थी, बस ऐसे तरलता से जैसे कि पानी पर चल रही हों। हम लोग उस पैदल पार पथ के ऊपर पहुँच गये थे जो आल्मा पुल से पहले पड़ता है। हावर्ड द ल्यूज़। इत्तफाकन यह मेरा नाम हो सकता था। हावर्ड द ल्यूज़...हाँ ये स्वर मेरे भीतर कुछ जगा रहे थे, कुछ ऐसा क्षणिक जैसे किसी वस्तु पर चाँद की छाया। यदि मैं हावर्ड द ल्यूज़ था, मैंने अपने जीवन में अनोखा तो कर ही दिखाया होगा क्योंकि इतने सारे एक से बढ़कर एक प्रतिष्ठित और लुभावने व्यवसायों में से मैंने चुना था ''जॉन जिलबर का

विश्वासपात्र बनना।'' मॉडर्न आर्ट म्यूज़ियम से बिलकुल पहले हम लोग एक पतली छोटी सड़क पर मुड़ गये।

''यहाँ रहता हूँ मैं,'' उसने मुझसे कहा।

लिफ्ट की बत्ती काम नहीं कर रही थी और सीढ़ियों की बत्ती उसी समय बन्द हो गयी जब हमने चढ़ना शुरू किया। अँधेरे में हमको खिलखिलाहटों और संगीत की आवाज़ें आ रही थीं।

लिफ्ट रुकी, मैंने ब्लंट को अपने पास महसूस किया जो दरवाज़ा ढूँढने की कोशिश कर रहा था। उसने दरवाज़ा खोला और मैंने लिफ्ट से निकलने के क्रम में उसको ठेल दिया क्योंकि घुप्प अंधेरा था। खिलखिलाहट और संगीत की आवाज़ उसी मंज़िल से आ रही थी, जिस पर हम पहुँचे थे। ब्लंट ने एक ताले में चाभी घुमायी। हमारे पीछे उसने दरवाज़ा आधा खुला छोड़ दिया था और हम लोग एक हॉल के बीच में खड़े थे जिसमें रोशनी हल्की सी थी—एक बल्ब छिटकती रोशनी जो छत से लटका हुआ था। ब्लंट वहीं खड़ा रहा। मैं सोच में पड़ गया कि शायद मुझे इजाज़त ले लेनी चाहिये थी। संगीत बहरा कर देने वाला था। अन्दर से एक रूसी युवती आयी जिसने सफ़ेद रंग का गाउन पहना हुआ था। उसने हम लोगों को एक-एक कर के आश्चर्य भरी नज़रों से देखा, ढीले बँधे गाउन से उसके वक्ष झलक रहे थे।

''मेरी बीवी,'' ब्लंट ने मुझसे कहा।

उसने मेरी तरफ़ देख कर सिर हिलाया और गाउन को अपने गले तक खींचा।

''मुझे मालूम नहीं था कि तुम इतनी जल्दी वापस आ जाओगे,'' उसने कहा।

हम लोग तीनों बुत की तरह दहलीज़ पर खड़े रहे उस रोशनी के नीचे जो हमारे चेहरों को पीली रोशनी से नहला रही थी। मैं ब्लंट की तरफ़ मुड़ा।

''तुम्हें मुझे पहले ही बताना चाहिये था,'' ब्लंट ने कहा।

''मुझे नहीं पता था...''

लगा मानो एक बच्ची सफ़ेद झूठ बोलते हुए पकड़ी गयी हो। उसने सिर

नीचे झुका लिया। बहरा कर देने वाला संगीत बन्द हो चुका था। और उसके बाद सैक्सोफोन पर एक मधुर धुन बजने लगी, इतनी शुद्ध कि हवा में घुल रही थी।

"बहुत लोग हैं?"

"नहीं, नहीं...कुछ दोस्त हैं..."

अधखुले दरवाज़े से एक चेहरा झाँका। सुनहरे, एकदम छोटे बालों वाली लड़की, हल्की गुलाबी लिपस्टिक लगाये हुए। फिर एक दूसरा चेहरा, भूरे बालों वाली, थोड़ी साँवली सी। बल्ब की रोशनी में ये चेहरे मुखौटों जैसे लग रहे थे। भूरे बालों वाली लड़की मुस्कुरा रही थी।

"मुझे अपने दोस्तों के पास वापस जाना होगा, दो या तीन घंटे में आना अब..."

"अच्छा," ब्लंट ने कहा।

वह बाकी दोनों के पीछे-पीछे ड्योढ़ी से चली गयी और दरवाज़ा फिर से बन्द कर लिया।

हमें हँसी के ठहाके सुनायी पड़े।

फिर से एक बार बहरा कर देने वाला संगीत।

"आइये!" ब्लंट ने कहा।

हम लोग फिर से एक बार सीढ़ियों में थे। ब्लंट ने बत्ती जलायी और एक पायदान पर बैठ गया। उसने इशारे से मुझे भी बैठ जाने के लिए कहा।

"मेरी बीवी मुझसे उम्र में बहुत छोटी है...तीस सालों का फर्क...कभी भी खुद से बहुत छोटी उम्र वाली औरत से शादी नहीं करनी चाहिये...कभी भी नहीं..."

उसने अपना एक हाथ मेरे कन्धे पर रख दिया था।

"ऐसी शादी कभी नहीं चलती है...एक भी ऐसा उदाहरण देखने को नहीं मिलेगा कि चली हो शादी...गाँठ बाँध लेना, दोस्त मेरे..."

बत्ती बुझ गयी थी। ज़ाहिर तौर पर ब्लंट का कोई इरादा नहीं था उसे फिर से जलाने का। वैसे मेरा भी नहीं था।

''अगर गे मुझे देख पाती...''

इस ख़याल से वह ठहाका मार के हँस पड़ा। अजीब सी हँसी थी अँधेरे में।

''वह मुझे पहचान नहीं पाती...कम से कम तीस किलो वज़न बढ़ गया है मेरा तब से...''

फिर से एक ठहाका, पहले वाली से अलग, अधीर, ज़बरदस्ती की हँसी।

''वह बहुत निराश होती...सोच के देखिये। होटल के बार में एक पियानो वादक...''

''पर निराश क्यों होती?''

''और एक महीने के अन्दर मैं बेकार हो जाऊँगा...''

उसने मेरी बाँह कस के पकड़ी।

''गे का विश्वास था कि मैं 'कोल पोर्त्तर' का नया अवतार बनूँगा...''

औरतों की चीखें सुनायी दीं, एकदम से। ब्लंट के फ्लैट से आ रही थीं आवाज़ें।

''क्या हो रहा है?'' मैंने पूछा।

''कुछ नहीं, वे लोग मस्ती कर रहे हैं।''

चीखते हुए एक पुरुष की आवाज़ थी, ''मुझे अन्दर आने दोगी, मुझे अन्दर आने दोगी, डैनी?'' हँसी। धड़ाम से दरवाज़ा बन्द होने की आवाज़।

''डैनी मेरी बीवी है,'' ब्लंट ने फुसफुसा कर कहा, वह उठा और बत्ती जलायी।

''बाहर चलते हैं ताज़ी हवा में।''

हम लोगों ने मॉडर्न आर्ट म्यूज़ियम के सामने का मैदान पार किया और

सोपानों पर बैठ गये। मैं वहाँ से नीचे, न्यूयॉर्क एवेन्यू में गाड़ियों को जाते हुए देख रहा था, एकमात्र निशान कि जीवन अभी बाकी था। हमारे इर्द-गिर्द एकदम सुनसान था, जड़वत। आम तौर पर इतना ढाढ़स बँधाने वाला एफिल टावर भी अभी जंग लगे लोहे के कतरनों का ढेर मात्र लग रहा था जो वहाँ से मुझको सेन नदी के दूसरे तट पर दिख रहा था।

''यहाँ साँस लिया जा सकता है,'' ब्लंट ने कहा।

वाकई, खुले मैदान में, ज़मीन पर परछाइयों का धब्बा बनाती मूर्तियों के बीच से और दूर, दूसरे छोर पर विशालकाय खम्भों के बीच से गर्म मंद बयार बह रही थी।

''मैं आपको कुछ तस्वीरें दिखाना चाहता हूँ,'' मैंने ब्लंट से कहा।

मैंने अपनी जेब से एक लिफ़ाफ़ा निकाला, उसे खोला और उसमें से दो तस्वीरें निकालीं : एक वह जिसमें गे ओरलो, बूढ़े जिर्योजियाद्ज़े और उस आदमी के साथ थी जिसमें मैंने खुद को तलाश लिया था और इस बात को सच मानता था और दूसरी छोटी बच्ची वाली तस्वीर। मैंने उसकी तरफ़ पहली वाली तस्वीर बढ़ायी।

''यहाँ पर कुछ दिखायी नहीं दे रहा है।'' ब्लंट ने धीरे से कहा।

उसने लाइटर जलाने की कोशिश की, पर कई बार यत्न करना पड़ा क्योंकि हवा लौ बुझा दे रही थी। उसने लौ को हथेली से ढाँपा और लाइटर को तस्वीर के करीब ले गया।

''आपको तस्वीर में एक आदमी दिख रहा है?'' मैंने पूछा ''बायीं तरफ़...एकदम बायीं तरफ़...''

''जी।''

''आप जानते हैं उसे?''

''नहीं।''

वह तस्वीर पर झुका हुआ था, लाइटर की लौ को बचाने के लिए हथेली

माथे से लगाये।

"आपको नहीं लगता इसकी शक्ल मुझसे मिलती है?"

"पता नहीं।"

कुछ और क्षणों तक वह खोजी निगाहों से फोटो देखता रहा फिर मुझे वापस कर दिया।

"गे बिलकुल ऐसी ही थी जब मैं उससे मिला था," उसने उदास आवाज़ में मुझसे कहा।

"ये लीजिये उसके बचपन की एक तस्वीर।"

उसने लाइटर की लौ में उसे बारीकी से देखा, माथे से हथेली लगा कर ढाँपे हुए जैसे एक घड़ीसाज़ एक अत्यंत सूक्ष्म काम में तल्लीन हो।

"बहुत प्यारी छोटी लड़की थी," उसने कहा, "और कोई तस्वीर नहीं है उसकी आपके पास?"

"नहीं, दुर्भाग्यवश नहीं...और आपके पास?"

"मेरे पास हमारी शादी की एक तस्वीर थी लेकिन वह खो गयी मुझसे, अमरीका में ही...मैं तो सोच रहा हूँ कि पता नहीं मैंने अखबार की कतरन भी रखी है कि नहीं, आत्महत्या वाली..."

उसका अमरीकी लहज़ा, जो शुरू में मुश्किल से महसूस हो रहा था, अब धीरे-धीरे ज़्यादा पता चलने लगा था। थकावट से?

"आपको घर वापस लौटने के लिए अक्सर ऐसे ही इन्तज़ार करना पड़ता है?"

"दिन-ब-दिन बढ़ रहा है यह। हालाँकि शुरुआत अच्छी हुई...मेरी बीवी बहुत अच्छी थी..."

तेज़ हवा के चलते वह बड़ी मुश्किल से सिगरेट जला पाया। ।

"गे मुझको इस हाल में देखती तो दंग रह जाती..."

वह मेरे और नज़दीक आया और मेरे कन्धे पर अपना हाथ रखा।

"तुम्हें नहीं लगता मेरे दोस्त कि उसने ठीक किया कि दुनिया से इतनी जल्दी चली गयी, इससे पहले कि बहुत देर हो जाती?"

मैंने उसे देखा। हर तरफ़ से गोलमटोल था वह। उसका चेहरा, उसकी नीली आँखें, यहाँ तक कि उसकी छोटी मूँछें भी गोलाकार छँटी हुई थीं। उसका मुँह भी, और पुए जैसे फूले-फूले हाथ। उसे देखते हुए मुझे वे गुब्बारे याद आने लगे, बच्चे जिनकी डोर पकड़े रहते हैं और रह-रह कर छोड़ देते हैं यह देखने के लिए कि वह कितना ऊँचा उड़ सकता है। और उसका नाम, वाल्डो ब्लंट भी ऐसा ही था, किसी गुब्बारे के जैसा फूला हुआ।

"माफ़ी चाहता हूँ, मेरे दोस्त...मैं आपको गे के बारे में ज़्यादा कुछ नहीं बता पाया..."

मुझे महसूस हुआ कि वह थकान से चूर था, टूटा-सा, इसलिए मैं लगातार उस पर नज़र जमाये हुए था क्योंकि मुझे डर लग रहा था कि खुले मैदान में बहती हवा का एक हल्का सा झोंका भर उसे कहीं उड़ा न दे, मुझे अपने सवालों के साथ अकेला छोड़ कर।

# 8

ओतई के मैदान के बिलकुल किनारे से लग कर एक सड़क जाती थी। एक तरफ़ घोड़ों की आवाजाही के लिए कच्चा रास्ता था, दूसरी तरफ़ बड़ी ऊँची इमारतें, सारी की सारी एक ढर्रे पर बनी हुई थीं। बीच में बने हुए पार्क उन्हें एक-दूसरे से अलग कर रहे थे। मैं भोग-विलास की समस्त सुविधाओं से युक्त इन ऊँची गगनचुम्बी इमारतों के सामने से गुज़रा और एक के सामने खड़ा हो गया, जिसमें गे ओरलो ने आत्महत्या की थी। 25, मारेशाल ल्योती एवेन्यू। किस मंज़िल पर? उस इमारत का रखवाला निश्चित

रूप से बदल गया होगा। क्या अभी भी इस इमारत में कोई, रहता होगा जो गे ओरलो से सीढ़ियों में आते-जाते मिलता रहा होगा या कोई ऐसा जो उसके साथ लिफ्ट लिया करता होगा? या कोई, जिसने अक्सर मुझे यहाँ आते देखा हो और जो मुझे पहचान ले?

कई शामों को धड़कते दिल से 25, मारेशाल ल्योती एवेन्यू की सीढ़ियाँ मैं ज़रूर चढ़ा होऊँगा। वह मेरी राह देखती होगी। उसकी खिड़कियों से खेल का मैदान दिखता था। उस ऊँचाई से बड़ा अजीब सा रहा होगा घुड़दौड़ देखना, छोटे-छोटे घोड़े और घुड़सवार खिलौनों की तरह आगे बढ़ते हुए, जो स्टैंड के एक छोर से दूसरे छोर तक कतार में चलते हैं और जो सबको मार गिराये, बड़ा इनाम उसका।

हम आपस में किस भाषा में बात करते होंगे? अंग्रेज़ी में? बूढ़े जियोंजियाद्ज़े के साथ वह तस्वीर क्या इसी फ्लैट में ली गयी होगी? किस तरह की साज-सज्जा होगी इसकी? किस तरह से आश्वस्त हो सकता था 'हावर्ड द ल्यूज़' कहलाने वाला वह शख्स—मैं? 'किसी नवाबी खानदान का' और 'जॉन जिल्बर के हमराज़' होने का और मास्को में जन्मी एक पुरानी नर्त्तकी जिसकी मुलाकात पाम आइलैंड में लकी लूचियानो से हुई थी?

निराले लोग थे। जो अपनी राह पर महज़ एक कोहरा सा छोड़ जाते हैं। जो पल भर में हवा में घुल जाता है। ह्यूट और मैं अक्सर ऐसे लोगों के बारे में बात करते थे जिनके नामो-निशान मिट जाते हैं। ये लोग एक दिन कहीं शून्य से निकल कर सामने आ जाते हैं और फिर वहीं लौट जाते हैं, कुछ लम्हों के लिए चमचमाने के बाद। सुंदरियाँ। किन्नर। तितलियाँ। उसमें से ज़्यादातर, अपने जीवनकाल में भी भाप से ज़्यादा कुछ नहीं थे, जो कभी संघनित नहीं होता। इस तरह ह्यूट मुझे एक उदाहरण दिया करते थे, एक व्यक्ति का जिसे वह 'तट का आदमी' पुकारते थे। इस आदमी ने अपने जीवन के चालीस साल समुद्री तटों पर या स्वीमिंग पूल के किनारे बिता दिये थे।

छुट्टियों की हज़ारों तस्वीरों में वह दिख जाता था, अपने स्वीमिंग सूट में एक कोने में या पीछे छुपा कहीं, हँसते-खेलते खुशनुमा लोगों के बीच में, पर कोई भी उसका नाम नहीं बता पाता था, न ही उसके वहाँ होने की वजह।

और जब एक दिन अचानक वह इन तस्वीरों से गायब हो गया तब भी किसी का ध्यान नहीं गया। मेरी हिम्मत नहीं हुई ह्यूट से कहने की कि 'समुद्र तट का आदमी' मैं ही था। हालाँकि मेरे यह स्वीकार करने पर उन्हें अचंभा नहीं होता। ह्यूट बार-बार कहते थे कि गहरे मन के भीतर हम सभी 'समुद्री तट के आदमी हैं' और कि 'रेत—मैं शब्दशः उनकी बात दोहरा रहा हूँ—बस कुछ पलों के लिए ही हमारे कदमों की छाप सँभाल कर रखती है।'

इनमें से एक इमारत चौक के बिलकुल किनारे पर थी, वीरान थी। पेड़ों का घना झुरमुट, लताएँ, घास जिसे काफ़ी समय से काटा नहीं गया था। जाती दोपहर की धूप में एक बच्चा शान्ति से, रेत के ढेर के सामने, अकेला खेल रहा था। मैं घास के किनारे बैठ गया और मैंने इमारत की तरफ़ सिर उठाया, खुद से सवाल करते हुए कि गे ओरलो की खिड़की क्या इस तरफ़ खुलती होगी?

# 9

रात है और एजेन्सी के दूधिया लैम्प की रोशनी ह्यूट के काम करने वाली मेज़ पर चमकता गोला बना रहा था। इस मेज़ पर मैं बैठा हुआ हूँ। पुरानी और नयी वार्षिकियाँ...और अपनी खोजबीन को मैं लिखता जा रहा हूँ :

हावर्ड द ल्यूज़ (जाँ सिमटी) और श्रीमती, जन्म से माबेल डोनाह्यू, वालब्रस, ऑर्न में जन्मी। टी 21 व 23, रेनुआर मार्ग टी। AUT 15-28
—CGP—MA.

लब्धप्रतिष्ठ हस्तियों की वार्षिकी जहाँ इसका उल्लेख है लगभग तीस साल पुरानी है। क्या यह मेरे पिता से संबद्ध था?

वही ज़िक्र बाद के वर्षों की वार्षिकी में भी था। मैंने चिह्नों और संक्षिप्त उद्धरणों की सूची देखी।

मतलब : युद्ध का शूल

सी जी पी : क्लब द्यू ग्राँ पाववा, एम ए : मोटर याच क्लब द ला कोत-द-आज़्यूर, और ⛵ : पालदार जहाज़ के मालिक।

परन्तु दस वर्ष बाद निम्नलिखित आँकड़े लुप्त हो गये थे : 23, रेनुआर मार्ग T। AUT 15-28। और यह भी लुप्त हो गये : MA और ⛵

उसके बाद के साल में सिर्फ़—हावर्ड द ल्यूज़ (जाँ सिमटी) और श्रीमती, जन्म से माबेल डोनाह्यू, वालब्रस, ऑर्न में जन्मी। टी 21।

फिर कुछ भी नहीं।

इसके बाद पिछले दस सालों की पेरिस की वार्षिकियाँ जाँचीं। हर बार हावर्ड द ल्यूज़ के नाम का उल्लेख निम्नलिखित तरीके से था :

हावर्ड द ल्यूज़, सी 3 हेनरी पाते चौक, सोलहवाँ जनपद—MOL 50-52।

कोई भाई? रिश्ते का भाई?

उन्हीं सालों की वार्षिकी में इस किस्म का कहीं कोई ज़िक्र नहीं मिलता।

# 10

"मुँस्यूर हावर्ड आपका इन्तज़ार कर रहे हैं।"

निस्संदेह यह बासानो मार्ग के रेस्तराँ की मालकिन थी। हल्के रंग की आँखें और भूरे बालों वाली। उसने मुझे अपने पीछे आने का इशारा किया। हम सीढ़ियों से नीचे उतरे और वह मुझे कमरे के अन्त में ले गयी। वह एक मेज़ के आगे रुक गयी जहाँ पर एक आदमी अकेला बैठा हुआ था। वह उठा।

"क्लोद हावर्ड," उसने कहा। उसने इशारे से मुझे बैठने की जगह दिखायी।

"मुझे देर हो गयी, माफ़ कीजियेगा"

"कोई फर्क नहीं पड़ता।"

उत्सुकता से मुझे देखते हुए मानो मेरे चेहरे की परतें खोल रहा था। मुझे जानता था क्या वह?

''आपका फोन आया तो मुझे बहुत जिज्ञासा हुई,'' उसने कहा।

मुस्कुराते रहने के लिए मैं बहुत जतन कर रहा था।

''और खासकर हावर्ड द ल्यूज़ के खानदान में आपकी रुचि को लेकर... जिससे मेरा वास्ता था मेरे दोस्त, आखिरी कड़ी...''

इस वाक्य में थोड़ा व्यंग्यात्मक पुट था जैसे कि खुद का मज़ाक उड़ा रहा हो।

''हालाँकि मैं खुद को हावर्ड कहलवाना पसन्द करता हूँ, संक्षेप में। यह कम उलझा हुआ है।''

उसने मुझे व्यंजनों की सूची पकड़ायी।

''ज़बरदस्ती नहीं है कि आप वही खायें जो मैं खाऊँगा। मैं अखबार में व्यंजनों पर लिखता हूँ। इसलिए ज़रूरी है कि मैं उस जगह का विशेष व्यंजन चखूँ...चावल, मछली''

उसने एक आह भरी। वह सचमुच हतोत्साहित लग रहा था।

''अब मन नहीं करता...चाहे जो कुछ भी घट रहा हो मेरे जीवन में...मुझे तो खाना ही पड़ता है...''

उन्हें एक व्यंजन परोसा भी जा चुका था। मैंने अपने लिए सलाद और फल मँगवाये थे।

''आप किस्मत वाले हैं...मुझे तो खाना ही पड़ता है...आज शाम को मुझे लिखना है इस पर...मैं एक प्रतियोगिता से लौटा हूँ 'त्रिपिएर-द-ऑर' की प्रतियोगिता से...मैं निर्णायक समिति का हिस्सा था। डेढ़ दिन में, एक सौ सत्तर कबाब ठूँसने पड़े मुझे...''

मैं उसकी उम्र का अंदाज़ा नहीं लगा पा रहा था। भूरे बाल पीछे खींच कर काढ़े हुए थे, आँखें भूरी थीं और रंग गोरा होते हए भी नैन-नक्श में कुछ

अश्वेतों की झलक थी। हम लोग रेस्तराँ के इस हिस्से में, जो भूमिगत तल (बेसमेंट) में बना हुआ था, अकेले थे। हल्के नीले रंग की लकड़ी, साटिन और क्रिस्टल की साज सज्जा अट्ठारहवीं शताब्दी की याद दिला रहे थे।

"आपने मुझसे फोन पर जो कहा उस पर गौर कर रहा हूँ...यह हावर्ड द ल्यूज़ जिसमें आपकी रुचि है, मेरा चचेरा भाई फ्रेडी हो सकता है।"

"आपको सच में विश्वास है?"

"इसका पूरा यकीन है मुझे। लेकिन उसको मैं मुश्किल से ही जानता था..."

"फ्रेडी हावर्ड द ल्यूज़?"

"हाँ। जब हम लोग छोटे थे तब कभी-कभी इकट्ठे खेलते थे।"

"आपके पास उनकी तस्वीर नहीं है?"

"एक भी नहीं।"

उसने पास्ता का एक निवाला गटका।

"वह मेरा चचेरा भाई भी नहीं था...बहुत दूर के रिश्ते का भाई था... हावर्ड द ल्यूज़ खानदान के बहुत कम लोग थे...मेरे ख़याल से हम ही अकेले थे। बस पापा और मैं, फ्रेडी और उसके दादा...यह मॉरिशस का एक फ्राँसीसी परिवार था, जानते हैं आप..."

एक ऊबे हुए अंदाज़ से उसने अपनी तश्तरी खिसका दी।

"फ्रेडी के दादा ने एक बेहद धनी अमरीकी लड़की से शादी की थी..."

"माबेल डोनाह्यू?"

"एकदम सही...ऑर्न में उनके पास एक ख़ूबसूरत जायदाद थी..."

"वॉलब्रज़ में?"

"आप तो सचमुच में एक डायरेक्टरी हैं मेरे दोस्त।" उसने अचरज भरी नज़रों से मुझे देखा।

''और फिर बाद में, मेरे ख़याल से उन्होंने सब कुछ खो दिया...फ्रेडी अमरीका चला गया...मैं आपको सही-सही जानकारी नहीं दे पाऊँगा...यह सब सुनी-सुनाई बातों के आधार पर बता रहा हूँ आपको...मैं तो सोच रहा हूँ कि पता नहीं फ्रेडी ज़िंदा है भी कि नहीं...''

''कैसे पता चलेगी यह बात?''

''अगर मेरे पापा होते यहाँ...उन्हीं के ज़रिये परिवार में सबकी ख़बर मिलती रहती थी...बदकिस्मती से...''

मैंने अपनी जेब से गे ओरलो और बूढ़े जियोंजियाद्जे की तस्वीर निकाली और उस आदमी की तरफ़ इंगित किया, जो मुझसे मिलता-जुलता था।

''आप इस शख़्स को नहीं जानते?''

''नहीं।''

''आपको नहीं लगता कि इसकी शक्ल मुझसे मिलती है?''

वह फोटो के ऊपर झुका।

''हो सकता है,'' बिना दृढ़ विश्वास के उसने कहा।

''और सुनहरे बालों वाली लड़की, इसे जानते हैं आप?''

''नहीं।''

''पर वह तो आपके चचेरे भाई फ्रेडी की दोस्त थी।''

उसे देख कर लगा कि अचानक उसको कुछ याद आया।

''ठहरिये...मुझे याद आ रहा है...फ्रेडी अमरीका चला गया था...और वहाँ ऐसा अनुमान था कि वह जॉन जिलबर का अन्तरंग मित्र बन चुका था।''

यह दूसरी दफ़ा था कि मुझसे यह कहा गया था। लेकिन इससे ज़्यादा कुछ पता नहीं चल पाया।

''मुझको यह मालूम है क्योंकि उस दौरान अमरीका से उसने मुझे एक पोस्टकार्ड भेजा था...''

''आपने उसे सँभाल के रखा?''

''नहीं, मगर मुझे अभी भी उसके अंश कंठस्थ हैं। 'यहाँ सब कुशल है। अमरीका एक ख़ूबसूरत देश है। मुझे कुछ काम मिल गया है : मैं जॉन जिलबर का विश्वासपात्र हूँ। तुम्हें और तुम्हारे पिता को स्नेह, फ्रेडी'।''

मुझे एक झटका सा लगा।

''आपने दोबारा नहीं देखा उसे, उसके फ्राँस वापस आने के बाद?''

''नहीं। मुझको तो मालूम भी नहीं था कि वह वापस फ्राँस आ गया है।''

''और अगर अभी वह आपके सामने होता तब क्या आप उसे पहचान जाते?''

''शायद नहीं।''

मेरी मजाल नहीं हुई कि मैं उससे यह कह सकूँ कि फ्रेडी हावर्ड मैं हूँ। वैसे अभी तक मेरे पास इस बात का कोई ठोस प्रमाण भी तो नहीं था लेकिन मैं उम्मीद बाँधे हुए था।

''जिस फ्रेडी को मैं जानता था वह दस साल का बच्चा था...उसके साथ खेलने के लिए पापा मुझे अपने साथ वालब्रज़ ले कर गये थे...''

बैरा हमारी मेज़ के सामने ठहरा हुआ इन्तज़ार कर रहा था कि क्लोद हावर्ड अपनी पसन्द का व्यंजन खत्म कर लें लेकिन वह उसकी उपस्थिति से बेख़बर थे और बैरा एक संतरी की तरह सीधा खड़ा रहा।

''मुँस्यूर, मुझे लगता है कि फ्रेडी मर चुका है...''

''ऐसा नहीं बोलना चाहिए...''

''मेहरबानी है आपकी, जो हमारे बदकिस्मत ख़ानदान में रुचि ले रहे हैं, किस्मत ने हमारा साथ नहीं दिया...मुझे यकीन है कि मैं अकेला उत्तरजीवी हूँ, और आजीविका के लिए मुझे क्या करना पड़ रहा है, देखिये...''

उसने मेज़ पर एक मुक्का मारा, उसी समय बैरा मछली का एक व्यंजन ले कर आ रहा था और रेस्तराँ की मालकिन एक मुग्ध मुस्कान लिये हुए

हमारे पास आ रही थी।

"मुँस्यूर हावर्ड, इस वर्ष की 'त्रिपियेर-द-ऑर' की प्रतियोगिता कैसी रही?"

लेकिन उसने सुना नहीं था और वह मेरी तरफ़ झुका।

"असल में हम लोगों को मॉरिशस छोड़ना ही नहीं चाहिये था..."

# 11

पीले और स्लेटी रंग में एक पुराना छोटा सा स्टेशन, दोनों तरफ़ सीमेन्ट की अलंकृत बाड़, इन घेरों के पीछे प्लेटफार्म, जहाँ मैं रेल-कार से उतरा था। स्टेशन का चौक एकदम सुनसान होता अगर वहाँ पर पेड़ों के नीचे एक बच्चा स्केटिंग न कर रहा होता।

मैंने सोचा, 'मैं भी वहाँ खेला होऊँगा, एक अरसा पहले। यह खामोश चौक मुझको सच में कुछ याद दिला रहा था। मेरे दादा हावर्ड द ल्यूज़, यहाँ पेरिस से आने वाली ट्रेन पर मुझे लेने आते होंगे या इसका उल्टा होता होगा क्या? ग्रीष्म की संध्या में, स्टेशन के प्लेटफार्म पर उनका इन्तज़ार करने अपनी दादी माबेल डोनाह्यू के संग, मैं जाता होऊँगा।'

थोड़ी दूरी पर एक सड़क थी, राजमार्ग की तरह चौड़ी, लेकिन उस पर से गाड़ियाँ यदा-कदा ही गुज़र रही थीं। मैं एक उद्यान के किनारे-किनारे से निकला, जो उसी तरह की सीमेंट की बाड़ों से घेरी हुई थी, जो मैंने स्टेशन वाले चौक पर देखी थीं।

सड़क के दूसरी तरफ़ एक किस्म के प्रांगण में बनी हुई कुछ दुकानें थीं। एक सिनेमा हॉल। उसके बाद हल्की सी चढ़ाई वाले एक रास्ते के कोने पर झुरमुटों में छुपी हुई एक धर्मशाला। मैं बेझिझक उस रास्ते पर निकल पड़ा

क्योंकि मैंने वालबज्र का नक्शा पढ़ लिया था। सड़क जिसके दोनों तरफ़ पेड़ लगे हुए थे जिसके छोर पर एक चारदीवारी और एक लोहे का फाटक था, उस पर गली हुई लकड़ी की तख्ती टंगी थी, जिसके आधे-अधूरे अक्षरों से अंदाज़ लगाते हुए मैं पढ़ सका : संपदा प्रबंधन। लोहे के फाटक के पीछे घास का मैदान था। अन्तिम छोर पर ईंट और पत्थर की, लुई XIV की शैली में बनी हुई, हवेली थी। इसके बीचोबीच थोड़ी ऊँचाई पर, बाहर को निकला हुआ, एक मंज़िला, मंडप जैसी बनावट थी और दोनों छोरों पर बने गुम्बजदार मंडप जैसी संरचना भवन के अग्रभाग को परिपूर्ण कर रही थी।

मायूसी के जज़्बे ने मुझे अपनी गिरफ्त में ले लिया : मैं सम्भवत: उस भवन के सामने था जहाँ मेरा बचपन बीता था। मैंने लोहे के फाटक को धकेला और बिना किसी दिक्कत के उसे खोल लिया। जाने कब से, मैंने इसकी दहलीज़ नहीं लाँघी? दाहिनी तरफ़, एक ईंटों के मकान पर मेरी नज़र पड़ी जो ज़रूर घुड़साल रही होगी।

घास मेरी पिंडलियों तक पहुँच रही थी और मैं जितनी जल्दी हो सकता था मैदान पार करने की कोशिश कर रहा था, हवेली की दिशा में। यह निस्तब्ध भवन मुझमें कुतूहल जगा रहा था। मुझे डर लग रहा था कि कहीं इस अग्रभाग के पीछे मुझको ऊँची घास और ढही दीवारों के अलावा और कुछ भी न मिले।

कोई मुझे पुकार रहा था। मैं मुड़ा। वहाँ पर, एक ढाँचा था अस्तबल जैसा, एक आदमी हाथ हिला रहा था। वह मेरी तरफ़ चलता हुआ आ रहा था और मैं, घास के मैदान में जो जंगल जैसा लग रहा था, उसके बीच में स्थिर खड़ा, उसे देखता रहा। एक खासा भारी-भरकम आदमी हरे मखमली परिधान में।

''क्या चाहिए आपको?''

वह मुझसे कुछ कदम की दूरी पर रुक गया था। भूरे बाल और मूँछें।

''मुझे मुँस्यूर हावर्ड द ल्यूज़ के बारे में कुछ जानकारियाँ चाहिये।''

मैं आगे बढ़ता जा रहा था। क्या पता वह मुझे पहचान ले? हर बार मुझे यही उम्मीद लगी रहती है और हर बार मेरे हाथ मायूसी लगती है।

''कौन से हावर्ड द ल्यूज़?''

''फ्रेडी।''

मैंने बुझी सी आवाज़ में कहा ''फ्रेडी।'' जैसे यह मेरा ही नाम था और जिसे मैंने बरसों की गुमनामी के बाद बोला था। उसकी आँखें फैलीं।

''फ्रेडी...''

इस क्षण में, मैं सच में यही समझ बैठा कि वह मुझको मेरे नाम से पुकार रहा था।

''फ्रेडी? लेकिन अब वह यहाँ नहीं है...''

नहीं। उसने मुझे पहचाना नहीं था। कोई भी मुझे नहीं पहचानता था।

''आप वास्तव में चाहते क्या हैं?''

''मैं जानना चाहता हूँ कि फ्रेडी हावर्ड द ल्यूज़ का क्या हुआ?''

वह मुझको शक्की नज़रों से देख रहा था और उसने अपना एक हाथ अपनी पतलून की जेब में घुसा लिया। वह कोई हथियार निकालेगा और मुझको धमकायेगा। लेकिन नहीं। उसने अपनी जेब से एक रूमाल खींचा और उससे अपना माथा पोंछा।

''आप हैं कौन?''

''मेरी फ्रेडी से अमरीका में जान-पहचान हुई थी मुद्दतों पहले और मैं उनकी खोज खबर लेना चाहता था।''

''अमरीका में? आप फ्रेडी से अमरीका में मिले थे?''

लगा जैसे कि 'अमरीका' नाम ने उसके ख्वाब जगा दिये थे। अमरीका में मेरी फ्रेडी से मुलाकात के ज़िक्र से वह मेरा इस कदर शुक्रगुज़ार हो रहा था कि उसने मुझे गले लगा लिया होता।

''अमरीका में? तो फिर, आप उससे मिले होंगे वह उसके...उसके... अन्तरंग मित्र थे...''

''जॉन जिलबर के।''

उसका सारा शक-ओ-शुबहा काफ़ूर हो गया। उसने मेरी कलाई थाम ली।

''इधर आइये।''

उसने मुझे बायीं तरफ़ बुलाया, भीतरी दीवार के किनारे-किनारे, जहाँ घास कम ऊँची थी और पता लग रहा था कि वहाँ पहले पगडण्डी रही होगी।

''काफ़ी लम्बे अरसे से, मुझे फ्रेडी की कोई खबर नहीं है,'' गंभीर आवाज़ में उसने मुझसे कहा।

उसका मखमली परिधान कई जगह से घिसा हुआ था और कन्धे पर, कुहनियों और घुटने पर पैबन्द लगा कर सिला हुआ था।

''आप अमरीकी हैं?''

''जी।''

''फ्रेडी ने मुझको अमरीका से बहुत पोस्टकार्ड भेजे।''

''आपने उन्हें सँभाल कर रखा है?''

''बिलकुल।''

हम हवेली की तरफ़ चलने लगे।

''आप यहाँ कभी नहीं आये?''

''कभी नहीं।''

''लेकिन आपको यहाँ का पता कैसे मिला?''

''फ्रेडी के रिश्ते के भाई से, क्लोद हावर्ड द ल्यूज़...''

''मैं नहीं जानता।''

हम उस गुम्बजदार मण्डप के आगे थे, जिसे मैंने पहले ही महल के दोनों छोर पर, गौर कर लिया था। उसने मुझे एक दरवाज़ा दिखाया :

''यह एकमात्र दरवाज़ा है, जिससे हम अन्दर जा सकते हैं।''

उसने ताले में एक चाभी घुमायी। हम लोग अन्दर गये। वह मुझे एक अँधेरे और खाली कमरे के पार ले गया फिर गलियारे के किनारे से। हम लोगों ने एक दूसरे रंगीन शीशे के कमरे को खोला जिसका रंग उसे एक छोटे गिरजे का भान दे रहा था या जाड़ों की फुलवारी का।

''यह गर्मियों का भोजनकक्ष था।'' उसने कहा।

कोई फर्नीचर नहीं था सिवाय एक पुराने लाल मखमल मढ़े दीवान के। हम उस पर बैठ गये। उसने अपनी जेब से सिगार निकाला और आहिस्ते से उसे जलाया। शीशे की दीवारों से दिन की रोशनी छन कर आ रही थी और कमरे को हल्के नीले रंग में नहला रही थी। मैंने सिर उठाया और ध्यान से देखा कि छत भी हल्के नीले रंग की थी, कुछ धब्बे ज़्यादा गहरे थे : बादल। उसने मेरी निगाहों को पढ़ लिया था।

''फ्रेडी ने ही कमरे की छत और दीवारों को रंगा था।''

कमरे की सिर्फ़ एक दीवार हरे रंग में रंगी थी और उस पर खजूर के पेड़, तकरीबन मिटे से, देखे जा सकते थे। मैं कोशिश कर रहा था अपने आप को इस कमरे में कल्पना करने की, जब हम लोग वहाँ खाना खाते होंगे। वह छत, जिस पर मैंने आसमान चित्रित किया था। हरी दीवार जिस पर मैंने खजूर के पेड़ों से एक उष्णकटिबंधीय प्रदेश का आभास देना चाहा था। शीशे की दीवारें, जिनसे छन कर नीली रोशनी हमारे चेहरों पर पड़ रही थी। लेकिन ये चेहरे किसके थे?

''बस यही एक कमरा है जिसमें हम अभी भी जा सकते हैं,'' उसने कहा। ''बाकी सारे सीलबन्द हैं।''

''क्यों?''

''हवेली की जब्ती हो गयी है।''

इन शब्दों को सुन कर मैं पथरा गया।

''उन्होंने सब कुछ गिरवी रख लिया है लेकिन मुझको छोड़ दिया है यहाँ। मगर कब तक? मैं नहीं जानता।''

वह सिगार के कश लगा रहा था और सिर हिला रहा था।

''राजकीय सम्पत्ति का एक आदमी है जो समय-समय पर तफ्तीश करने आता है। उन्हें देख कर लगता नहीं है कि वे कोई निर्णय लेने वाले हैं।''

''कौन?''

''राजकीय सम्पत्ति की देखभाल करने वाले।''

मुझे ठीक से समझ में नहीं आ रहा था कि वह क्या कहना चाह रहा था लेकिन मुझको सड़ी लकड़ी की तख्ती पर खुदे अक्षर याद आ गये... सम्पदा प्रबंधन।

''आप यहाँ बहुत दिनों से हैं?''

'' जी...हाँ...मैं मुँस्यूर हावर्ड द ल्यूज़ की मौत पर आया था यहाँ...फ्रेडी के दादा...मैं बाग की देखभाल करता था...फ्रेडी की दादी...''

''और फ्रेडी के माँ-बाप?''

''मेरे ख़याल से वे लोग कम उम्र में ही गुज़र गये थे। उसका पालन-पोषण उसके दादा-दादी ने ही किया था।''

तो इस तरह मुझे मेरे दादा-दादी ने पाला था। मेरे दादा की मृत्यु के बाद हम यहाँ अकेले रहते होंगे, अपनी दादी माबेल दोनाह्यू और इस आदमी के साथ।

''आपका नाम क्या है?'' मैंने पूछा।

''रोबेर...''

''फ्रेडी आपको कैसे बुलाता था?''

''उसकी दादी मुझे बॉब पुकारती थीं। वह अमरीकन थीं। फ्रेडी भी मुझे बॉब पुकारता था।''

यह नाम 'बॉब' मेरे अन्दर कोई स्मृति नहीं जगा रहा था।

''उसके बाद दादी की मृत्यु हो गयी। पहले से ही रुपये-पैसे का मामला ख़स्ता चल रहा था...फ्रेडी के दादा ने अपनी पत्नी की जायदाद बर्बाद कर दी

थी...काफ़ी महँगी अमरीकी जायदाद...''

वह बेपरवाही से सिगार के कश खींचता रहा और धुएँ के नीले-नीले गोले, ऊपर छत तक जा रहे थे। बड़ी रंगीन काँच की खिड़कियों वाला यह कमरा, दीवारों पर और छत पर फ्रेडी की चित्रकारियों सहित—मेरा ?—निश्चित ही उसका आरामगाह रहा होगा।

''उसके बाद फ्रेडी गायब हो गया...बगैर बताये...मुझे मालूम नहीं है क्या हुआ था। लेकिन जब्ती में उन्होंने सब बर्बाद कर डाला।''

फिर से एक बार यह शब्द ''ज़ब्ती,'' लगा जैसे किसी ने आपके मुँह पर धम्म से दरवाज़ा ठीक उसी समय बन्द कर दिया, जिस समय आप देहरी लाँघने को तैयार हों।

''और तब से मैं इन्तज़ार कर रहा हूँ...मैं हैरान होता हूँ सोच कर कि उनका इरादा क्या है...कुछ भी हो मुझे बाहर तो नहीं निकाल फेंक सकते हैं वे लोग।''

''आप कहाँ रहते हैं ?''

''पुराने अस्तबल में, फ्रेडी के दादा ने उसमें काम करवा दिया था।''

दाँतों के बीच सिगार दबाये वह मुझ पर निगाहें टिकाये हुए था।

''और आप ? बताइये मुझे, फ्रेडी से आपकी जान-पहचान कैसे हुई थी अमरीका में ?''

''ओ हो...एक लम्बी कहानी है...''

''अगर आपको तकलीफ़ न हो तो हम थोड़ा सा टहल लें ? मैं आपको उस तरफ़ के मैदान दिखाऊँगा।''

''ख़ुशी से।''

उसने खिड़कीनुमा दरवाज़े खोले और हम पत्थर की सीढ़ियों से दो-तीन कदम उतरे। अब हम लोग घास के मैदान के सामने खड़े थे। वैसा ही जिसे मैंने किले तक पहुँचने के लिए पार करने की कोशिश की थी। लेकिन यहाँ की घास कम ऊँची थी। मुझे घोर अचरज हुआ कि किले का भीतरी हिस्सा

उसके बाहरी हिस्से से बिलकुल मेल नहीं खा रहा था : यहाँ स्लेटी पत्थरों का निर्माण था। यहाँ तक कि छत भी एक समान नहीं थी : इस तरफ़, कटे कोनों और त्रिकोणिक दीवारों से बनावट जटिल थी, इतना अन्तर कि पहली नज़र में जो घर लुई III के किसी किले का आभास दे रहा था, पीछे से उन्नीसवीं शताब्दी के अन्त में समुद्रतट पर निर्मित कोठियों के सदृश लग रहा था, जिसके कुछ दुर्लभ नमूनों के अवशेष अभी भी बीयारीट्ज़ (एक तटीय शहर) में हैं।

"बाग के इस हिस्से की थोड़ी सी देखभाल करने की कोशिश करता हूँ मैं," उसने कहा। "लेकिन एक अकेले आदमी के लिए मुश्किल है।"

हम एक कच्चे रास्ते पर चल रहे थे, जो घास के मैदान के किनारे-किनारे से जा रहा था। हमारे बायीं तरफ़ आदमकद झाड़ियाँ थीं, सफ़ाई से कटी छँटी हुई। उसने उनकी तरफ़ इशारा किया :

"भूलभुलैया। फ्रेडी के दादा का बोया हुआ, मैं इनका भरसक ख़याल रखता हूँ, जितना मुझसे हो सकता है। बहुत ज़रूरी है कि कुछ तो पहले जैसा रहे।" हम इस भूलभुलैया में घुसे, घास-फूस, लताओं की वजह से हम झुक रहे थे। कई पगडंडियाँ एक-दूसरे को काटते हुए जा रही थीं, चौराहे थे, गोल चक्कर थे और दाहिने कोण पर रास्ते खत्म हो रहे थे। बचपन में, ज़रूर यहाँ पर अपनी दादी के संग या अपने हमउम्र दोस्तों के संग, मैं छुपा-छुपी खेलता होऊँगा और इस जादुई भूलभुलैया के बीचोंबीच जिससे सदाबहार झाड़ियों और चीड़ की खुशबू आ रही थी, निस्संदेह मैंने अपने जीवन के सबसे खूबसूरत लम्हे बिताये होंगे। हम जब भूलभुलैया से बाहर निकले, मैं अपने आप को कहने से रोक नहीं पाया : "अजीब बात है...यह...मुझे कुछ याद दिला रहा है..."

मगर लगा कि उसने मुझको नहीं सुना। मैदान के सिरे पर एक पुराना जंग लगा हुआ आड़ा शहतीर था जिससे दो झूले लटक रहे थे।

"आप इजाज़त दें तो..."

वह उनमें से एक झूले पर बैठ गया और सिगार जला लिया। दूसरे वाले झूले पर मैं बैठ गया। सूरज डूब रहा था और घास के मैदान की भूलभुलैया वाली झाड़ियों को एक मुलायम लालिमा से नहला रहा था। हवेली के स्लेटी

पत्थर भी ऐसी ही रोशनी में लिपटे हुए थे। यही लम्हा मैंने चुना उसको तस्वीर दिखाने के लिए, गे ओरलो, मेरी और बूढ़े जिर्योजियाद्जे वाली।

"इन लोगों को जानते हैं आप?"

बगैर मुँह से सिगार हटाये, वह काफ़ी देर तक तस्वीर निहारता रहा।

"इसको...बहुत अच्छी तरह जानता हूँ इसे..."

अपनी तर्जनी उसने गे ओरलो के चेहरे के नीचे रखी हुई थी।

"रूसी लड़की..." सपनों में खोया सा उसने कहा।

"आपको ऐसा लगता है कि मैं उसे जानता था, रूसी लड़की को..."

वह खिलखिलाकर हँस पड़ा।

"फ्रेडी अक्सर यहाँ आता था इसके साथ, बाद के सालों में...कमाल की लड़की थी...सुनहरे बाल...मैं बता सकता हूँ आपको कि वह...आप जानते हैं उसे?"

"हाँ," मैंने कहा। "मैंने अमरीका में उसे फ्रेडी के साथ देखा था।"

"अच्छा तो रूसी लड़की से उसकी मुलाकात अमरीका में हुई थी?"

"जी।"

"तब फिर वही बता सकती है आपको कि इस वक्त फ्रेडी कहाँ होगा...उसी से यह पूछना चाहिये..."

"और इस भूरे बालों वाले शख़्स को, रूसी लड़की के बगल में?"

वह फोटो पर थोड़ा और झुका, उसे आँका। मेरा दिल ज़ोर से धड़क रहा था।

"बिलकुल...इसे भी जानता था मैं...ठहरिये...हाँ, हाँ...यह फ्रेडी का दोस्त था...यहाँ आता था फ्रेडी के साथ, रूसी लड़की और एक दूसरी लड़की के साथ...मेरे ख़याल से वह दक्षिण अमरीका या वहीं कहीं का रहने वाला था..."

"आपको लगता नहीं कि इसकी शक्ल मुझसे मिलती है?"

''हाँ...क्यों नहीं?'' उसने मुझे बगैर देखे कहा।

सो, यह था सच, अब स्पष्ट हो गया था। मेरा नाम फ्रेडी द ल्यूज़ नहीं था। मैंने ऊँची घासों वाले मैदान को देखा जिसके कगार पर अस्त होते हुए सूर्य की किरणें पड़ रही थीं। मैं कभी इस घास के मैदान में इस छोर से उस छोर तक अमरीकन दादी के हाथ में हाथ डाले नहीं टहला था। मैं कभी बचपन में इस भूलभुलैया में नहीं खेला था। ओसारे के ज़ंग खाये झूले मेरे लिए नहीं खड़े किये गये थे। अफ़सोस हुआ।

''आपने कहा दक्षिण अमरीका?''

''जी, लेकिन वह मेरी और आपकी तरह ही फ्रेंच बोलता था...''

''और आप उसे यहाँ पर अक्सर देखते थे?''

''कई बार।''

''आपको कैसे पता कि वह दक्षिण अमरीका का था?''

''क्योंकि एक दिन मैं उसे लेने के लिए पेरिस गया था। उसने मुझे वहीं बुलाया था जहाँ वह काम करता था...एक दक्षिण अमरीकी दूतावास में...''

''कौन सा दूतावास?''

''अब...कुछ ज़्यादा ही पूछ रहे हैं आप मुझसे?''

अब मुझे इस बदलाव का आदी हो जाना चाहिये था। मैं इस ख़ानदान का वंशज नहीं था, जिसका ज़िक्र पुरानी वार्षिकियों और डायरेक्टरी में था। अब इस दक्षिण अमरीकी मूल वाले के नामोनिशान ढूँढना बेहद मुश्किल होगा।

''मेरे ख़याल से वह फ्रेडी के बचपन का दोस्त था...''

''यहाँ पर वह किसी लड़की के साथ आता था?''

''हाँ। दो या तीन बार। एक फ्राँसीसी थी। फ्रेडी और रूसी लड़की के साथ चारों इकट्ठे आते थे...दादी की मौत के बाद...''

वह उठ गया।

''आप कहें तो अब हम वापस लौटें? ठंड होनी शुरू हो गयी है अब...''

रात ढल चुकी थी और हम दोबारा 'ग्रीष्म ऋतु के भोजन कक्ष' में आ गये थे।

''यह फ्रेडी का प्रिय कमरा था...शाम को काफ़ी देर तक यहीं रहता था, रूसी लड़की, दक्षिण अमरीकी लड़के और उस दूसरी वाली लड़की के साथ...''

दीवान एक नर्म धब्बे के सिवाय कुछ नहीं था और छत पर, जाली से तराशे हीरे जैसी परछाइयाँ पड़ रही थीं।

व्यर्थ ही मैं अपनी पुरानी शामों की गूँज पकड़ने की कोशिश कर रहा था।

''उन लोगों ने एक बिलियर्ड की टेबल लगायी थी यहाँ...उस दक्षिण अमरीकी की दोस्त जो थी, ख़ास कर वही बिलियर्ड खेलती थी...वह हर बार जीतती थी...मैं आपको बता सकता हूँ क्योंकि मैंने उसके साथ कई बाज़ियाँ खेली थीं...चलिये, बिलियर्ड अभी भी है वहाँ...''

वह मुझे एक अँधेरे गलियारे में ले गया। एक छोटा सा लैम्प जलाया और हमने एक हॉल के अन्दर प्रवेश किया जहाँ से एक भव्य सीढ़ी निकल रही थी।

''मुख्य प्रवेश द्वार...''

सीढ़ी जहाँ शुरू होती थी, असल में मैंने एक बिलियर्ड देखा वहाँ पर। उसने लैम्प से उस पर रोशनी डाली। एक सफ़ेद था गोला बीच में जैसे कि खेल बीच में रुक गया हो और किसी भी क्षण शुरू होने वाला हो। और गे ओरलो या मैं या फ्रेडी या यह रहस्यमयी फ्राँसीसी लड़की जो मेरे संग यहाँ आती थी या बॉब झुक रहा हो निशाना साधने के लिए।

''देखिये बिलियर्ड की टेबल अभी भी है यहाँ पर...''

अपने लैम्प से उसने भव्य सीढ़ियों पर ऊपर से नीचे रोशनी फेंकी।

''ऊपर की मंज़िलों पर जाने का कोई फ़ायदा नहीं है...सीलबन्द करके उन्होंने सब बर्बाद कर दिया है।''

मैंने सोचा कि फ्रेडी का कमरा वहाँ ऊपर रहा होगा। एक कमरा छोटे

फ्रेडी का, एक किशोर फ्रेडी का, किताबों की अलमारियाँ, दीवार पर तस्वीरें और कौन जाने उनमें से एक तस्वीर में हम चारो हों और बाँहों में बाँहें डाले हम दोनों, फ्रेडी और मैं। वह बिलियर्ड टेबल के सहारे टिका और फिर से अपना सिगार जलाया। मैं अपने आप को रोक नहीं पाया इस भव्य सीढ़ी को घूरने से, जिस पर चढ़ कर ऊपर जाने का कोई फ़ायदा नहीं था क्योंकि वहाँ ऊपर सब कुछ सीलबन्द था। हम बगल वाले छोटे दरवाज़े से निकले जिसको उसने दो दफ़ा चाभी घुमा कर बन्द किया। अँधेरा हो चुका था।

''मुझे पेरिस जाने के लिए ट्रेन पकड़नी है।'' मैंने कहा।

''मेरे साथ आइये।''

उसने ज़ोर से मेरी बाँह पकड़ रखी थी और मुझे भीतरी दीवार के किनारे-किनारे से ले गया। हम अब पुराने अस्तबल में पहुँच गये थे। उसने शीशे वाला एक दरवाज़ा खोला और एक दीपक जलाया।

''काफ़ी समय पहले उन्होंने बिजली काट दी थी...लेकिन पानी काटना भूल गये।''

हम एक कमरे में थे जिसके मध्य में एक गहरे रंग की लकड़ी की मेज़ थी और बेंत की कुर्सियाँ। दीवारों पर मिट्टी की तश्तरियाँ और ताँबे के बर्तन थे। खिड़की के ऊपर एक जंगली सुअर का सिर टंगा था।

''मैं आपको एक तोहफ़ा देने जा रहा हूँ।''

वह कमरे के दूसरे छोर पर एक अलमारी की तरफ़ बढ़ा और उसको खोला। उसमें से उसने एक डिब्बा निकाला और मेज़ पर रख दिया। उसके ढक्कन पर छपा हुआ था 'बिस्कुट—नॉन्त'। फिर वह मेरे आगे आ कर खड़ा हो गया।

''आप फ्रेडी के दोस्त थे न?'' उसने भीगी सी आवाज़ में कहा।

''हाँ।''

''अच्छा, इसलिए यह मैं आपको दे रहा हूँ...'' उसने डिब्बे की तरफ़ इशारा किया।

''यह सब फ्रेडी की यादगार है...छोटी-छोटी चीज़ें जो मैं बचा पाया, जब वे लोग इस जगह को ज़ब्त करने आ गये थे।''

वह वाकई भावुक हो रहा था। मुझे तो यह भी लगा कि उसकी आँखों में आँसू थे।

''वह मुझे बहुत अच्छा लगता था...बहुत छोटा था तब से जानता हूँ। स्वप्नदर्शी था। हमेशा मुझसे कहता था कि वह एक छोटा सा पानी का जहाज़ खरीदेगा...कहता था मुझसे : ''बॉब, मेरे साथी, तुम रहोगे...'' ऊपरवाला जाने, अब कहाँ है वह...अगर अभी भी ज़िन्दा है...''

''हम ढूँढ लेंगे उसको,'' मैंने कहा।

''उसकी दादी ने उसे काफ़ी बिगाड़ के रखा था, आप समझ रहे हैं न...''

उसने डिब्बा उठाया और मेरी तरफ़ बढ़ा दिया। मुझे स्तीयोप्पा की याद आ गयी और उस लाल डिब्बे की जो उसने मुझको दिया था। निश्चित तौर पर हर चीज़ का अन्त इन्हीं पुराने चॉकलेट या बिस्कुट या फिर सिगार के डिब्बे में होता है।

''शुक्रिया।''

''मैं आपके साथ चलता हूँ, ट्रेन में चढ़ाने।''

हमने जंगल जैसे रास्ते से एक पगडंडी पकड़ी और वह हमारे आगे-आगे अपने लालटेन की रौशनी फेंकता रहा। कहीं वह रास्ता तो नहीं भटक रहा था। मुझे लग रहा था कि हम जंगल के अन्दर चलते चले जा रहे थे।

''मैं फ्रेडी के दोस्त का नाम याद करने का जतन कर रहा हूँ। वही जिसे आपने मुझे तस्वीर में दिखाया...दक्षिण अमरीकी...''

हम एक खुली जगह पर आ गए थे, वहाँ पर फूल-पत्ते-पौधे चाँदनी में दूधिया चमक रहे थे। छतरीनुमा देवदार के पेड़ों का झुण्ड था। उसने अपनी लैम्प बुझा दी थी क्योंकि वहाँ दिन जैसा उजाला था।

''यहीं पर फ्रेडी घुड़सवारी करते हुए आता था अपने एक और दोस्त

के साथ, एक साइस, उसने आपसे कभी इस साइस का ज़िक्र नहीं किया?"

"कभी नहीं।"

"मुझे उसका नाम नहीं याद अब...हालाँकि वह मशहूर रहा था...वह फ्रेडी के दादा का साइस था जब बड़े साहब घुड़दौड़ की अस्तबल रखते थे..."

"वह दक्षिण अमरीकी भी इस साइस को जानता था?"

"बिलकुल। वे यहाँ पर इकट्ठे आते थे। साइस भी बाकियों के साथ बिलियर्ड खेलता था...मुझे यह भी लगता है कि उसने ही उस रूसी लड़की को फ्रेडी से मिलवाया था..."

मुझे डर लग रहा था कि मैं यह सब विस्तृत जानकारियाँ कहीं भूल न जाऊँ। सब कुछ मुझे तुरन्त ही एक डायरी में लिख लेना चाहिये था। रास्ता थोड़ी चढ़ाई वाला था और सूखी पत्तियों की मोटी परत की वजह से मुझे चलने में दिक्कत हो रही थी।

"तो फिर आपको नाम याद आया उस दक्षिण अमरीकी का?"

"ठहरिये...ठहरिये...आ रहा है याद..."

मैंने बिस्कुट के डिब्बे को कस कर चिपका लिया था और बेचैन था जानने के लिए उसके अन्दर क्या रखा हुआ है। शायद उसमें मुझे अपने सवालों के जवाब मिल जायें। उदाहरण के लिए मेरा अपना नाम या साइस का।

हम एक ढलान के कगार पर खड़े थे और इससे नीचे उतरते ही स्टेशन वाला चौक आ जायेगा। स्टेशन सुनसान दिख रहा था लेकिन नियोन लाइट की रौशनी में मुख्य हॉल जगमगा रहा था। एक साइकिल सवार धीरे-धीरे चौक पार कर रहा था। फिर वह स्टेशन के सामने आ कर रुक गया।

"रुकिये उसका नाम पेद्रो...पेद्रो था..."

हम ढलान के कगार पर खड़े रहे। एक बार फिर उसने अपना सिगार निकाला और उसे एक अजीबोगरीब औज़ार से साफ किया। मैं अपने आप में यह नाम दोहरा रहा था, वह नाम जो मेरे जन्म पर मुझे दिया गया था, वह

नाम जिससे ज़िन्दगी के एक लम्बे दौर में, मुझे पुकारा जाता होगा और जिससे कुछ लोगों के ज़ेहन में मेरा चेहरा उभरता होगा। पेद्रो।

# 12

ज़्यादा कुछ नहीं था इस बिस्कुट के डिब्बे में। ढोल लिए एक साहुल का सैनिक जिसकी पपड़ियाँ छूट रही थीं। एक सफ़ेद लिफ़ाफ़ा जिसके बीचोंबीच चारमुखी तिपतिया घास चिपकी हुई थी। कुछ तस्वीरें थीं।

मैं उनमें से दो तस्वीरों में नज़र आ रहा था। कोई संदेह नहीं था कि यह वही शख़्स था जो गे ओरलो और बूढ़े जिर्योजियादज़े के बगल में देखा जा सकता था, भूरे बालों वाला, ऊँचे कद का आदमी, मैं, सिर्फ़ एक छोटा सा फ़र्क था कि इसमें मेरी मूँछें नहीं हैं। एक तस्वीर में, मैं अपनी ही तरह जवान एक अन्य व्यक्ति के साथ दिख रहा हूँ, उतना ही ऊँचा कद, लेकिन बालों का रंग ज़रा हल्का था। फ्रेडी? तस्वीर के पीछे किसी ने पेन्सिल से लिखा था : 'पेद्रो-फ्रेडी – ला बॉल।' हम समुद्र के किनारे हैं और दोनों ने बाथरोब (bathrobe) पहना हुआ है। निस्संदेह बहुत पुरानी तस्वीर थी।

दूसरी तस्वीर में, हम चार जन हैं : फ्रेडी, मैं, गे ओरलो, जिसको मैं आसानी से पहचान गया और एक अन्य युवती, सभी ज़मीन पर, 'ग्रीष्मकालीन भोजन-कक्ष' वाले लाल मखमल मढ़े दीवान से टेक लगाये बैठे हैं। दाहिनी तरफ़, बिलियर्ड की टेबल देखी जा सकती थी।

तीसरी तस्वीर में एक युवती दिख रही है जो हमारे साथ भोजन-कक्ष वाली तस्वीर में थी। वह बिलियर्ड टेबल के आगे खड़ी है और दोनों हाथों से बिलियर्ड वाली छड़ी पकड़े हुए है। कन्धे से नीचे तक हल्के रंग के बाल। वही जिसे साथ लेकर मैं फ्रेडी के किले में आता था? एक अन्य तस्वीर में वह एक बरामदे के जंगले पर कुहनी टिकाये खड़ी है।

''श्री रॉबर्ट ब्रँ, द्वारा हावर्ड द ल्यूज़, वॉलब्रज़, ऑर्न'' के नाम एक पोस्टकार्ड जिस पर न्यूयॉर्क के बन्दरगाह का दृश्य है। उस पर लिखा है :

'मेरे प्रिय बॉब। अमरीका से सस्नेह। जल्दी मिलेंगे। फ्रेडी।'

एक अजीबोगरीब दस्तावेज़ जिसका शीर्षक था—

> अर्जेन्टिना गणराज्य का वाणिज्यिक दूतावास नं 106
> फ्राँस में अर्जेन्टिना गणराज्य का वाणिज्यिक दूतावास, अधिकृत क्षेत्र के यूनानी भाषा कल्याण प्रभारी, प्रमाणित करता है कि 1914-1918 के महायुद्ध के दौरान सालोनिका नगरपालिका के अभिलेख आग में नष्ट हो गये थे।
> पेरिस। 15 जुलाई 1941
> अर्जेन्टिना गणराज्य का
> वाणिज्यिक दूतावास
> यूनानी भाषा कल्याण प्रभारी।

एक हस्ताक्षर जिसके नीचे लिखा था—

> आर. एल. द आलिवियेरा सेज़ार
> वाणिज्यिक दूतावास।

मैं ? नहीं। उसका नाम पेद्रो नहीं है।

एक अखबार की छोटी सी कतरन—

हावर्ड द ल्यूज़ : ज़ब्ती
संपदा प्रबंधन के आदेशानुसार
वालब्रज़, ऑर्न, संत लाज़ार प्रासाद पर
7 और 11 अप्रैल को
संपत्ति की नीलामी
प्राचीन और नवीन कला व शिल्प कृतियाँ
तस्वीरें - चीनी मिट्टी - मिट्टी के बर्तन
कालीन - बिछौने - गृहस्थी के कपड़े
ऐरार पियानो वगैरह।

प्रदर्शन : शनिवार 6 अप्रैल सायंकाल 2 से 6 बजे तक।
एवं बिक्री के दिनों में प्रात: 10 से 12 बजे तक।

मैंने वह लिफ़ाफ़ा खोला, जिस पर चारमुखी तिपतिया घास चिपकी हुई थी। उसमें चार पासपोर्ट साइज़ फोटो थे। एक फ्रेडी का, दूसरा मेरा, तीसरा गे ओरलो का, चौथा हल्के रंग के बालों वाली युवती का।

साथ ही मुझे डॉमिनिकन गणराज्य का एक कोरा पासपोर्ट भी मिला।

संयोग से, हल्के रंग के बालों वाली युवती की तस्वीर पलटने पर, नीली स्याही से कुछ लिखा हुआ पाया, लिखावट वैसी ही बेतरतीब जैसी अमरीका वाले पोस्टकार्ड पर थी :

पेद्रो ... ANJOU 15-28

# 13

कितनी दैनंदिनियों में यह टेलीफ़ोन नम्बर, जो मेरा था, अभी भी लिखा हुआ मिलेगा? क्या यह महज़ किसी ऑफिस का टेलीफ़ोन नम्बर था, जहाँ कोई किसी दोपहर को मुझसे संपर्क कर सकता था?

मैं ANJOU 15-28 मिलाता हूँ। घंटी बज रही है लेकिन कोई जवाब नहीं। क्या उस सूने फ्लैट में, एक मुद्दत से निर्जन पड़े उस कमरे में, अभी भी मेरी निशानियाँ बची होंगी, जहाँ आज की शाम निरर्थक घंटी बजती जा रही है?

मुझे पूछताछ दफ़्तर में फोन करने की ज़रूरत भी नहीं है। बस इतना काफ़ी है कि मैं पिंडली की माँसपशियाँ तानकर ह्यूट की चमड़े की कुर्सी घुमा कर मोड़ लूँ। मेरे सामने, करीने से लगी हुई वार्षिकियाँ और डायरेक्टरी हैं। उनमें से एक, बाकियों से थोड़ी छोटी है, फीके हरे रंग के चमड़े में मढ़ी हुई। यही है वह जो मुझे चाहिये। तीस वर्षों से पेरिस में मौजूद सारे टेलीफ़ोन

नम्बरों का उल्लेख, उसमें पता सहित है।

मैं धड़कते दिल से पन्ने पलटता जा रहा हूँ और पढ़ता हूँ :

ANJOU 15-28. 10A कॉम्बासेर मार्ग, आठवाँ जनपद।

लेकिन मोहल्लेवार टेलीफ़ोन निर्देशिका में इस टेलीफ़ोन नम्बर का कोई ज़िक्र नहीं मिला :

कॉम्बासेर (मार्ग)
पेरिस आठ

| | | |
|---|---|---|
| 10 A | हीरा व्यापारी समिति | MIR 18–16 |
| | कशीदा-फ़ैशन | ANJ 32–49 |
| | पिलग्राँ (एलेन) | ELY 05–31 |
| | रबैन्दे (संस्थान) | MIR 12–08 |
| | पनाहगाह | ANJ 50–52 |
| | एस इ एफ़ आई सी | MIR 74–31 |
| | | MIR 74–32 |
| | | MIR 74–33 |

# 14

एक आदमी जिसका नाम था पेद्रो। ANJou 15-28 10A कॉम्बासेर मार्ग, आठवाँ जनपद।

लगता है वह एक दक्षिण अमरीकी दूतावास में काम करता था। ह्यूट ने मेज़ पर जो घड़ी छोड़ी थी उसमें दो बज रहे थे। नीचे नील एवेन्यू पर यदा-कदा कोई गाड़ी जा रही थी और मुझको लाल बत्तियों पर ब्रेक लगाने की चीं की आवाज़ सुनाई पड़ रही थी।

मैं पुरानी वार्षिकियों के पन्ने पलटने लगा जिनके शुरू में दूतावासों और वाणिज्यिक दूतावासों की सूची उनके सदस्यों सहित मिल जाती है।

*डोमिनिक गणराज्य*

मसीन एवेन्यू, 21 (आठवाँ जनपद)। टेलीफ़ोन CARnot 10-18
एन...विशेष प्रतिनिधि एवं पूर्णाधिकारी।
डॉ गुस्तावो जे हेनरीकेज़। प्रथम सचिव।
डॉ साल्वदोर इ पारादास। द्वितीय सचिव। (एवं श्रीमती) आलसास मार्ग, 41 (दसवाँ जनपद)।
डॉ बियेनवेनीदो कारास्को, आर देकाँ, 45 (सोलहवाँ जनपद) टेलीफोन TRO 42-91

*वेनेज़ुएला*

कोपरनीक मार्ग, 11 (सोलहवाँ जनपद)। PASsy 72-29
उच्च न्यायालय : पॉम्प मार्ग, 115 (सोलहवाँ)। PASsy 10-89
डॉ कार्लो आरीस्तीमुनो कॉल, विशेष प्रतिनिधि एवं पूर्णाधिकारी।
श्री जाइमे पीकों फेब्रेस। सलाहकार।
श्री आंतोनियो मातुरीब। प्रथम सचिव।
श्री आंतोनियो ब्रीयूनो। सहायक अधिकारी।
कर्नल एच लोपेज़-मेंदेज़। सेना सचिव।
श्री पेद्रो सालोगा। व्यावसायिक सचिव।

*ग्वाटेमाला*

जोफ्र चौक, 12 (सातवाँ जनपद)। टेलीफ़ोन SEGur 09-59
श्री एडम मोरिस्क रियोस। प्रभारी सलाहकार व्यापार।
श्री इस्माइल गोंज़ालेज़ अरेवालो। सहायक अधिकारी।
श्री फ्रेडेरिको मुर्गो। सहायक अधिकारी।

*इक्वाडोर*

वाग्राम एवेन्यू, 91 (बारहवाँ जनपद)। टेलीफ़ोन ETOile 17-89
श्री गोंज़ालो ज़ालडूम्बीडे (एवं श्रीमती)। विशेष प्रतिनिधि एवं

पूर्णाधिकारी।
श्री अलबर्टो प्वीग आरोसेमेना (एवं श्रीमती)। प्रथम सचिव।
श्री अलफ्रेडो गाँगोटेना (एवं श्रीमती)। तृतीय सचिव।
श्री कार्लोस गुज़मैन (एवं श्रीमती)। सहायक अधिकारी।
श्री विक्टर ज़वाल्लोस (एवं श्रीमती)। सलाहकार, इयेना एवेन्यू, (सोलहवाँ जनपद)।

*एल साल्वाडोर*

रीकेज़ वेगा। विशेष प्रतिनिधि।
मेजर जे. एच. विशॉ। सेना सचिव (एवं उनकी पुत्री)।
एफ कापुरो। प्रथम सचिव।
लुई...

अक्षर मेरी आँखों के आगे नाच रहे हैं। कौन हूँ मैं?

# 15

काम्बासेर मार्ग में बायें मुड़ने पर जो बात हैरान करती है, वह है सड़क के इस हिस्से की खामोशी और खालीपन, एक भी गाड़ी नहीं। मैं एक होटल के आगे से निकला, एक फ़ानूस से मेरी आँखें चौंधिया गयी थीं, जिसके सारे क्रिस्टल प्रवेशद्वार के गलियारे में जगमगा रहे थे। सूरज निकला हुआ था।

10ए एक पतली चारमंज़िला इमारत है । पहली पर ऊँची खिड़कियाँ हैं, सामने वाले फुटपाथ पर एक पुलिस का सिपाही सीधा खड़ा था।

दरवाज़े का एक किवाड़ खुला था, बत्ती जली हुई थी। एक लम्बा कमरा स्लेटी दीवार वाला। अन्त में चौकोर खानों वाला शीशा लगा दरवाज़ा था जिसे खींच कर खोलने में मुझे मुश्किल हुई। ऊपर की मंज़िलों तक जाने वाली

सीढ़ी बगैर कालीन के थी। मैं पहली मंज़िल के दरवाज़े पर रुक गया। मैंने ठान लिया था कि मैं हर मंज़िल के किरायेदार से पूछूँगा कि टेलीफ़ोन नम्बर ANJou 15-28 क्या कभी उनका रहा था? और मेरा कंठ रुद्ध हुआ जा रहा था क्योंकि अपने इस अनुरोध के बेतुकेपन का एहसास मुझे था। दरवाज़े पर, ताँबे का नामपट्ट लगा हुआ था जिस पर पढ़ा जा सकता था—एलेन पिलग्राँ।

एक घिसी-पिटी घंटी जिसकी कर्कश ध्वनि रह-रह कर ही सुनायी पड़ रही थी। मैंने काफ़ी देर तक बटन को तर्जनी से दबाये रखा। दरवाज़ा आधा खुला। अधखुले दरवाज़े में एक स्त्री का चेहरा उभरा, छोटे कटे हुए सफ़ेद धूसर बाल।

"क्षमा चाहता हूँ...कुछ पूछना था..."

अपनी हल्के रंग की आँखों से वह मुझे टकटकी लगाये देखती रही। उसकी उम्र का अंदाज़ नहीं लगाया जा सकता था। तीस, पचास साल?

"आपका पुराना टेलीफ़ोन नम्बर ANJou 15-28 तो नहीं था?"

उसने भवें सिकोड़ीं।

"था। क्यों?"

उसने दरवाज़ा खोल दिया। वह काले रंग का पुरुषों वाला रेशमी ड्रेसिंग गाउन पहने हुए थी।

"आप क्यों पूछ रहे हैं यह?"

"क्योंकि...मैं यहाँ रह चुका हूँ..."

वह थोड़ा सा बढ़कर बाहर आ गयी थी और टकटकी लगाये मुझको घूरती रही। उसकी आँखें फैलीं।

"लेकिन...आप...मुँस्यूर...मैकएवाय?"

"जी," मैंने यूँ ही कह दिया।

"अन्दर आ जाइये।"

वह वाकई अभिभूत दिख रही थी। एक-दूसरे से मुखातिब, हम हॉल

में खड़े रहे, जिसका फर्श टूटा-फूटा था। कुछ पट्टियों के बदले लिनोलियम के टुकड़े लगा दिये गये थे।

''आप में ज़्यादा बदलाव नहीं आया है,'' मुस्कुराते हुए उसने कहा।

''आप में भी तो नहीं।''

''आपको मैं अब तक याद हूँ?''

''मुझे आप बहुत अच्छी तरह याद हैं,'' मैंने कहा।

''अच्छा लगा...''

उसकी स्नेहसिक्त नज़रें मुझ पर टिकी रहीं।

''आइये...''

एक बड़े से कमरे में वह आगे बढ़ी, जिसकी छत बहुत ऊँची थी, उसकी खिड़कियाँ वैसी ही थीं जिन्हें मैंने सड़क से देखते समय गौर किया था। ज़मीन वैसी ही टूटी-फूटी, जैसी हॉल में थी, सफ़ेद ऊनी कालीन से ढकी हुई। खिड़कियों के पार शरद ऋतु का सूर्य कमरे को सांध्य कालीन पीली रोशनी से जगमग कर रहा था।

''बैठिये...''

उसने एक लम्बे तख़्त की तरफ़ इशारा किया जिस पर शनील के मसनद रखे थे। वह मेरी बायीं ओर बैठ गयी।

''बहुत अजीब लग रहा है आपसे...इस तरह अचानक मिलना।''

''मैं इस मोहल्ले से गुज़र रहा था।'' मैंने कहा।

अब वह मुझे और छोटी लग रही थी, उस वक्त से ज़्यादा, जब वह अधखुले दरवाज़े से झाँक रही थी। होठों के कोनों, आँखों के आस-पास, माथे पर ज़रा सी भी झुर्री नहीं थी और यह चिकना चेहरा उसके सफ़ेद हो चले बालों के साथ बेमेल लग रहा था।

''मुझे लग रहा है कि आपने अपने बालों का रंग बदल लिया है,'' मैंने

अनुमान लगाते हुए कहा।

"नहीं तो... मेरे बाल 25 वर्ष की आयु में ही सफ़ेद हो गये थे...और मैंने यही रंग रखना पसंद किया..."

मख़मल मढ़े तख़्त के अलावा वहाँ कोई ख़ास फर्नीचर नहीं था। एक आयताकार मेज़, सामने वाली दीवार से लगी हुई थी। दोनों खिड़कियों के बीच में बादामी चादर से ढका हुआ एक पुराना पुतला था। उसकी उपस्थिति मात्र से ज़ाहिर था कि यह जगह दर्जी की रही होगी। इसके अलावा इस कमरे के एक कोने में मैंने एक कपड़े सिलने वाली मशीन एक टेबल पर रखी हुई देखी।

"आप इस फ़्लैट को पहचान पा रहे हैं?" उसने पूछा। "देखिये...मैंने चीज़ें सँभाल के रखी हुई हैं..." उसने पुतले की दिशा में हाथ से इशारा किया।

"यह सब देनीज़ ही छोड़ गयी थी..."

"देनीज़?"

"दरअसल," मैंने कहा, "बहुत ज़्यादा परिवर्तन नहीं हुआ है..."

"और देनीज़?" बेचैनी से उसने पूछा, "उसका क्या हुआ?"

"दरअसल उससे मिला नहीं हूँ, एक मुद्दत हुई..."

"अच्छा..."

वह निराश दिखी और सिर हिलाया जैसे समझ रही हो कि इस 'देनीज़' के बारे में ज़्यादा बात नहीं करनी चाहिये।

"आप देनीज़ को काफ़ी समय से जानती थीं?"

"हाँ...मेरी उससे मुलाकात लेयों के मार्फत हुई थी..."

"लेयों?"

"लेयों वेन आलेन।"

"हाँ, बिलकुल।" मैंने कहा।

उसकी प्रतिक्रिया में उलाहना था, जब 'लेयों' नाम से मुझको तुरन्त यह

समझ में नहीं आया कि लेयों वेन आलेन की बात हो रही है।

"कहाँ है वह आजकल, लेयों वेन आलेन?" मैंने पूछा।

"ओह...तीन-चार साल हो गये, जब से उसकी कोई खबर नहीं है... वह पारामारीबो चली गयी थी, हॉलेंड के गियान में...वहाँ पर उसने नृत्य की कक्षाएँ शुरू की थीं..."

"नृत्य की?"

"हाँ। सिलाई का काम करने से पहले लेयों ने नृत्य के क्षेत्र में काम किया था...आपको यह मालूम नहीं था?"

"हाँ, मालूम था, लेकिन मैं भूल गया था।"

वह पीछे सरक कर पीठ दीवार से टेक लगा कर बैठ गयी और अपने ड्रेसिंग गाउन के फीते की गाँठ को फिर से बाँधा।

"और आप क्या कर रहे हैं आजकल?"

"ओह, मैं?...कुछ नहीं..."

"अब आप डॉमिनिकन गणराज्य के वाणिज्य दूतावास में काम नहीं करते?"

"नहीं।"

"आपको याद है जब आपने मुझे सुझाया था कि मैं डॉमिनिकन पासपोर्ट बनवा लूँ... ? आप कहते थे कि जीवन में हमेशा सचेत रहना चाहिये और कई पासपोर्ट रखने चाहिये..."

इस बात को याद करके वह हल्के से हँसी।

"आपको आख़िरी बार देनीज़ की ख़बर...कब मिली थी?"

"आप उसके साथ मजेव चले गये थे और वहाँ से उसने मुझे लिखा था। और तब से, कुछ और नहीं।"

वह मुझ पर अपनी सवालिया नज़रें गड़ाये हुए थी परन्तु बेशक, हिम्मत नहीं कर पा रही थी मुझसे कोई सीधा सवाल करने की। कौन थी यह देनीज़?

क्या मेरे जीवन में उसने कोई अहम भूमिका अदा की थी?

"आप समझ सकती हैं," मैंने कहा, "कि कई बार ऐसे क्षण आते हैं जब लगता है कि मैं धुँध में हूँ...कुछ भी याद नहीं आता मुझको...निराशा के दौर...इसलिए इस रास्ते से गुज़रते हुए...मैंने जुर्रत की...सीढ़ियाँ चढ़ने की...अपने...तलाशने की कोशिश में..."

मैं, निरर्थक, सटीक शब्द ढूँढ रहा था, लेकिन उसकी कोई ज़रूरत नहीं थी क्योंकि वह मुस्कुरा रही थी और यह मुस्कुराहट बता रही थी कि मेरा ढंग उसको चौंका नहीं रहा था।

"आप कहना चाह रहे हैं : खुशी के लम्हे दोबारा ढूँढने के लिए?"

"जी, यही तो...खुशी के लम्हे..."

उसने दीवान के दूसरे छोर पर रखी छोटी मेज़ पर से एक सुनहरा डिब्बा उठाया और उसे खोला। वह सिगरेट से भरा था।

"नहीं शुक्रिया।" मैंने कहा।

"आप नहीं पीते अब? ये अंग्रेज़ी सिगरेट हैं। मुझे याद है कि आप अंग्रेज़ी सिगरेट पीते थे...हर बार जब कभी हम यहाँ मिले, देनीज़ के साथ, हम लोग तीनों, आप मेरे लिए अंग्रेज़ी सिगरेट से भरा हुआ एक थैला लाते थे..."

"अरे हाँ, बिलकुल सही..."

"डोमिनिकन रिपब्लिक के दफ़्तर से आप जितना चाहे ले सकते थे..."

मैंने सुनहरे डिब्बे की तरफ़ हाथ बढ़ाया और अँगूठे व तर्जनी के बीच एक सिगरेट दबा ली। झिझकते हुए मैंने उसे मुँह में डाला। उसने अपनी सिगरेट जलाने के बाद लाइटर मुझको थमा दिया। कई बार की कोशिशों के बाद मैं जलाने में सफल हुआ। मैंने धुआँ अन्दर खींचा। एकदम से चुभन भरी खाँसी आ गयी।

"मुझे अब आदत नहीं रही," मैंने कहा।

मुझे समझ में नहीं आ रहा था कि कैसे इस सिगरेट से छुटकारा पाऊँ

इसलिए अभी तक उसको अँगूठे और तर्जनी के बीच में दबा रखा था जबकि वह धड़ाधड़ पिये जा रही थी।

''तो इस फ्लैट में अब आप रहती हैं?''

''जी। जब मुझे देनीज़ की और कोई खबर नहीं मिली तब मैं दोबारा आकर इसी में रहने लगी। और फिर, जाने से पहले उसने मुझसे कहा भी था कि मैं फ्लैट वापस ले सकती हूँ...''

''जाने से पहले?''

''बिलकुल...आप लोग मजेव गये, उससे पहले...''

यह कहते हुए उसने कन्धे उचकाये थे, इस अभिप्राय से कि यह मुझको मालूम होना चाहिए था...''

''लगता है कि मैं इस फ्लैट में बहुत कम दिनों के लिए रहा था...''

''कुछ महीनों तक रहे आप यहाँ पर...देनीज़ के साथ...''

''और आप, हम लोगों से पहले यहाँ आप रहती थीं?''

उसने मुझे विस्मय से देखा।

''और क्या, देखिये...यह मेरा फ्लैट था...मैंने देनीज़ को दे दिया क्योंकि मुझे पेरिस छोड़ना पड़ा था...''

''माफ़ कीजियेगा...मैं कुछ और सोचने लगा था।''

''यहाँ, देनीज़ को सहूलियत थी...उसके पास जगह थी सिलाई-कढ़ाई का काम करने के लिए...''

सिलाई-कढ़ाई?

''मैं सोच रहा हूँ कि हमने यह फ्लैट क्यों छोड़ दिया था,'' मैंने उससे कहा।

''मैं भी...''

फिर से वही सवालिया निगाह। लेकिन क्या समझा पाता मैं उसे? इन सब चीज़ों के बारे में मुझको उससे कम पता था। इन सारी बातों के बारे में मुझे कुछ नहीं मालूम था। मैंने जली हुई सिगरेट जो मेरी उँगलियाँ जलाने लग गयी थी, उसको ऐश ट्रे में रख दिया ।

"हम लोग क्या आपस में मिले थे यहाँ आकर रहना शुरू करने से पहले?" सहमते हुए मैंने हिम्मत बटोरी।

"जी। दो या तीन बार आपके होटल पर..."

"कौन सा होटल?"

"कॉम्बो मार्ग पर होटल कास्तीय। आपको याद है वह हरा कमरा, जो आपके और देनीज़ के पास था?"

"जी।"

"आपने होटल कास्तीय छोड़ा क्योंकि आप वहाँ सुरक्षित महसूस नहीं कर रहे थे...यही बात थी न?"

"जी।"

"वाकई वह दौर अजीब था..."

"कौन सा दौर?"

उसने जवाब नहीं दिया और एक दूसरी सिगरेट जला ली।

"मैं आपको कुछ तस्वीरें दिखाना चाहूँगा," मैंने कहा।

मैंने अपनी बंडी के अन्दर वाली जेब से एक लिफ़ाफ़ा जो मुझसे अब कभी जुदा नहीं होता था और जिसमें मैंने सारी तस्वीरें संजो कर रखी थीं, उसे निकाला। मैंने उसको फ्रेडी हावर्ड द ल्यूज़, गे ओरलो, अनजान युवती और अपनी वाली तस्वीर दिखाई जो भोजनकक्ष में खींची गयी थी।

"आप पहचान रही हैं मुझको?"

वह सूर्य की रोशनी में फोटो देखने के लिए मुड़ी।

''आप देनीज़ के साथ हैं परन्तु बाकी दोनों को मैं नहीं जानती...''

अच्छा तो देनीज़ यह थी।

''आप फ्रेडी हावर्ड द ल्यूज़ को नहीं जानती थीं?''

''नहीं।''

''गे ओरलो को भी नहीं?''

''नहीं।''

निश्चित रूप से, लोग खंडित जीवन जीते हैं, उनके मित्रगण आपस में एक दूसरे को नहीं जानते। अफ़सोसजनक है।

''मेरे पास उसकी दो और तस्वीरें हैं।''

मैंने उसकी ओर पहचानपत्र वाली छोटी तस्वीर बढ़ायी और फिर दूसरी वाली जिसमें वह जंगले पर कुहनी टिकाये खड़ी थी।

''यह तस्वीर मेरी देखी हुई है,'' उसने कहा। ''मुझे यकीन है कि मुझको उसने यह फोटो मजेव से भेजा था...लेकिन मुझे याद नहीं है अब कि मैंने उसका क्या किया...''

उसके हाथों से मैंने तस्वीर ले ली और उसको गौर से देखा। मजेव। देनीज़ के पीछे एक छोटी सी खिड़की थी जिस पर लकड़ी की झिलमिली लगी थी। हाँ, ऐसी झिलमिली और ऐसे जंगले पहाड़ों के लकड़ी के घरों के ही हो सकते थे।

''मजेव जाने का इरादा थोड़ा बेतुका तो था।'' अनायास मैंने कहा। ''देनीज़ ने आपसे बात की थी कभी इस बारे में कि वह क्या सोचती थी?''

वह पहचानपत्र वाली छोटी तस्वीर को निहार रही थी। उसके जवाब का मैं धड़कते दिल से इन्तज़ार कर रहा था। उसने सिर ऊपर उठाया।

''हाँ...बात की थी उसने, इस बारे में...वह मुझसे कहती थी कि मजेव एक सुरक्षित स्थान है...और आप लोगों को सीमा पार जाने का मौका मिल सकता था...''

''जी, ज़ाहिर है...''

मैं साहस नहीं कर पाया कि बात और खींच सकूँ। क्यों सहम जाता हूँ मैं इन पलों में जब उन बातों पर चर्चा का वक्त आता है जो मेरे दिल के इतने करीब हैं? लेकिन उसकी नज़रों से यह भान हो रहा था कि वह भी मुझसे स्पष्टीकरण चाहती थी। हमारे बीच मौन छाया रहा। आखिरकार उसने कहा :

''लेकिन हुआ क्या था मजेव में?''

उसके इस सवाल को पूछने में ऐसा आग्रह था कि पहली बार मुझे महसूस हुआ कि हताशा पूरी तरह मुझ पर हावी हो रही थी और हताशा से भी ज़्यादा मायूसी आपको अपनी गिरफ्त में ले लेती है जब आपको एहसास हो जाये कि आपकी लाख कोशिशों, काबिलियत और नेकनीयती के बावजूद आप एक दुर्गम बाधा से टकरा रहे हैं।

''मैं सब बताऊँगा आपको...लेकिन किसी और दिन...''

ज़रूर मेरी आवाज़ में या मेरे चेहरे पर कोई भाव रहा होगा, हारा हुआ सा क्योंकि उसने कस के मेरी बाँह पकड़ी जैसे सांत्वना देने की कोशिश कर रही हो और कहा :

''माफ़ कीजियेगा, आपसे इतने अन्तरंग सवाल पूछ रही हूँ...लेकिन मैं देनीज़ की दोस्त थी...''

''मैं समझ सकता हूँ...''

वह उठ कर खड़ी हो गयी थी।

''ठहरियेगा, ज़रा एक मिनट...''

वह कमरे से निकली। मैंने अपने पैरों पर प्रकाशपुँज को देखा जो सफ़ेद ऊनी कालीन पर सूर्य की किरणों से बन रहा था। फिर लकड़ी की पट्टियों को और पुराने पुतले को जो 'देनीज़' की अमानत थी। ऐसा हो सकता है क्या कि कोई उस जगह को पहचान पाने में नाकामयाब रहे जहाँ पर वह रह चुका हो?

वह वापस आ रही थी हाथ में कुछ पकड़े हुए। दो किताबें–एक डायरी।

"जाते समय देनीज़ इन्हें भूल गयी थी। लीजिये...यह सब आपको दे रही हूँ..."

मुझे आश्चर्य हुआ कि उसने इन स्मृति चिन्हों को किसी डिब्बे में नहीं रखा था, जैसा स्तीयोप्पा द जागोरीव और फ्रेडी की दादी के पुराने माली ने किया था। कुल मिला कर, मेरी तहकीकात के दौरान यह पहली बार था कि मुझको एक डिब्बा नहीं सौंपा जा रहा हो। इस विचार से मुझे हँसी आ गयी।

"किस बात पर हँस रहे हैं?"

"कुछ नहीं।"

मैंने किताबों के मुखपृष्ठ को गौर से देखा। उनमें से एक पर नीली सी धुँध में टोपी पहने मूँछों वाले एक चीनी आदमी का चेहरा था। शीर्षक था— *चार्ली चान*। दूसरा मुखपृष्ठ पीले रंग का था, नीचे में एक मुखौटे में पंख की कलम धँसी हुई थी। किताब का नाम था : *बेनाम खत*।

"जासूसी उपन्यासों में देनीज़ क्या पढ़ती होगी?" उसने कहा, "यह भी है..." उसने मेरी तरफ़ एक छोटी डायरी बढ़ायी।

"शुक्रिया।"

मैंने उसको खोला। उसके पन्ने पलटे। कुछ भी नहीं लिखा हुआ था : न कोई नाम न कोई मुलाकात। डायरी में सिर्फ़ महीने और दिन अंकित थे, साल नहीं। आखिर में पन्नों के बीच में मुझे एक कागज़ मिला, मैंने उसे खोला :

फ्राँसीसी गणराज्य
सेन नदी क्षेत्र प्रान्त
पेरिस तेरहवें जनपद के जन्म प्रमाणपत्रों से उद्धरण का विवरण
सन् 1917
21 दिसम्बर को अपराह्न तीन बजे देनीज़ इवेत कुद्रज़, लड़की, का जन्म हुआ
पिता—पॉल कुद्रज़ और माता—ऐनरीयेत बोगाएर, कोई व्यवसाय नहीं, निवास—ऊपर दिये पते पर

विवाह 3 अप्रैल 1939 को पेरिस 17 में जिमी पेद्रो स्टर्न के साथ सम्पन्न हुआ।

उद्धरण मूल से सत्यापित
पेरिस—16 जून 1939

"आपने देखा?" मैंने पूछा।

उसने इस जन्म प्रमाण पत्र पर अचरज भरी नज़र डाली।

"आप उनके पति को जानती थीं? इस...जिमी पेद्रो स्टर्न को?

"देनीज़ ने मुझे कभी नहीं बताया था कि उसकी शादी हुई थी...आपको यह बात मालूम थी?"

"नहीं।"

मैंने डायरी और जन्म प्रमाण पत्र को अपनी अन्दर वाली जेब में डाल लिया, साथ में वह लिफ़ाफ़ा भी जिसमें तस्वीरें थीं और पता नहीं क्यों एक ख़याल आया : अपनी जैकेट के अस्तर में ये सारे खज़ाने छुपाने का ख़याल, जैसे ही मौका मिले।

"मुझको ये यादगारें देने के लिए शुक्रिया।"

"आपका भी शुक्रिया, मुँस्यूर मैकएवाय।"

मुझको राहत मिली कि उसने मेरा नाम दोहराया क्योंकि पहली बार जब उसने मेरा नाम लिया था तब मैं ठीक से सुन नहीं पाया था। मैं उसे लिख लेना चाहता था, उसी वक्त तुरन्त। लेकिन वर्तनी पर अटक रहा था।

"बड़ा अच्छा लगता है जिस तरीके से आप मेरा नाम बोलती हैं..." मैंने कहा। "एक फ्राँसीसी के लिए यह मुश्किल है...लेकिन आप लिखती कैसे हैं इसे? लोग हमेशा लिखने में गलती कर देते हैं..."

"एम...सी...बड़ा ई वी ओ वाइ," उसने वर्तनी बतायी।

"एक ही शब्द में? पक्का?"

"एकदम पक्का" उसने कहा। यूँ वह मेरे बिछाये जाल में फँस गयी

थी। इस तरह से मेरा नाम मैकएवाय था।

''शाबाश,'' मैंने कहा।

''मैं कभी भी वर्तनी में चूकती नहीं हूँ।''

''पेद्रो मैकएवाय...जो भी हो, अजीब सा है कुछ मेरा नाम, आपको नहीं लगता। कई बार ऐसा लगता है कि मुझे अभी भी इसकी आदत नहीं पड़ी है।''

''लीजिये...इसे तो मैं भूलने वाली थी,'' उसने कहा। अपनी जेब से एक लिफ़ाफ़ा निकाला। ये आखिरी दो शब्द जो मैंने देनीज़ से सुने थे।

मैंने कागज़ का पन्ना खोला और पढ़ा—

मजेव 14 फरवरी

प्रिय एलेन,

अब तय हो गया है। मैं कल सीमा पार जा रही हूँ पेद्रो के साथ। मैं वहाँ से तुम्हें समाचार भेजती रहूँगी जितनी जल्दी हो सके। तब तक के लिए मैं तुम्हें पेरिस में किसी का टेलीफ़ोन नम्बर दे रही हूँ, जिसकी बदौलत हम ख़तोकिताबत कर सकते हैं :

अलेग द व्रेजे AUTeuil 54-73

प्यार सहित
देनीज़

''और आपने फ़ोन किया?''

''हाँ, मगर हर बार मुझे बताया गया कि साहब नहीं हैं।''

''कौन था यह...व्रेजे?''

''मुझे नहीं मालूम। देनीज़ ने इसके बारे में कभी बात नहीं की थी मुझसे...''

सूरज आहिस्ता-आहिस्ता अब कमरे से बाहर निकल चुका था। उसने दीवान के छोर पर रखी नीची मेज़ पर लैम्प जला दिया।

''मैं जिस कमरे में रहता था उसे फिर से देखने में खुशी होगी,'' मैंने कहा।

''बेशक...''

हम गलियारे में गये, फिर उसने दाहिनी तरफ़ का एक दरवाज़ा खोला।

''ये रहा,'' उसने कहा। ''अब मैं इस कमरे का इस्तेमाल नहीं करती हूँ। जानते हैं...मैं मेहमानों वाले कमरे में सोती हूँ...वह जो आँगन की तरफ़ खुलता है...''

मैं दहलीज़ पर ही खड़ा रहा। अभी तक काफ़ी उजाला था। खिड़की के दोनों तरफ़ गहरे लाल रंग के पर्दे लटक रहे थे। दीवारों पर आसमानी रंग के डिज़ाइन वाले वॉल पेपर चिपके हुए थे।

''पहचान रहे हैं आप?'' उसने पूछा।

''जी।''

अन्दर की दीवार से लगा एक सोफ़ा था। मैं आकर इस सोफ़े के किनारे पर बैठ गया।

''क्या मैं कुछ देर के लिए अकेला रह सकता हूँ?''

''बिलकुल।''

''यह मुझे 'अच्छे दिनों' की याद दिलायेगा।''

उसने मुझे उदास नज़रों से देखा और सिर हिलाया।

''मैं चाय बनाने जा रही हूँ।''

इस कमरे की ज़मीन भी जर्जर हो रही थी। कुछ पट्टे गायब थे लेकिन किसी ने उन छिद्रों की मरम्मत नहीं की थी। खिड़की के सामने वाली दीवार पर सफ़ेद संगमरमर की एक चिमनी और उसके ऊपर एक आईना जिसके फ्रेम के सभी कोनों पर सीपदार मछली चिपकायी गयी थी। मैं सोफ़े पर पसर गया और छत पर नज़रें गड़ा दीं, फिर दीवार पर बने डिज़ाइन पर। मैंने दीवार पर अपना माथा सटा दिया था बेहतर तरीके से एक-एक चीज़ को निहारने के लिए, खेतों के नज़ारे, सुन्दर केशसज्जा में कमसिन लड़कियाँ, चाँदनी में फूली पतलून पहने खेलते हुए गड़रिये, ये सब मुझे कुछ याद नहीं दिला रहे थे। हालाँकि जब मैं

इस बिस्तर में सोता होऊँगा तब ये चित्र मेरे लिए बहुत जाने-पहचाने रहे होंगे। मैं छत में, दीवारों में दरवाज़े के किनारों में कोई एक निशान, कोई छाप खोज रहा था बगैर यह जाने हुए कि क्या। लेकिन किसी भी चीज़ पर मेरी नज़र टिक नहीं रही थी। मैं उठा और खिड़की तक गया, फिर नीचे झाँका। रास्ता सुनसान था और अंधेरा उस समय से ज़्यादा घिर आया था जब मैं इस इमारत के अन्दर आया था। पुलिस का सिपाही अभी भी ड्यूटी पर सामने वाले फुटपाथ पर खड़ा था। बायीं तरफ़ सिर झुकाने पर, मुझे एक चौक दिख रहा था, वह भी सुनसान था ड्यूटी पर अन्य पुलिस के सिपाही थे सिर्फ़। ऐसा लग रहा था कि इन इमारतों की खिड़कियाँ आहिस्ता-आहिस्ता घिरते अँधेरे को जज़्ब कर रही थीं। काली अँधेरी खिड़कियाँ ज़ाहिर कर रही थीं कि वहाँ कोई नहीं रहता।

फिर मेरे अन्दर एक तरह की हलचल हुई। इस कमरे से जो दृश्य गोचर था, उससे मेरे मन में एक बेचैनी, एक डर का भाव पैदा हो रहा था। डूबती शाम में, ये इमारतें, ये सुनसान रास्ते, ये परछाइयाँ मुझे बेचैन कर रही थीं, एकदम वैसी बेचैनी जो किसी भूले-बिसरे गीत या सुगंध से होती है। और मुझको यकीन था कि अक्सर इसी समय मैं यहाँ खड़ा होता था, बुत की तरह टकटकी लगाये, कोई हरकत किये बिना और बत्ती जलाने की ज़ुर्रत किये बगैर।

जब मैं बैठक में वापस आया तब ऐसा लगा कि वहाँ पर कोई नहीं था लेकिन वह मखमल मढ़े तख्त पर लेटी हुई थी। वह सो रही थी। मैं आहिस्ते से नज़दीक गया और तख़्त के दूसरे छोर पर बैठ गया। चाय की केतली और दो प्यालियों सहित एक ट्रे सफ़ेद ऊनी कालीन के बीच में रखी हुई थी। मैं खाँसा। वह जागी नहीं। तब मैंने दोनों प्यालियों में चाय उँड़ेली। चाय ठंडी थी।

तख़्त के पास रखे लैम्प ने कमरे का एक खासा हिस्सा अँधेरा छोड़ दिया था और मैं बमुश्किल मेज़, पुतला व सिलाई मशीन देख पा रहा था, ये सामान जिन्हें देनीज़ यहाँ पर छोड़ गयी थी। कैसी होती होंगी हमारी शामें इस कमरे में? कैसे जानेंगे यह? मैं चाय के छोटे-छोटे घूँट भर रहा था। उसकी साँसों की आवाज़ मुझे सुनाई दे रही थी।

दरअसल कमरा इस कदर ख़ामोश था कि हल्की सी आहट, हल्की सी फुसफुसाहट भी आसानी से सुनी जा सकती था। क्या मिलेगा उसे जगा कर?

वह इससे ज़्यादा मुझको कुछ बता तो सकती नहीं थी। मैंने अपनी प्याली ऊनी कालीन पर रख दी। जब मैं कमरे से निकल रहा था तब ज़मीन से खट की आवाज़ आई। मैं गलियारे में आ गया। अंदाज़ा लगाते हुए मैंने दरवाज़ा ढूँढा, फिर सीढ़ी की बत्ती। मैंने एकदम हल्के से दरवाज़ा बन्द किया। अभी मुश्किल से मैं अगले चौकोर शीशे वाले दरवाज़े के पार जाने वाला ही था कि फिर से एक बार वैसी ही खटक मन में हुई जो कमरे की खिड़की से झाँकते समय महसूस हुई थी। प्रवेश द्वार छत से टंगी एक गोल बत्ती की दूधिया रोशनी से प्रकाशमान था। धीरे-धीरे मैं इस चटक रोशनी का आदी हो गया। मैं वहीं पर ठहर गया। स्लेटी दीवारों और दरवाज़े के चमकते हुए चौकोर शीशों को देखने के लिए। सपने की तरह एक ख़याल ज़हन में उभरा, जिसे जागने के बाद आप पकड़ के रखते हैं ताकि उनके सिरे जोड़ कर सपने को पूरा किया जा सके। मैं ख़ुद को पेरिस की अंधेरी सड़कों में चलते हुए देख रहा था और काम्बासेर मार्ग की इस इमारत के दरवाज़े को धकेलते हुए। प्रवेश द्वार की यह दूधिया रोशनी बाहर रात के अंधेरे से ऐसा विरोधाभास पैदा कर रही थी कि मेरी आँखें चौंधिया गयीं और कुछ क्षणों तक मुझे कुछ नहीं दिख रहा था।

यह किस ज़माने की बात होगी, उस दौर की जब मेरा नाम पेद्रो मैक एवॉय था और हर शाम मैं यहाँ लौटता था? क्या मैं पहचानता था इस प्रवेश द्वार, इस विशालकाय आयताकार पायदान को, स्लेटी दीवारों को, ताँबे से मढ़ी छत से लटकती गोल फ़ानूस को? दरवाज़े के चौकोर शीशों के पीछे मुझको सीढ़ी दिखाई पड़ रही थी जिस पर चढ़ कर जाने का और वही हरकतें करने का मन हुआ जो मैं अपनी पुरानी दिनचर्या में करता था।

मैं समझता हूँ कि अभी भी इमारत के प्रवेश द्वार पर उनके कदमों की आहट सुनाई पड़ रही थी जो आदतन वहाँ से गुज़रते होंगे और अब कहीं गुम हो गये हैं। उनके चले जाने के बाद कोई चीज़ रह गयी थी जो अब भी थरथरा रही थी, तरंगें जो क्रमशः मद्धम पड़ती जा रही थीं लेकिन जिन्हें जकड़ा जा सकता था बशर्ते सचेत रहते। दरअसल, मैं शायद कभी यह पेद्रो मैक एवॉय था ही नहीं, मैं कुछ नहीं था बल्कि तरंगे मेरे आर-पार जाती रहीं, कभी सुदूर, कभी प्रबल और ये सारी बिखरी हुई प्रतिध्वनियाँ जो हवा में तैर रही थीं घनीभूत होती जा रही थीं और यह मैं था।

# 16

होटल कास्तीय, कॉम्बो मार्ग। रिसेप्शन के सामने, एक छोटी सी बैठक। किताबों की शीशे की अलमारियों में वियेल कास्तेल के पुनर्निमाण का इतिहास। किसी शाम को शायद अपने कमरे में ऊपर जाने से पहले मैंने कोई अंक उठाया हो और उसके अन्दर कोई चिट्ठी, कोई तस्वीर या कोई तार भूल गया होऊँ जो मैंने पन्ने चिह्नित करने के लिए रखा हो। लेकिन मेरी मजाल नहीं हो रही थी कि मैं रिसेप्शनिस्ट से उन सत्रह अंकों को पलटने की इजाज़त माँगूँ, अपनी छाप खोजने के लिए।

होटल के दूसरे छोर में, एक आँगन था जिसके चारों ओर वृक्ष-लताओं से ढकी हुई सलाखें लगी दीवार थी। फर्श गेरू के छोटे पत्थरों का बना हुआ था, टेनिस के बलुआही रंग के मैदान जैसा। बागीचे वाली मेज़ें और कुर्सियाँ।

तो मैं, वहाँ देनीज़ कुद्रज़ के साथ रह चुका था। हमारे कमरे से कॉम्बो मार्ग दिखता था कि आँगन?

# 17

19 ओस्तेरलिट्ज़ का घाट। एक तीन मंज़िले भवन का मुख्य प्रवेशद्वार पीली दीवारों वाले गलियारे में खुलता था। एक कॉफ़ी हाउस जिस पर लगी नामपट्टिका पर लिखा है 'आ ला मारीन'। शीशे वाले दरवाज़े के पीछे एक तख्ती टंगी है, जहाँ बड़े लाल अक्षरों में पढ़ा जा सकता है : 'मेन स्प्रीक्ट व्लाम्श'।

करीब दस लोग काउन्टर पर ठेलमठेल कर रहे थे। मैं खाली मेज़ों में से एक मेज़, जो पीछे की दीवार के साथ लगी हुई थी, वहाँ बैठ गया। उस दीवार पर बन्दरगाह की एक बड़ी सी तस्वीर टंगी हुई थी : एंटवर्प (बेल्जियम

का समुद्रतटीय शहर), तस्वीर के नीचे लिखा हुआ था। काउन्टर पर ग्राहक ज़ोर-ज़ोर से बातें कर रहे थे। वे सभी मोहल्ले में ही काम करते होंगे और निस्संदेह, रात के खाने से पहले दारू पी रहे थे। शीशे के मुख्य द्वार के साथ सिक्का डाल कर चलने वाली मशीन थी, जिसके सामने नीले रंग के सूट और टाई में एक आदमी खड़ा था। वहाँ उपस्थित बाकी लोगों ने फर-कोट, चमड़े की जैकेट और चप्पलें पहनी हुई थीं, जिनकी तुलना में उसकी वेशभूषा की वजह से वह बिलकुल अलग दिख रहा था। वह तन्मय होकर बजा रहा था, स्प्रिंग की डंडी को एक सरल हरकत से पीछे खींचते हुए।

सिगरेट और सिगार के धुएँ से मेरी आँखों में जलन हो रही थी और मुझे थोड़ी खाँसी भी आने लगी। हवा में सुअर के चर्बी की महक तैर रही थी।

''आप क्या पीना चाहेंगे?''

मैंने उसे आते हुए नहीं देखा था। पीछे की एक मेज़ पर, मेरी उपस्थिति से लोग इतने बेख़बर थे, कि मैंने तो यहाँ तक सोचा कि मुझसे कोई पूछने भी नहीं आयेगा कि मुझको क्या चाहिये।

''एक एस्प्रेसो।''

तकरीबन साठ साल का छोटे कद वाला आदमी था, सफ़ेद बाल, चेहरा लाल, सिकुड़ा सा, निस्संदेह किस्म-किस्म के मद्यपान का असर था। लाल त्वचा पर उसकी हल्की नीली आँखों का रंग और ज़्यादा उड़ा हुआ लग रहा था। मिट्टी के बर्तनों सी इस सफ़ेद-लाल-नीली रंगत में कुछ सुखद सा था।

''माफ़ कीजियेगा...'' फिर से जब वह काउन्टर की तरफ़ जा रहा था तब मैंने उससे कहा। ''दरवाज़े पर जो लिखा हुआ है, उसका क्या मतलब है?''

''मेन स्प्रीक्ट व्लाम्श?''

उसने ऊँची आवाज़ में यह वाक्य बोला था।

''जी।''

''यहाँ फ्लेमिश बोली जाती है।''

मुझे वहीं छोड़ कर, वह लहराता हुआ काउन्टर की तरफ़ बढ़ गया।

अपने रास्ते में आ रहे ग्राहकों को, बेतकल्लुफ़ी से हाथ से हटाता जा रहा था।

वह एक कॉफ़ी की प्याली लेकर वापस आया, प्याली को अपने दोनों हाथों से थामे, बाँहे आगे को किये हुए मानो बड़ी मशक्कत कर रहा हो कि प्याली कहीं गिर न जाये।

''ये लीजिये।''

उसने प्याली को मेज़ के बीच में रख दिया, पड़ाव पर पहुँचे मैराथन के धावक की तरह भारी साँसें छोड़ते हुए।

''मुँस्यूर...क्या कुद्रज़ नाम आपके लिए कोई मायने रखता है?''

मैंने सीधे यह सवाल दाग दिया था।

धम्म से, वह मेरे सामने की कुर्सी पर बैठ गया और हाथ बाँध लिये।

वह अभी भी हाँफ रहा था।

''क्यों? आप जानते थे उसे...कुद्रज़ को?''

''नहीं, मगर मैंने अपने परिवार में उसके बारे में बातें होते सुना था।''

उसका रंग ईंट की तरह लाल हो गया था और नाक के कोनों से पसीना टपक रहा था।

''कुद्रज़...वह वहाँ ऊपर रहता था, दूसरी मंज़िल पर...''

उसकी बोली में एक ख़ास लहज़ा था। मैं कॉफ़ी का घूँट भर रहा था, सोच लिया था कि मैं उसकी बात सुनता रहूँगा, क्योंकि शायद एक और सवाल सुनने पर वह भाग ही जाता।

''वह ओस्तेरलिट्ज स्टेशन पर काम करता था...उसकी बीवी एँटवर्प की थी, मेरी तरह...''

''उसकी एक बेटी थी न?''

वह मुस्कुराया।

''हाँ। एक प्यारी, छोटी सी लड़की...आप जानते थे उसको?''

''नहीं, लेकिन मैंने सुना है उसके बारे में...''

''क्या कर रही है अब?''

''बस, यही तो जानने की कोशिश कर रहा हूँ।''

''वह हर सुबह यहाँ आती थी अपने पिता के लिए सिगरेट खरीदने। कुद्रज़ लॉरेन पीते थे, बेल्जियम की सिगरेट...''

इन यादों में वह डूब गया था और मुझे यकीन है कि मेरी तरह, उसे भी न तो हमारे आसपास हो रहे हँसी-ठहाकों का शोर सुनाई दे रहा था, ना ही खिलौने वाली मशीनगन का।

''एक भला आदमी था, कुद्रज़...मैं अक्सर उसके साथ रात का खाना खाया करता था...उसकी बीवी और मैं फ्लेमिश में बातें करते थे...''

''आपको अब उन लोगों की कोई ख़बर नहीं है?''

''वह तो रहा नहीं...उसकी बीवी वापस एँटवर्प चली गयी थी...''

और हाथ ऊँचा कर के मेज़ के आर-पार लहराया।

''भूले-बिसरे ज़माने की बात है, यह सब...''

''आप कह रहे थे कि वह अपने पिता के लिए सिगरेट खरीदने आती थी...कौन सा ब्राँड था, फिर से बताइयेगा?''

''लॉरेन।''

मुझे उम्मीद थी कि यह नाम मुझको याद रहेगा।

''गज़ब की लड़की थी...दस साल में ही, मेरे ग्राहकों के साथ वह बिलियर्ड खेलती थी...''

वह कॉफ़ी हाउस में, बिलकुल पीछे स्थित एक दरवाज़े की ओर इंगित कर रहा था, निश्चित ही वहाँ से बिलियर्ड वाले कमरे का रास्ता था। तो इस तरह से यह खेल उसने यहीं पर सीखा था।

''ठहरिये,'' उसने कहा। मैं आपको कुछ दिखाने जा रहा हूँ...''

वह बहुत मुश्किल से उठ कर खड़ा हुआ और काउन्टर तक चल कर गया, फिर से उसने अपने हाथ से, उन सभी को धकेला जो उसके रास्ते में खड़े थे। ज़्यादातर ग्राहकों ने पनामा टोपी पहन रखी थी और एक अजीब सी भाषा बोल रहे थे, निस्संदेह फ्लेमिश।

मैंने सोचा कि इसकी वजह, वहाँ नीचे ओस्तेरलिट्ज के घाट पर लगे नाव हैं जो ज़रूर बेल्जियम से आये होंगे।

''लीजिये...देखिये...''

वह मेरे सामने बैठ गया था और मुझे फैशन की एक पुरानी पत्रिका पकड़ा रहा था जिसके मुखपृष्ठ पर एक कमसिन लड़की थी, गहरे भूरे बाल, हल्के रंग की आँखें, नैन-नक्श में कुछ एशियाई सी झलक थी, लेकिन पता नहीं क्या। मैंने उसको तुरन्त पहचान लिया : देनीज़। उसने बोलेरो जूते पहन रखे थे और हाथ में एक फूल पकड़ रखा था।

''देनीज़, कुद्रज़ की बेटी...देखिये...प्यारी बच्ची थी...उसने मॉडलिंग की थी...मैं उसको तब जानता था जब वह बच्ची थी...''

पत्रिका के मुखपृष्ठ पर व्हिस्की के दाग और धब्बों के निशान थे।

''मेरे ज़ेहन में उसकी वही छवि रहती है, जैसी वह तब थी, जब वह लॉरेन खरीदने आया करती थी...''

''वह कपड़े सिलने का काम तो नहीं करती थी न?''

''नहीं। मेरे ख़याल से नहीं।''

''और आपको सचमुच नहीं मालूम कि अब वह कहाँ है, क्या कर रही है?''

''नहीं।''

''आपके पास उसकी माँ का पता नहीं है, एँटवर्प शहर का?''

उसने सिर हिलाया। वह दु:खी लग रहा था।

''सब ख़त्म हो गया अब, मेरे दोस्त...''

क्या आशय था उसका?

"क्या आप यह पत्रिका मुझे दे सकते हैं?" मैंने पूछा।

"हाँ, मेरे दोस्त, लेकिन वादा कीजिये कि आप मुझे पत्रिका वापस लौटा देंगे।

"वादा रहा।"

"मेरे लिए यह कीमती है। उस परिवार की यादगार की तरह से है।"

"किस समय आती थी वह, अपने पिता के लिए सिगरेट लेने?"

"हमेशा पौने आठ बजे। पाठशाला जाने से पहले।"

"कौन सी पाठशाला?"

"जेनर मार्ग पर। कभी-कभी हम लोग उसे पहुँचाने जाते थे, उसके पिता और मैं।"

मैंने पत्रिका की तरफ़ हाथ बढ़ाया, जल्दी से उठाया और अपनी तरफ़ खींच लिया, दिल ज़ोर से धड़क रहा था। दरअसल, उसका दिमाग बदल सकता था और वह देने से इन्कार कर देता।

"शुक्रिया। मैं कल आपको वापस कर दूँगा।"

"याद रहे, भूलियेगा नहीं, अच्छा?"

वह शक्की नज़रों से मुझे देखता रहा।

"लेकिन इतनी दिलचस्पी क्यों है आपको? आप रिश्तेदार हैं?"

"जी।"

मैं अपने आप को पत्रिका का मुखपृष्ठ घूरने से रोक नहीं सका। मेरे पास जो तस्वीरें थीं, उनके मुकाबले थोड़ी छोटी लग रही थी। वह कान में बाले पहने हुए थी, जो हाथ में थामे फूल से भी लम्बे थे, हरी टहनियाँ उसकी आधी गर्दन ढाँपे हुए थीं। पृष्ठभूमि में, लकड़ी का तराशा एक देवदूत। और नीचे, तस्वीर के बायें कोने में, लाल अक्षरों में लिखे ये शब्द जो काली बोलेरो पर साफ झलक रहे थे—"फोटो जाँ मिशेल मान्सूर।"

''आप कुछ पीना चाहेंगे?'' उसने पूछा।

''नहीं। शुक्रिया।''

''फिर मैं आपको एक कॉफ़ी पिलाता हूँ।''

''मेहरबानी है।''

मैं उठा, पत्रिका हाथ में लिए। वह मेरे आगे बढ़ा और ग्राहकों के बीच से, मेरे लिए रास्ता बनाया, जिनकी तादाद काउन्टर पर बढ़ती जा रही थी। उसने उनसे फ्लेमिश में कुछ कहा। हमें शीशे के दरवाज़े तक पहुँचने में बहुत समय लगा। उसने दरवाज़ा खोला और अपनी नाक पोंछी।

''आप मुझे लौटाना भूलियेगा मत, अच्छा?'' पत्रिका की ओर इशारा करते हुए उसने कहा।

उसने दरवाज़ा बन्द किया और फुटपाथ पर मेरे पीछे चल पड़ा।

''आप देख रहे हैं...वे वहाँ ऊपर रहते थे...दूसरी मंज़िल पर...''

खिड़कियाँ रौशन थीं। एक कमरे के कोने में, मुझे गहरे हरे रंग की एक अलमारी दिखी।

''और दूसरे किरायेदार हैं...''

''वह कौन सा कमरा था, जहाँ आप उनके साथ रात का खाना खाते थे?''

''वह वाला...बायीं तरफ़...''

वह खिड़की की तरफ़ इशारा कर रहा था।

''और देनीज़ का कमरा?''

''वह दूसरी तरफ़ था...आँगन की तरफ़...''

वहाँ पर मेरे बगल में खड़ा, वह किसी ख़याल में डूबा हुआ था। चलने से पहले मैंने उसकी तरफ़ हाथ बढ़ाया।

''फिर मिलेंगे। मैं आपको पत्रिका वापस कर दूँगा।''

''अच्छा। फिर मिलेंगे।''

वह मुझे देख रहा था, दरवाज़े के चौकोर शीशों से सटा, उसका बड़ा सा लाल चेहरा। सिगार और सिगरेट के धुँओं के बादल ने काउन्टर पर खड़े ग्राहकों को पीले से कुहासे में डुबो दिया था और यह बड़ा, लाल चेहरा काँच पर उसकी साँसों से जमते भाप की वजह से धुँधलाता जा रहा था।

रात ढल गयी थी। देनीज़ के पाठशाला से वापस आने का वक्त, अगर तब भी वह शाम को पढ़ने जाती होगी तब। कौन सा रास्ता लेती होगी? वह दाहिनी तरफ़ से आती थी या बायीं तरफ़ से? मैं कॉफ़ी हाउस के मालिक से यह पूछना भूल गया था। इस वक्त, गाड़ियाँ कम थीं और वृक्ष के पत्तों ने ओस्तेरलिट्ज घाट के ऊपर छतरी बना दी थी। दूर स्थित, स्टेशन भी, एक दक्षिण-पश्चिमी शहर के स्टेशन जैसा प्रतीत हो रहा था। उससे थोड़ी और दूर, वनस्पति उद्यान, और अंगूरी शराब की मंडी का अँधकार व भारी ख़ामोशी, मोहल्ले की निस्तब्धता को और गहन कर रहे थे।

मैंने इमारत के दरवाज़े को पार किया और बत्ती जलायी। काले और स्लेटी चौकोर पत्थरों से बना एक गलियारा था। लोहे का एक पायदान। पीली दीवार पर, पत्र पेटिकाएँ। और अभी भी सुअर की चर्बी की महक।

मैंने सोचा कि अगर मैं आँखें बन्द करता, अपने हाथों की उँगलियों को अपने माथे पर लगा कर ध्यान लगाता, तब शायद बहुत दूर से आती, सीढ़ियों में उसके सैंडिल की खटर-खटर सुनने में, मैं कामयाब हो जाता।

# 18

लेकिन मुझे लगता है कि देनीज़ और मैं, किसी होटल के मयख़ाने में पहली बार मिले थे। मैं उस आदमी के साथ था, जो तस्वीर में दिख रहा है, यह हावर्ड द ल्यूज़, मेरे बचपन का साथी और गे ओरलो। वे कुछ समय के लिए होटल में रह रहे थे क्योंकि वे अमरीका से वापस आये ही थे। गे

ओरलो ने मुझसे कहा था कि वह एक सहेली का इन्तज़ार कर रही थी, एक लड़की जिससे उसकी मुलाकात हाल ही में हुई थी।

वह हमारी ओर चल कर आ रही थी और उसके चेहरे ने एकदम से मुझे मोह लिया। एशियाई चेहरा हालाँकि उसके बाल तकरीबन सुनहरे थे। हल्के रंग की खिंची सी आँखें। गाल की हड्डी ऊँची। उसने एक अजीब, छोटी सी टोपी पहनी हुई थी, उसके आकार से टाइरोलियन टोपी की याद आ रही थी और उसके बाल खासे छोटे कटे हुए थे।

फ्रेडी और गे ओरलो ने हमसे इन्तज़ार करने के लिए कहा और दोनों ऊपर कमरे में चले गये। हम लोग एक-दूसरे के सामने खड़े रहे। वह मुस्कुरायी।

हम लोगों ने बात नहीं की। उसकी आँखें पीली निर्मल थीं, जिनमें रह-रह कर कुछ हरा सा तैर रहा था।

# 19

मान्सूर जाँ-मिशेल। 1, गाबरियेल मार्ग, पेरिस 18 CLI 72- 01

# 20

''माफ़ कीजियेगा,'' उसने मुझसे कहा, जब ब्लाँश चौक के एक कॉफ़ी हाउस में, मैं उसकी मेज़ पर बैठने आया। शाम के करीब छः बजे मुझसे मिलने के लिए, उसने यही जगह तय की थी। ''माफ़ कीजियेगा, मगर मैं हमेशा कहीं बाहर ही लोगों से मिलता हूँ...खासकर पहली मुलाकात हो तब...अब हम लोग घर पर चल सकते हैं...''

मैंने उसे आसानी से पहचान लिया था क्योंकि उसने मुझे विशेष रूप से बताया था कि वह गाढ़े हरे रंग का मखमल का लिबास पहनेगा और यह भी कि उसके बाल सफ़ेद थे, काफ़ी सफ़ेद और फौजी की तरह छोटे कटे हुए। ऐसे छोटे कटे बाल उसकी काली, लम्बी, निरन्तर झपकती पलकों, उसकी बड़ी आँखों और उसके स्त्री समान मुँह से विरोधाभास पैदा कर रहे थे—ऊपरी होंठ घुमावदार, नीचे का होंठ तना हुआ, रोबदार।

खड़े होने पर वह मुझे औसत कद का लगा। उसने बरसाती पहनी और हम लोग कॉफ़ी हाउस से बाहर निकल गये।

जब हम क्लीशी पथ के बीच पहुँचे तब उसने मूलाँ रूज के बगल में मुझे एक इमारत दिखायी, और मुझसे कहा :

''कोई और वक्त होता, मैं आपसे शे ग्राफ (पेरिस का एक मशहूर रेस्तराँ) में मुलाकात करता...वहाँ पर...लेकिन अब उसका अस्तित्व नहीं बचा...''

हमने सड़क पार की और कूस्तू मार्ग ले लिया। वह कदम तेज़ी से बढ़ा रहा था, चोरी से निगाह बायें फुटपाथ के धुँधले शराबखानों की तरफ़ डालते हुए, और जब हम बड़े गैराज के ऊपर तक पहुँचे, तब वह लगभग दौड़ लगा रहा था। लेपिक मार्ग के कोने पर पहुँचने पर ही वह रुका।

''माफ़ कीजियेगा,'' उसने दम लेते हुए कहा, ''लेकिन इस सड़क की कुछ बुरी यादें हैं...माफ़ कीजियेगा...''

वह सचमुच डर गया था। मुझे यह भी लगा कि वह काँप रहा था।

''अब बेहतर लगेगा...यहाँ, सब ठीक हो जायेगा...''

वह मुस्कुरा रहा था, सामने ऊपर चढ़ते लेपिक मार्ग पर, बाज़ार की धूमधाम और चमचमाती खाने-पीने की दुकानें देख कर।

हम लोगों ने आबेस मार्ग ले लिया। वह शान्त और शिथिल कदमों से चलता रहा। मेरी इच्छा हो रही थी कि उससे पूछूँ कि कौन सी अजीब स्मृतियाँ जगाता था कूस्तू मार्ग, लेकिन न तो इस कदर बेतकल्लुफ होने की मजाल हुई मेरी, न ही उसके अन्दर वह घबराहट जगाने की जिसने मुझे चौंका दिया था।

और अचानक, आबेस चौक पर पहुँचने से पहले, उसने फिर से, कदम तेज़ कर दिये। मैं उसके दाहिनी तरफ़ चल रहा था। इस वक्त जब हम जरमाँ-पिलों मार्ग पार कर रहे थे, मैंने उसे इस पतली सड़क की तरफ़ एक भयातुर दृष्टि डालते देखा जिसमें नीचे और अँधेरे मकान थे, यह सड़क जो खड़ी ढाल में नीचे के मुख्य पथ तक जा रही थी। वह कस के मेरी बाँह पकड़े था। उसने मुझको इस तरह जकड़ रखा था जैसे इस सड़क के ख़याल से ख़ुद को अलग करना चाह रहा हो। मैंने उसे दूसरी तरफ़ वाले फुटपाथ पर खींचा।

"शुक्रिया...पता है...बहुत अजीब है..."

वह हिचकिचाया, आत्मविश्वास के कगार पर था।

"मुझको...मुझको चक्कर आने लगता है, हर बार जब मैं जरमाँ-पिलों मार्ग के छोर पर आता हूँ...मेरा नीचे उतरने का मन करने लगता है...मेरे वश में नहीं होता..."

"आप नीचे क्यों नहीं जाते?"

"क्योंकि...यह रास्ता जरमाँ-पिलों मार्ग...पहले वहाँ पर...वहाँ पर एक जगह थी..."

वह रुक गया।

"ओह...," उसने एक टालने वाली मुस्कान के साथ कहा। "बेवकूफ़ी है मेरी...मोंमार्त्र का इलाका इतना बदल चुका है...लम्बी कहानी सुनानी पड़ेगी आपको...आप पुराने मोंमार्त्र से परिचित नहीं थे..."

क्या जानता था वह इसके बारे में?

वह गाबरियेल मार्ग में रहता था, साक्रे कर चर्च के बागों के किनारों पर बनी एक इमारत में। हम पीछे की सीढ़ियों से ऊपर चढ़े। दरवाज़ा खोलने में उसने बहुत वक्त लगाया—तीन ताले जिनमें उसने अलग-अलग चाभियाँ घुमायीं, धीमे से, वैसी सावधानी बरतते हुए जो किसी तिजोरी की जटिल बंदिश को खोलने के लिए की जाती है।

एक बहुत छोटा फ्लैट। एक बैठक और एक शयनकक्ष जो शुरुआत में

सिर्फ़ एक कमरा रहा होगा। चाँदी के तारों से बनी रस्सी से बँधे गुलाबी साटिन के परदे, शयनकक्ष को बैठक से अलग कर रहे थे। बैठक में आसमानी रंग के रेशम के परदे टंगे थे और एकमात्र खिड़की उसी रंग के परदे से छुपी हुई थी। हाथी दाँत या हरिताश्म की शिल्पकृतियाँ, काली पॉलिश वाली मेज़ पर सजी हुई थीं। बाँह वाली कुर्सियाँ जिस पर हल्के हरे रंग के कपड़ों का गिलाफ़ चढ़ा था और एक सोफ़ा जो बड़े फूलों के छींट वाले कपड़े से ढका था। उसका हरा रंग और भी हल्का था, यह रंग संयोजन पूरे माहौल को मिठाई के डिब्बे जैसा आभास दे रहा था। दीवार के सुनहरे कंदीलों से रोशनी आ रही थी।

''बैठिये,'' उसने कहा।

मैं फूलों वाले सोफे पर बैठ गया। वह मेरे बगल में बैठ गया।

''अच्छा...दिखाइये मुझे...''

मैंने अपनी जैकेट की जेब से वह फ़ैशन पत्रिका निकाली और मुखपृष्ठ उसे दिखाया, जिस पर देनीज़ नज़र आ रही थी। उसने मेरे हाथों से पत्रिका ले ली, और मोटे सींग की कमानी वाला चश्मा पहन लिया।

''हाँ...हाँ...तस्वीर जाँ-मिशेल मान्सूर...बिलकुल मैं ही हूँ...कोई शक की गुँजाइश नहीं है...''

''आपको यह लड़की याद है?''

''बिलकुल नहीं। मैं यदा-कदा ही इस पत्रिका के लिए काम करता था... यह फ़ैशन की एक छोटी पत्रिका थी...मैं, मैं विशेष तौर पर वोग (एक बड़ी फ़ैशन-पत्रिका) के लिए काम करता था, आप समझ रहे हैं न...''

वह स्वयं को अलग रखना चाह रहा था।

''फिर इस तस्वीर से सम्बद्ध और कोई जानकारी आपको नहीं होगी?''

उसने मुझे विचित्र नज़रों से घूरा। दीवार के कंदीलों की रोशनी में, मुझको उसके चेहरे पर पड़ी झुर्रियाँ और दाग दिखे।

''मेरे दोस्त, मैं आपको तुरंत बता सकता हूँ...''

वह हाथ में पत्रिका लिए उठा और ताले में एक बार चाभी घुमा कर वह दरवाज़ा खोला, जिस पर उस समय तक मेरा ध्यान नहीं गया था, क्योंकि उस पर दीवारों की तरह आसमानी रंग का रेशमी परदा लटका था। उस दरवाज़े से एक छोटी कोठरी में जाया जा सकता था। मैंने उसे लोहे की बहुत सी दराजें खोलते सुना। कुछ समय के बाद वह कोठरी से निकला और एहतियात से उसका दरवाज़ा बन्द किया।

''ये रहा,'' उसने कहा।''मेरे पास हर निगेटिव के साथ एक छोटी पर्ची है। मैं शुरू से सब कुछ सँभाल के रखता हूँ...वे नाम वर्षों के अनुसार क्रमबद्ध हैं...''

वह आकर मेरे बगल में बैठ गया और पर्चियों को देखने लगा।

''देनीज़...कुद्रज़...यही न?''

''जी।''

''इसके अलावा उसने कभी मुझसे तस्वीरें नहीं उतरवायीं...अब मुझको यह लड़की याद आ रही है...होयनीगन ह्यून (जर्मन व्यक्ति का नाम) ने उसके बहुत फोटो खींचे...''

''कौन?''

''होयनीगन ह्यून, एक जर्मन फोटोग्राफर...बिलकुल...सही है...उसने होयनीगन ह्यून के साथ काफ़ी काम किया...''

हर बार जब मान्सूर यह विषादपूर्ण ध्वन्यात्मकता वाला नाम बोलता था, मुझे देनीज़ की कुम्हलायी आँखें खुद पर टिकी हुई महसूस होती थीं, पहली बार की तरह।

''मेरे पास उसका पता है, उन दिनों का, अगर आपको चाहिये...''

''मुझे चाहिये,'' मैंने तनावपूर्ण स्वर में उत्तर दिया।

''97 रोम मार्ग, पेरिस, 17वाँ जनपद। 97 रोम मार्ग...''

उसने झटके से सिर मेरी तरफ़ उठाया। उसके चेहरे का उजलापन डरावना था, उसकी आँखें फैली हुई।

"97 रोम मार्ग..."

"मगर...क्या है वहाँ?"

"मुझे यह लड़की अच्छी तरह याद आ गयी अब...मेरा एक दोस्त था, जो उसी इमारत में रहता था..."

वह मुझे शक्की नज़रों से देख रहा था और उतना ही घबराया हुआ लग रहा था जितना वह कूस्तू मार्ग पार करते समय और जरमाँ पिलों मार्ग की ऊँचाई पर लग रहा था।

"विचित्र संयोग है...मुझको बहुत अच्छी तरह याद है...मैं उसे लेने उसके घर गया था, रोम मार्ग पर, फोटो खींचने के लिए और मैंने उस मौके का फ़ायदा, उस दोस्त से मिलने के लिए उठाया था...वह ऊपर वाली मंज़िल पर रहता था..."

"आप उसके यहाँ गये थे?"

"हाँ। लेकिन हमने फोटो अपने दोस्त के फ्लैट में खींचे...वह हमारे साथ ही था..."

"कौन सा दोस्त?"

उसका चेहरा और ज़र्द पड़ता जा रहा था। वह डर रहा था।

"मैं...आपको समझाता हूँ...पर पहले मैं कुछ पीना चाहता हूँ...अपना हौसला बनाने के लिए..."

वह उठा और एक पहिये वाली मेज़ की तरफ़ बढ़ा, जिसे उसने सोफे की ओर धकेला। ऊपर वाली थाल पर कुछ सुराहियाँ सजी हई थीं, क्रिस्टल के डाट, चाँदी की सिकड़ी, जिस पर शराब के नाम खुदे रहते थे, जैसा व्हेरमाट के वादक अपनी गर्दन में डाले रहते थे और।

"मेरे पास सिर्फ़ मीठी शराब है...आपको कोई दिक्कत तो नहीं?"

"बिलकुल भी नहीं।"

"मैं थोड़ी सी मारी ब्रिज़ार (एक किस्म की शराब) लूँगा...और आप?"

उसने मारी ब्रिज़ार पतले प्यालों में उँड़ेली और जब मैंने यह शराब चखी

तब मुझे थोड़ी सी मिचली आयी। यह एहसास मेरे इर्द-गिर्द के साटिन हाथी दाँत और सुनहरे मुलम्मे वाली सज्जा के साथ एकसार हो गया। इस फ्लैट का मिजाज़ भी इस शराब के स्वाद जैसा ही था।

"यह दोस्त, जो रोम मार्ग पर रहता था...उसकी हत्या हो गयी थी..."

उसने यह आखिरी शब्द थोड़ी हिचकिचाहट के साथ बोला था और यह प्रयास, वह निस्संदेह मेरे लिए कर रहा था, अन्यथा उसे ऐसे सटीक शब्द का इस्तेमाल करने की ताकत कभी नहीं होती।

"वह मिस्र का रहने वाला यूनानी था...उसने कविताएँ और दो किताबें लिखीं..."

"और आपको लगता है कि देनीज़ कुद्रज़ उसे जानती थी?"

"ओह...वह उससे सीढ़ियों में आते-जाते ज़रूर टकराती होगी," उसने खीज कर कहा, क्योंकि इस ब्यौरे का, उसके लिए कोई महत्त्व नहीं था।

"और...यह उसी इमारत में घटित हुआ था?"

"जी।"

"देनीज़ कुद्रज़ उस समय उसी इमारत में रहती थी?"

उसने मेरा सवाल सुना तक नहीं था।

"यह घटना रात के समय हुई थी...उसने अपने फ्लैट में किसी को आने दिया था...वह किसी को भी अपने फ्लैट में आने की इजाज़त दे देता था..."

"हत्यारा पकड़ा गया?"

उसने कन्धे उचकाये।

"इस किस्म के हत्यारे कभी नहीं पकड़े जाते...मुझे पता था कि उसके साथ एक दिन ऐसा होगा...अगर आपने उनमें से कुछ लड़कों की शक्ल देखी होती, जिन्हें वह शाम को अपने फ्लैट में बुलाता था...दिन के वक्त भी, मुझे उनसे डर लगता..."

वह मुस्कुरा रहा था, एक अजीब सी मुस्कान, भावविह्वल भी, भयभीत भी।

"आपके दोस्त का नाम क्या था?" मैंने पूछा।

"आलेक स्कूफी। आलेक्सांद्रा का यूनानी।"

वह झटके से उठा और आसमानी रेशमी परदे हटाये, जिससे खिड़की प्रकट हो गयी। फिर वह दोबारा मेरे बगल में सोफ़े पर बैठ गया।

"माफ़ कीजियेगा...पर कुछ ऐसे क्षण होते हैं, जब मुझे लगता है कि परदे के पीछे कोई छुपा हुआ है...थोड़ी और मारी ब्रीज़ार? क्यों, मारी ब्रीज़ार की एक बूँद..."

वह ज़बरदस्ती खुश लहज़ा अख्तियार करने की कोशिश कर रहा था और मेरी बाँह कस के पकड़े हुए था जैसे यह साबित करना चाह रहा हो कि वहाँ पर, उसके पास मैं आराम से हूँ।

"स्कूफी फ्राँस में बसने के लिए आया था...मेरी उससे मुलाकात मोंमार्त्र में हुई थी...उसने एक बेहद सुन्दर किताब लिखी थी, जिसका नाम था— *नावीर आ लाँक्र...*"

"लेकिन जनाब," मैंने इस बार सख्त आवाज़ और सुस्पष्ट शब्दों में कहा ताकि वह मेरा सवाल सुनने की ज़हमत उठाये, "अगर आप मुझसे कह रहे हैं कि देनीज़ कुद्रज़ नीचे वाली मंज़िल पर रहती थी, उसने उस रात ज़रूर कुछ असामान्य सुना होगा...उन लोगों ने ज़रूर बतौर गवाह उससे सवाल किये होंगे..."

"हो सकता है।"

उसने कन्धे उचकाये। नहीं, यह तय था कि यह देनीज़ कुद्रज़, जो मेरे लिए इतनी अहमियत रखती थी, जिसका छोटे से छोटा क्रियाकलाप भी जानने को मैं उत्सुक था, उसमें उसकी ज़रा भी दिलचस्पी नहीं थी।

"सबसे खौफ़नाक बात है कि मैं हत्यारे को जानता हूँ...उसे देख कर धोखा होता था क्योंकि उसकी शक्ल फरिश्ते जैसी थी...हालाँकि उसकी नज़रें बहुत कठोर थीं...स्लेटी, धूसर आँखें..."

वह थरथरा रहा था। ऐसा लग रहा था कि वह आदमी जिसके बारे में वह बात कर रही थी, वहाँ उपस्थित था, हमारे सामने, और अपनी धूसर

आँखों से उसे भेद रहा था।

''एक अधम, नीच, बदमाश...उसे मैंने आखिरी बार तब देखा था जब पेरिस पर जर्मनी का कब्ज़ा था। कॉम्बो मार्ग के एक भूतल में बने रेस्तराँ में... वह एक जर्मन के साथ था...''

इस याद से उसकी आवाज़ काँप उठी, और बावजूद इसके कि मैं देनीज़ कुद्रज़ के ख़यालों में डूबा हुआ था, यह कर्णभेदी आवाज़, इस तरह की रोषपूर्ण आपत्ति ने मुझको कुछ ऐसा आभास दिलाया, जिसे मैं मुश्किल से सही साबित कर सकता था और जिससे साफ तौर पर ज़ाहिर था कि असल में, उसे अपने मित्र के भाग्य से ईर्ष्या थी और वह धूसर आँखों वाले आदमी से नाराज़ था कि उसने उसकी हत्या नहीं की।

''वह अभी भी जीवित है...अभी भी वहाँ है, पेरिस में...मुझे किसी के ज़रिये पता चला था...बेशक अब उसका चेहरा फरिश्ते जैसा नहीं रहा...आप उसकी आवाज़ सुनना चाहते हैं?''

उसके इस विचित्र सवाल का जवाब देने का मुझे वक्त भी नहीं मिला : हमारे पास के गद्देदार लाल आसन पर रखा टेलीफ़ोन उसने उठा लिया था और एक नम्बर मिलाने लगा। उसने हेडफोन मुझे दे दिया था।

''आप सुनने जा रहे हैं...सावधान...वह खुद को 'नीला घुड़सवार' पुकारता है...''

शुरू में मुझको सिर्फ़ घंटी सुनाई पड़ी, अल्पकालिक और पुनरावृत्त जो इस बात की सूचक थी कि लाइन व्यस्त है। और फिर, घंटियों के अन्तराल में, मुझे स्त्रियों व पुरुषों की आवाज़ें सुनाई पड़ रही थीं जो फोन लगा रहे थे—''मोरीस और जोसी का अनुरोध है कि रेने उन्हें फोन करें...''- ''लूसियाँ काँवाँसियों मार्ग में जान्नो का इन्तज़ार कर रहे हैं...''- ''श्रीमती बार्री एक साथी ढूँढ रही हैं...''- ''आलसीबियाद आज शाम अकेले हैं...''

वार्तालापों की शुरुआत हो रही थी, घंटियाँ निरन्तर आवाज़ों को घोंट रही थीं, बावजूद इसके आवाज़ें एक-दूसरे को ढूँढ रही थीं। और ये सारे निराकार प्राणी, बिना चेहरे वाले लोग, आपस में टेलीफ़ोन नम्बर की अदला-बदली

या किसी मुलाकात की आस में सांकेतिक शब्द का आदान–प्रदान करते लग रहे थे। आख़िर में मुझे अन्य आवाज़ों से कहीं दूर से एक आवाज़ आती हुई सुनायी पड़ी जो दोहराये जा रही थी :

"नीला घुड़सवार आज की शाम खाली है...नीला घुड़सवार आज की शाम...टेलीफ़ोन नम्बर छोड़ दें...टेलीफ़ोन नम्बर छोड़ दें..."

"तो," उसने पूछा, "आप सुन रहे हैं उसको ? उसे सुन रहे हैं आप ?"

अपना चेहरा मेरे चेहरे से सटा कर उसने अपना कान हेडफोन के दूसरे हिस्से से चिपका लिया।

"जो नम्बर मैंने मिलाया है, वह लम्बे समय से किसी को दिया नहीं गया है," उसने सफ़ाई दी। "इसलिए उन्हें पता चला कि वे इस तरह से संपर्क कर सकते हैं।"

वह 'नीले घुड़सवार' को अच्छी तरह से सुनने के लिए चुप हो गया, और मैं, मैं उन सारी कब्रों के परे से आने वाली, गायब हो गये लोगों की आवाज़ों के बारे में सोचने लगा—भटकती आवाज़ें, आवाज़ें जो सिर्फ़ उन टेलीफ़ोन नम्बरों के ज़रिये बात कर सकती थीं, जो चालू हालत में नहीं रहे।

"बहुत डरावना है यह...भयावह...," वह दोहराये जा रहा था, हेडफोन कान से सटाये हुए। "सुन रहे हैं आप...इस हत्यारे को... ?"

झटके से उसने फोन काट दिया। वह पसीने–पसीने हो रहा था।

"मैं आपको उस दोस्त की तस्वीर दिखाने जा रहा हूँ जिसकी इस नीच ने हत्या कर दी थी...और मैं आपके लिए वह उपन्यास खोजने की कोशिश करूँगा *नावीर आ लाँक्र*...आपको वह पढ़ना चाहिये..."

वह उठा और अपने शयनकक्ष में गया, जो एक गुलाबी साटिन के परदों से बैठक से अलग किया गया था। परदों से आधा छुपा हुआ, फ़र की चादर से ढका, एक नीचा पलंग, मुझको नज़र आ रहा था।

मैं खिड़की तक गया और नीचे मोंमार्त्र की साक्रेकर के बागानों में बिजली के तारों से चलने वाली रेल की पटरियाँ, और उससे आगे समूचा पेरिस, शहर

की बत्तियों, छतों और परछाइयों सहित देखने लगा। सड़कों और रास्तों के इस भूलभूलैया में, एक दिन हम लोग मिले थे, देनीज़ और मैं। एक–दूसरे को काटते हुए पथ, उन रास्तों में वे रास्ते, जिन्हें हज़ारों लोग पेरिस में, एक सिरे से दूसरे सिरे तक तय करते हैं, एक विशालकाय खिलौने वाली मशीनगन की सैंकड़ों हज़ारों गोलियों की तरह जो कभी–कभी आपस में टकरा जाती हैं। और इसमें से कुछ नहीं बचा था, हवा में रोशनी की लकीर तक नहीं, जो जुगनू के उड़ कर जाने के बाद रह जाती है।

मान्सूर हाँफता हुआ गुलाबी परदों के बीच में गोचर हुआ, हाथ में एक पुस्तक और कई तस्वीरें लिए हुए।

''मिल गया...मिल गया...''

वह प्रफुल्ल था। निस्संदेह उसे डर था कि उसने ये बची–खुची निशानियाँ कहीं खो न दी हों। वह मेरे सामने बैठ गया और मेरी तरफ़ किताब बढ़ायी।

''लीजिये...मेरे लिए बहुत कीमती है लेकिन मैं आपको दे रहा हूँ... बहुत ज़रूरी है कि आप इसे पढ़ें...अच्छी किताब है...और कैसा पुर्वानुमान है...आलेक को अपनी मौत का पूर्वाभास हो गया था...''

उसका चेहरा काला पड़ गया।

''मैं उसकी दो या तीन तस्वीरें भी आपको दे रहा हूँ...''

''आप उन्हें रखना नहीं चाहते?''

''नहीं, नहीं आप चिन्ता मत कीजिये...मेरे पास ऐसी दर्जनों हैं...और सारे निगेटिव भी...''

मेरा मन हुआ उससे कहने का कि वह मेरे लिए देनीज़ कुद्रज़ की कुछ तस्वीरें निकाल दे, मगर मेरी हिम्मत नहीं पड़ी।

''आपके जैसे शख़्स को आलेक की तस्वीरें देने में मुझे खुशी हो रही है...''

''शुक्रिया।''

''आप खिड़की से देख रहे थे? सुन्दर नज़ारा है, नहीं? कहा जा सकता

है कि आलेक का हत्यारा कहीं पर होगा वहाँ...''

और अपनी हथेली से वह खिड़की के शीशे सहला रहा था, नीचे था समूचा पेरिस।

''वह अब बूढ़ा हो चुका होगा...एक डरावना बूढ़ा...मुखौटा लगाये...''

घबराया सा, उसने गुलाबी साटिन के परदे खींच दिये।

''मुझे उसके बारे में सोचना अच्छा नहीं लगता।''

''मुझे अब लौटना पड़ेगा,'' मैंने कहा। ''तस्वीरों के लिए एक बार फिर से शुक्रिया।''

''आप मुझे अकेला छोड़ रहे हैं? आप मारी ब्रिज़ार की एक आखिरी बूँद नहीं पीना चाहेंगे?''

''नहीं, शुक्रिया।''

वह पीछे वाली सीढ़ी के दरवाज़े तक मेरे साथ आया, गाढ़े नीले मखमल वाले गलियारे में दीवारों पर छोटे क्रिस्टल की लड़ियों वाले कंदील लटके हुए थे। मैंने दरवाज़े के पास दीवार पर, तमगे पहने एक आदमी की तस्वीर टंगी देखी। सुनहरे बाल, ख़ूबसूरत शक्ल वाला एक आदमी जिसकी आँखें स्वप्निल थीं।

''रिशार वॉल...एक अमरीकी मित्र...उसकी भी हत्या हो गयी...''

वह मेरे आगे झुका हुआ, स्थिर खड़ा रहा।

''और भी हत्याएँ हुईं,'' वह फुसफुसाया...''बहुत सारी और...अगर मैं गिनती करूँ...ये सारे मरे हुए लोग...''

उसने मेरे लिए दरवाज़ा खोला...मैंने उसे इतना विचलित देखा कि उसे गले लगा लिया।

''फिक्र मत कीजिये, मेरे दोस्त,'' मैंने कहा।

''आप दोबारा मुझसे मिलने आयेंगे न? मुझे इतना अकेलापन महसूस होता है...और मुझे डर लगता है...''

"मैं आऊँगा।"

"और आलेक की किताब ज़रूर पढ़ियेगा..."

मैंने हौसला जुटाया।

"मेहरबानी होती...आप मेरे लिए...देनीज़ कुद्रज़ की कुछ तस्वीरें निकाल सकते हैं?"

"क्यों नहीं, बिलकुल। जो भी आप चाहें...आलेक की तस्वीरें खो मत दीजियेगा। और रास्ते में सावधान रहियेगा..."

उसने दरवाज़ा बन्द किया और मैंने उसे एक के बाद एक तालों में चाभियाँ घुमाते सुना। मैं एक क्षण को बाहर दहलीज़ पर रहा। मैं कल्पना में उसे गाढ़े नीले गलियारे और गुलाबी हरी बैठक में वापस जाते हुए देख रहा था। और मुझको यकीन था कि वह फिर से टेलीफ़ोन उठायेगा, नम्बर मिलायेगा, कँपकँपाता हुआ हेडफोन अपने कान से सटायेगा और थरथराते हुए, अथक, 'नीले घुड़सवार' के उस अस्पष्ट संदेश को सुनता रहेगा।

# 21

उस दिन सुबह देनीज़ की गाड़ी में, हम तड़के सवेरे निकल गये थे और मेरे ख़याल से हम सैं क्लूद गेट से निकले थे। धूप खिली हुई थी उस दिन क्योंकि देनीज़ ने पनामा टोपी पहनी हुई थी।

हम सेन-ए-व्आज़ या सेन-ए-मार्न के एक गाँव पहुँचे और हमने ढलान वाली सड़क पकड़ ली जिसके दोनों किनारों पर पेड़ थे। देनीज़ ने गाड़ी एक सफ़ेद बैरीकेड के आगे खड़ी की, जिससे उद्यान की ओर रास्ता जाता था। उसने बैरीकेड को धक्का दिया और मैं उसके लिए फुटपाथ पर ठहरा रहा।

बेदमजनूं (बेंत की तरह लचकदार डालियों वाला एक पेड़) का वृक्ष

उद्यान के बीच में था और एकदम छोर पर एक बंगला। मैंने देनीज़ को बंगले के अन्दर जाते देखा।

वह वापस, एक दस साल की बच्ची के साथ आयी, जिसके बाल सुनहरे थे और उसने स्लेटी रंग का स्कर्ट पहना हुआ था। हम लोग तीनों गाड़ी में चढ़ गये, बच्ची पीछे वाली सीट पर और मैं देनीज़ के बगल में, जो गाड़ी चला रही थी। अब मुझको याद नहीं कि हमने दोपहर को कहाँ खाना खाया था।

लेकिन दोपहर में हमने वेर्सायी के बागों में सैर की और बच्ची के साथ हमने कागज़ की नाव बनायी। पानी पर चमकता, सूर्य का प्रतिबिम्ब मुझे चकाचौंध कर रहा था। देनीज़ ने अपना काला चश्मा मुझे दे दिया।

बाद में, हम तीनों एक मेज़ पर बैठे जिसके ऊपर छतरी लगी थी और बच्ची एक लाल-हरा आइसक्रीम खा रही थी। हमारे नज़दीक, कई लोग थे गर्मियों के कपड़ों में। ऑरकेस्ट्रा का संगीत। शाम ढलने लगी तब हम बच्ची को वापस ले आये। शहर पार करते हुए हम एक मेले के आगे से गुज़रे और हम वहाँ पर रुक गये।

मुझे याद है, ढलते सूरज में वह चौड़ी सड़क और देनीज़ तथा वह छोटी लड़की, हल्की बैंगनी-गुलाबी खिलौना गाड़ी में जो अपने पीछे चिंगारियों की पूँछ गढ़ती जा रही थी।

वे खिलखिला रही थीं और बच्ची मुझको हाथ हिला रही थी। कौन थी वह?

# 22

उस शाम को एजेन्सी के दफ़्तर में बैठा मैं, उन तस्वीरों का छिद्रान्वेषण कर रहा था, जो मॉन्सूर ने मुझे दिये थे।

सोफ़े के बीच में बैठा एक मोटा सा आदमी। उसने नाइट गाउन पहना है, जिस का फूलदार बॉर्डर है। उसके दायें हाथ के अँगूठे और तर्जनी के बीच

एक सिगरेट केस है। बायें हाथ से, उसने अपने घुटने पर रखी एक किताब के पन्ने पकड़े हुए हैं। वह गंजा है, घनी भवें हैं, पलकें झुकी हुईं। वह पढ़ रहा है। छोटी और मोटी सी नाक, होंठों के कोने पर सिकुड़न, उसका भारी सा, पूर्वी लोगों जैसा चेहरा। मुझे उसके पीछे लकड़ी से बनी देवदूत की प्रतिमा रखी थी। वही वाली जो पत्रिका के मुखपृष्ठ पर छपी देनीज़ कुद्रज़ की तस्वीर में थी।

दूसरी तस्वीर में वह एक सफ़ेद सूट, धारीदार कमीज़ और गहरे रंग की टाई पहन कर खड़ा है। उसकी बायीं हथेली में छड़ी की मूंठ है। दाहिनी बाँह छाती पर है, हथेली आधी खुली हुई। इस भंगिमा से उसके सुसंस्कृत होने का बोध हो रहा है।

वह एकदम तन के खड़ा है, लगभग अपने दोरंगे जूते के पंजों पर। आहिस्ता-आहिस्ता वह तस्वीर से अलग होता जा रहा है, जीवन्त हो उठा और मैं उसे सड़क के किनारे पेड़ों के नीचे, लंगड़ाते कदमों से चलते हुए देख रहा हूँ।

# 23

7 नवम्बर 1965

विषय : स्कूफी, आलेक्साँद्र

जन्म : आलेक्साँद्रिया (मिस्त्र-यूनान) में 28 अप्रैल 1885।

राष्ट्रीयता : यूनानी।

आलेक्साँद्र स्कूफी पहली बार फ्राँस सन् 1920 में आया था।

उसका निवास क्रमशः निम्नलिखित स्थानों पर रहा—

26, नेपल्स मार्ग, पेरिस-8

11, बेर्न मार्ग, पेरिस-8, एक सुसज्जित फ्लैट में।

शिकागो होटल, 99, रोम मार्ग, पेरिस-17

97, रोम मार्ग, पेरिस-17, पाँचवीं मंज़िल पर।

स्कूफी एक विद्वान व्यक्ति था जिसके कई लेख विभिन्न पत्रिकाओं में छपे, हर रस की कविताएँ और दो उपन्यास : *ओ प्वासों द-ऑर्र ओतेल मब्ले* और *नावीर आ लाँक्र*।

साथ ही, उसने संगीत की शिक्षा ली थी और एक कलाकार का पेशा नहीं अपनाने के बावजूद, ब्रूसेल्स के प्लेयेल हॉल और ला माने के थियेटर में उसे सुनने के लिए लोग आये। पेरिस में स्कूफी, सैन्य टुकड़ियों का ध्यान आकर्षित कर लेता है। अवांछित करार देकर, उसका निष्कासन तक सम्भावित हो गया।

नवम्बर 1924 में, जब वह 26, नेपल्स मार्ग पर रहता था, एक अल्पवयस्क के साथ दुर्व्यवहार के सन्दर्भ में उसकी पुलिस द्वारा पूछताछ तक की गयी।

नवम्बर 1930 से सितम्बर 1931 तक वह शिकागो होटल 99, रोम मार्ग में रहा, बीस वर्ष के एक युवक पियेर डी के संग, वेरसायी की आठवीं टुकड़ी का एक सैनिक। यह प्रतीत होता है कि स्कूफी मोंमार्त्र के ख़ास बारों में जाया करता था। स्कूफी को मोटी आमदनी होती थी जो उसे मिस्त्र में अपने पिता से विरासत में मिली जायदाद से आती थी।

अपने निवास स्थान 97, रोम मार्ग पर हत्या।

हत्यारे की पहचान कभी नहीं हो सकी।

विषय : द व्रेजे, अलेग।

AUTeuil 54-73

अभी तक इस नाम के व्यक्ति की पहचान नहीं हो सकी है।

वह एक छद्म नाम या किसी और के नाम से जाना जाता होगा।

या कोई विदेशी नागरिक जिसने फ्राँस में एक अल्प प्रवास किया हो।

टेलीफ़ोन नम्बर AUTeuil 54-73 1952 से किसी को नहीं दिया गया।

दस वर्षों तक, 1942 से 1952 तक, यह नम्बर दिया गया था।

यह गैराज 1952 से बन्द है और आने वाले दिनों में एक इमारत में तब्दील हो जायेगा।

इस टंकित पन्ने के साथ दो शब्द :

ये हैं वे सभी जानकारियाँ प्रिय मित्र, जो मैं इकट्ठी कर सका। अगर आपको और किसी जानकारी की ज़रूरत हो, तब मुझसे कहने में संकोच मत कीजियेगा। और ह्यूट को मेरा स्नेह।

आपका जाँ–पियेर बेरनारडी

# 24

लेकिन किसी और के बजाय स्कूफी क्यों, यह मोटा बुलडॉग जैसे चेहरे वाला आदमी, जिसकी धुँधली छवि मेरे ख़यालों में तैर रही है? शायद सफ़ेद लिबास की वजह से। एक चमकते दाग जैसा, जैसे रेडियो का बटन घुमाने पर, हर तरह की खरखराहटों और खलल के बीच, ऑरकेस्ट्रा का संगीत या एक आवाज़ का शुद्ध अनुनाद...

सीढ़ियों में सफ़ेद सूट से बनता यह चमकदार पैबन्द, मुझे अच्छी तरह याद है और हत्थे वाली छड़ी की सतत कानफोड़ू खटखट। वह हर मंज़िल पर रुकता था। देनीज़ के घर की सीढ़ियाँ चढ़ते समय, मैं कई बार उससे टकराया था। मुझको ताँबे के जंगले, बादामी दीवार, फ्लैट के गहरे रंग की लकड़ी के दोहरे दरवाज़े साफ़–साफ़ याद हैं। हर मंज़िल पर, रात के दीपक की रोशनी और यह चेहरा, छाया में उभरती, बुलडॉग की वह कोमल उदास नज़र...मुझे

यह भी यकीन है कि वह मुझे आते-जाते सलाम करता था।

रोम मार्ग और बातीन्योल पथ के कोने पर, एक कॉफ़ी हाउस। ग्रीष्म में कॉफ़ी हाउस के बाहर लगी कुर्सियाँ, फुटपाथ तक पहुँच जाती हैं और उनमें से एक मेज़ पर मैं बैठा हुआ हूँ। शाम का वक्त है। मैं देनीज़ का इन्तज़ार कर रहा हूँ। सूर्य की अन्तिम किरणें, गैराज के शीशों और उसके आगे के हिस्से पर ठहरी हुई हैं, वहाँ पर, रोम मार्ग के दूसरे किनारे पर, रेल पटरी के साथ...

अचानक मैंने उसे सड़क पार करते हुए देखा।

दायें हाथ में मूंठ वाली छड़ी पकड़े हुए, वह अपने सफ़ेद लिबास में है। वह थोड़ा लंगड़ा रहा है। वह क्लीशी चौक की दिशा में दूर होता जा रहा है और मेरी नज़रें उस पर से हट नहीं रहीं, पेड़ों के तले, यह सफ़ेद और सीधा साया। वह छोटा होता जा रहा है और छोटा और आखिर में ओझल हो गया। फिर मैं पुदीना पानी का एक घूँट भरता हूँ और ताज्जुब कर रहा हूँ कि वह वहाँ पर क्या ढूँढने जा सकता है। किससे मिलने के लिए जा रहा है?

अक्सर देनीज़ को देर हो जाती थी। वह नौकरी कर रही थी - सब कुछ वापस आ रहा है ज़हन में इस उजले साये की बदौलत, जो सड़क के साथ दूर होता चला जा रहा था - वह एक दर्ज़ी के यहाँ काम करती थी, बोयेशी मार्ग पर, सुनहरे बालों वाला, एक दुबला-पतला आदमी, जिसके बारे में बाद में बहुत बातें हुईं और जो उस समय काम की शुरुआत कर रहा था। मुझे उसका नाम याद है : 'जाक' और मुझमें ज़रा सा धैर्य हो तब मैं ह्यूट के दफ़्तर की पुरानी डायरेक्टरी में उसका नाम ढूँढ लूँगा। बोयेशी मार्ग...

जब तक वह मुझे कॉफ़ी हाउस के चबूतरे पर मिलने आती थी तब तक रात ढल चुकी होती थी लेकिन इससे मुझे कोई दिक्कत नहीं थी, मैं अपने पुदीने के शर्बत के सामने, और देर तक बैठा रह सकता था। देनीज़ के छोटे से फ्लैट में इन्तज़ार करने के बजाय, जो बिलकुल पास में था, इस चबूतरे पर इन्तज़ार करना मुझको बेहतर लगता था। नौ बजे हैं। वह सड़क पार कर रहा था, अपनी आदत के मुताबिक। उसका लिबास चमक रहा था। देनीज़ और उसने कुछ बातचीत की, उस शाम, सड़क के बीच लगे पेड़ों के नीचे। यह लिबास जिसकी सफ़ेदी चौंधियाने वाली थी, यह चौड़े मुँह वाले

कुत्ते जैसा चेहरा, चमकती हरी पत्तियों में कुछ गर्मियों का सा आभास था, कुछ बनावटी सा।

देनीज़ और मैं, उससे उल्टा रास्ता लेते थे और हम कुरसेल मार्ग पर निकल जाते थे। वह पेरिस, जिसमें उन दिनों हम टहलते थे, उसमें भी गर्मियों जैसा कुछ अवास्तविक था, स्कूफी के इस टिमटिमाते सूट की तरह। मोंसो पार्क के लोहे के फाटक के सामने से गुज़रते हुए, सदाबहार झाड़ियों की खुशबू से सराबोर रात में हम तैरते होते थे। बहुत कम गाड़ियाँ होती थीं। लाल बत्तियाँ और हरी बत्तियाँ बेवजह जलती-बुझती रहती थीं और उनके अदलते-बदलते रंगों के संकेत वैसे ही मन्द और लयबद्ध थे, जैसे ताड़ के पेड़ों का डोलना।

ओश एवेन्यू के तकरीबन अन्तिम छोर पर, बायीं तरफ़, एत्वाल चौक पर एक हवेली थी जो सर बेसल ज़हारौफ की हुआ करती थी, पहली मंज़िल पर उसकी विशालकाय खिड़कियाँ, अभी तक जगमग थीं। बाद में—या शायद उसी दौर में—मैं अक्सर इस हवेली की पहली मंज़िल पर गया था। दफ़्तरों में, जहाँ अभी भी बहुत सारे लोग थे, कुछ लोग बात कर रहे थे, दूसरे चिन्तित, टेलीफ़ोन कर रहे थे। सतत आना-जाना लगा हुआ था। और इन सभी लोगों ने अपने ओवरकोट तक नहीं उतारे थे। क्यों अतीत की कुछ चीज़ें, तस्वीर की तरह ज़हन में साफ़ उभर आती हैं?

हम लोग एक बास्क रेस्तराँ में रात का खाना खाते थे, विक्टर ह्यूगो एवेन्यू के बगल में। कल शाम, मैंने उसे ढूँढने की कोशिश की लेकिन कामयाब न हो सका। हालाँकि मैंने पूरे मोहल्ले में तलाश किया। वह रेस्तराँ, दो अत्यन्त नीरव सड़कों के कोने पर था और सामने एक खुली जगह थी, लाल व हरे तिरपाल के टाट और हरी सब्ज़ियों के बक्सों के पीछे छुपा हुआ। बहुत भीड़ थी। मैं बातचीत का शोर, गिलासों की खनक, सुन रहा हूँ, मैंने आकाजू बार को अन्दर से देखा, जहाँ एक लम्बा भित्तिचित्र लगा था, जो कोत-द-आरजाँ का एक परिदृश्य दर्शाता है। और अभी भी, मेरी स्मृति में कुछ चेहरे हैं। दुबला, ऊँचे कद वाला शख़्स, जिसके साथ देनीज़ काम करती थी ला बोयेशी मार्ग में और वह कुछ देर के लिए हमारी मेज़ पर आकर हमारे साथ बैठता था। भूरे बाल व मूँछों वाला एक आदमी, एक रूसी औरत, एक अन्य सुनहरे, घुँघराले

बालों वाला नौजवान, जो लगातार हँसता रहता था, लेकिन बदकिस्मती से इन चेहरों को मैं कोई नाम नहीं दे सकता...कॉकटेल बनाते बैरे की गंजी खोपड़ी जिसका भेद सिर्फ़ उसे ही पता था। उस कॉकटेल का नाम पता लगा लेना ही पर्याप्त होगा—वही रेस्तराँ का नाम भी था—और स्मृतियाँ जगाने के लिए, लेकिन कैसे? कल शाम को, इन सड़कों को नापते हुए, मुझे अच्छी तरह मालूम था कि ये वही पहले वाली हैं और मैं उन्हें पहचान नहीं पा रहा था। इमारतें नहीं बदली थीं, न ही फुटपाथों की चौड़ाई, परन्तु उस दौर में बत्तियों की रोशनी अलग लगती थी और हवा में कुछ तैरता रहता था...

हम वापस, उसी रास्ते से लौटते थे। अक्सर हम सिनेमा जाते थे, मोहल्ले के एक सिनेमा हॉल में जिसे मैंने ढूँढ लिया : लेवी चौक पर, ल रोय्याल विलीये। इस जगह को पहचानने में सिनेमा हॉल से कहीं ज़्यादा, इस चौक के बेंच, मोरीस खम्भा और वृक्षों ने मेरी मदद की।

अगर मैं वे फिल्में याद करूँ जो हमने वहाँ पर देखी थीं तब मैं वह समय-काल एकदम सही तय कर पाऊँगा, लेकिन उनमें से कुछ धूमिल सी छवियाँ भर बाकी हैं : एक स्लेज जो बर्फ़ पर फिसल रही है। जहाज़ का एक केबिन, जिसमें एक आदमी डिनर जैकेट पहने अन्दर जा रहा है, खिड़कीनुमा दरवाज़ों के पीछे नृत्य करती कुछ परछाईंयाँ...

हम रोम मार्ग पर दोबारा मिलते थे। कल शाम को मैं उस पर निकला था, नम्बर 97 तक और मुझे विश्वास है कि मुझको उसी तरह की घबराहट का एहसास हुआ जैसा उस समय होता था। लोहे की जालियाँ, रेल की पटरियाँ और इसकी दूसरी तरफ़, इनमें से एक इमारत की पूरी दीवार को द्‌यूबोने (उन्नीसवीं सदी की कुनैन मिश्रित एक फ्रेंच वाइन) का इश्तहार ढके हुए था और जिसके रंग निश्चित रूप से फीके पड़ गये थे, तब के मुकाबले।

नम्बर 99, शिकागो होटल, अब 'शिकागो' होटल नहीं कहलाता, लेकिन रिसेप्शन पर किसी के बस की बात नहीं थी कि मुझे बताये कि उसका नाम किस समय बदल गया था। पर इसकी कोई अहमियत नहीं थी।

नम्बर 97, एक चौड़ी इमारत है। अगर स्कूफी पाँचवी मंज़िल पर रहता

था, तब देनीज़ का फ्लैट उसके नीचे होगा, चौथी मंज़िल पर। इमारत के बायें हिस्से में या दाहिने हिस्से में? इस इमारत के सामने वाले हिस्से में, हर मंज़िल पर कम से कम दर्जन भर खिड़कियाँ गिनी जा सकती हैं, कुछ इस तरीके से कि वे हर फ्लैट को दो या तीन फ्लैटों में बाँट देती हैं। बहुत देर तक मैं सामने वाले हिस्से को देखता रहा, इस उम्मीद में कि मैं वहाँ की कोई बाल्कनी, किसी खिड़की का आकार या पल्ला पहचान जाऊँ। नहीं, यह मेरे अन्दर कोई याद नहीं जगा रहे थे।

सीढ़ी भी नहीं। रेलिंग वह नहीं है, जिसके ताँबे की चमक मेरी स्मृति में है। फ्लैट के दरवाज़े, गहरे रंग की लकड़ी के नहीं हैं। और ख़ास कर बत्ती की रौशनी धुँध जैसी नहीं है, जिसमें से स्कूफी का बुलडॉग जैसा चेहरा उभरता था। गार्ड से तहकीकात करना बेकार था, वह शक करेगा और फिर गार्ड बदलते रहते हैं, हर चीज़ की तरह।

देनीज़ तब भी यहीं रहती थी जब स्कूफी की हत्या हुई थी? इस तरह के त्रासद हादसे का कोई असर तो होगा अगर हम वहाँ नीचे वाली मंज़िल में रहते थे? मेरी स्मृति में उसका कोई अवशेष नहीं। देनीज़ ज़रूर नम्बर 97 में ज़्यादा दिन नहीं रही होगी, शायद कुछ महीने। मैं उसके साथ रहता था क्या? या कि पेरिस में मेरा बसेरा कहीं और था?

मुझको एक रात याद आ रही है, जब हम बहुत देर से वापस आये थे। स्कूफी सीढ़ी पर बैठा हुआ था। उसने अपने दोनों हाथों से छड़ी की मूंठ पकड़ी हुई थी और चेहरा हथेलियों में था। उसके चेहरे पर शिथिलता थी, उसकी बुलडॉग जैसी नज़रों में हताशा भरी हुई थी। हम लोग उसके आगे रुक गये। वह हमको देख नहीं रहा था। हमारा उससे बात करने का मन था, उसके फ्लैट तक उसे ऊपर ले जाने में उसकी मदद करने का भी, लेकिन वह एक मोम के पुतले की तरह स्थिर था। बत्ती बुझ गयी और उसके लिबास के धवल और प्रदीप्त पैबन्द से ज़्यादा कुछ नहीं बचा।

यह सब, शुरुआत में रहा होगा, जब देनीज़ और मेरी जान-पहचान हुई ही होगी।

# 25

मैंने बिजली जलाने का बटन दबाया लेकिन ह्यूट के दफ़्तर से निकलने के बजाय कुछ पल के लिए मैं अँधेरे में रहा। फिर मैंने बत्ती दोबारा जलायी और उसे पुन: बुझा दिया। तीसरी बार मैंने जलायी और बुझा दी। यह मेरे भीतर कुछ उत्तेजना जगा रहा था : मैंने ख़ुद को एक कमरे की बत्ती बुझाते हुए देखा जो इसी के आकार का था, जो मैं निश्चित तय नहीं कर पा रहा हूँ कब। और यह हरकत मैं हर शाम दोहराता था, ठीक उसी समय पर।

नील एवेन्यू पर लगी सड़क की बत्ती, दफ़्तर के लकड़ी के सामान और ह्यूट की बाँह वाली कुर्सी को चमका रही थी। और उस समय भी मैं कुछ पलों के लिए मूर्तिवत रहा, बत्ती बुझाने के बाद मानो मैं बाहर निकलने में भय महसूस कर रहा था। अन्दर की दीवार से लगी किताबों की एक शीशे वाली अलमारी थी, स्लेटी संगमरमर की चिमनी, उसके ऊपर एक आईना, खिड़की के पास खूब सारी दराज़ों वाली एक काम करने की मेज़ और एक सोफ़ा जिस पर पढ़ने के लिए मैं लेटा करता था। खिड़की से एक सुनसान रास्ता दिखता था, जिसकी मेड़ों पर वृक्ष थे।

यह एक निजी हवेली थी जो एक दक्षिण अमरीकी वाणिज्यिक दूतावास के काम आती थी। अब मुझे याद नहीं कि किस हैसियत में इस वाणिज्यिक दूतावास में मेरे पास एक दफ़्तर था। मेरे दफ़्तर के बगल वाले दूसरे दफ़्तर एक पुरुष और एक स्त्री के अधिकार में थे जो मुझे बमुश्किल याद हैं और जिन्हें मैं मशीन पर टाइप करते हुए सुना करता था।

मेरे पास विरला ही कोई मुझसे वीज़ा माँगने आता था। यह मुझे अचानक बिस्कुट का डब्बा खँगालते हुए और डोमिनिकन गणराज्य का पासपोर्ट और पहचानपत्र वाली तस्वीरें जाँचने–परखने के बाद याद आ गया, जो मुझे वॉलब्रज़ के माली ने दिया था। लेकिन मैं किसी और के बदले काम कर रहा था जिसकी जगह इस दफ़्तर में, मैं कार्यरत था। कोई वाणिज्यदूत? कोई व्यापार प्रभारी? मैं भूला नहीं था कि मैं उसको फोन करता था, उससे निर्देश लेने के

लिए। कौन था वह?

और सर्वप्रथम, कहाँ था यह वाणिज्यिक दूतावास? कई दिनों तक मैं सोलहवें जनपद की खाक छानता रहा क्योंकि पेड़ों से घिरा वह सुनसान रास्ता जो मैं ख़याल में देखता था, इस मोहल्ले की सभी सड़कों से मेल खाता था। मैं उस जादूगर की तरह था जो अपने पेंडुलम के हल्के से हल्के कम्पन पर निगरानी रखता है। शुरू-शुरू में, मैं हर सड़क में, यह उम्मीद करते हुए जाकर तैनात हो जाता था कि वहाँ के वृक्ष, इमारतें मुझको उद्वेलित करेंगी। जब मैं मोलीतोर मार्ग और मीराबो मार्ग के चौराहे पर था तब ऐसा लगा कि मुझमें एक एहसास जागा और मुझको अकस्मात् यह यकीन हो गया था कि हर शाम को, वाणिज्यिक दूतावास से निकलने पर, मैं इन इलाकों में रहता था।

रात घिर आयी थी। उस गलियारे में जाते हुए, जो सीढ़ी तक ले जाता था, मैं टाइपिंग मशीन का शोर सुन रहा था और अधखुले दरवाज़ों में झाँक रहा था। वह आदमी पहले ही जा चुका था और वह औरत अपनी टाइपिंग मशीन पर अकेली रह जाती थी। मैं उससे रुख़सत लेने जाता था। वह टाइप करना रोक देती थी और मुड़ती थी। वह एक प्यारी, भूरे बालों वाली लड़की थी जिसका उष्णकटिबंध के लोगों जैसा चेहरा मुझे याद है। वह मुझसे स्पेनी भाषा में कुछ कहती थी, मुझे देख मुस्कुराती थी और दोबारा अपना काम करने लग जाती थी। एक पल को लॉबी में ठहरे रहने के बाद मैं आख़िरकार बाहर निकलने का निर्णय ले लेता था।

और मुझे विश्वास है कि मैं मीराबो मार्ग में उतर रहा हूँ, इतनी सीधी, इतनी अँधेरी, इतनी सुनसान कि मैं अपने कदम तेज़ कर लेता हूँ क्योंकि मुझे डर है कि मुझे कोई भाँप लेगा मैं अकेला हूँ और पैदल चल रहा हूँ। चौक पर, और नीचे, वेर्सायी एवेन्यू के चौराहे पर, एक कॉफ़ी हाउस अभी भी जगमगा रहा है।

मेरे ज़हन में यह भी आया कि मैं उल्टा रास्ता ले लूँ और मैं ओतई की निस्तब्ध सड़कों में समा जाऊँ। वहाँ मुझे सुरक्षित होने का एहसास होता था। अन्त में, मैं म्यूएत के रास्ते पर निकल जाता था। मुझे एमीली-ओजिये पथ की इमारतें याद हैं और उस सड़क की जिसमें मैं दाहिने जाता था। निचली

मंज़िल पर, अपारदर्शी शीशे वाली खिड़की, जैसी दाँत के डॉक्टर के क्लिनिक में होती है, अभी भी रौशन थी। देनीज़ थोड़ी और दूरी पर मेरा इन्तज़ार करती थी, एक रूसी रेस्तराँ में।

मैं बार-बार उन मयखानों या रेस्तराँ का ज़िक्र करता हूँ लेकिन अगर समय-समय पर, थोड़ी-थोड़ी दूरी पर सड़क के नाम या जगमगाते नियोन के संकेत नहीं होते तब कैसे मेरा मार्गदर्शन होता?

रेस्तराँ का विस्तार दीवारों से घिरी फुलवारी तक था। तेजपात के पेड़ों के उस तरफ़, लाल मखमल के परदों से सज्जित, भीतर वाला कमरा दिख रहा था। उस समय तक उजाला ही रहता था जब हम लोग फुलवारी में सजायी गयी मेज़ों में से एक मेज़ पर अड्डा जमा लेते थे। एक सितार वादक हुआ करता था। फुलवारी में इस वाद्य की गूँज, गोधूलि की किरणें और पत्तों की ख़ुशबू जो निस्संदेह नज़दीक के वन से आती थी, यह सब उस दौर के मार्मिक रहस्य और अवसाद में शरीक थे। मैंने उस रूसी रेस्तराँ को ढूँढने की निरर्थक कोशिश की। मीराबो मार्ग, वह नहीं बदला था। उन शामों को जब मैं ज़्यादा देर तक वाणिज्यिक दूतावास में रहता था, मैं वेर्सायी एवेन्यू वाला रास्ता पकड़ लेता था। मैं मेट्रो भी ले सकता था मगर खुली हवा में पैदल चलना मुझे ज़्यादा अच्छा लगता था। पास्सी का प्लेटफार्म। बीर हकीम का पुल। उसके बाद न्यूयॉर्क एवेन्यू, जिस पर मैं उस दिन की शाम वाल्डो ब्लंट के साथ था और अभी मुझको समझ में आ रहा है कि क्यों दिल में एक हूक सी महसूस हुई थी। बगैर एहसास किये, मैं बीते दिनों के नक्श-ओ-कदम पर चलने लगता था। कितनी बार मैं न्यूयॉर्क एवेन्यू से गुज़रा होऊँगा...आल्मा चौक, पहला रमणीय स्थल। फिर वृक्ष और कूर-ला-रेन की शीतलता। काँकोर्द चौक के पार जाने के बाद, मैं लक्ष्य को लगभग छू लूँगा। रोय्याल मार्ग। मैं दाहिने को मुड़ता हूँ, सैंत-ओनोरे मार्ग। बायीं तरफ़ कॉम्बो मार्ग।

कॉम्बो मार्ग में कोई बत्ती नहीं है, एक बैंगनी परछाईं के सिवाय, जिसका उद्गम निश्चित रूप से किसी दुकान की खिड़की की काँच से हो रहा था। मैं अकेला हूँ। एक बार फिर वह डर कि कोई मुझको देख लेगा, मुझको रोक लेगा, मुझसे मेरे दस्तावेज़ माँगेगा। मेरी मंज़िल से कोई दस गज़ की दूरी

पर, यह बहुत अफ़सोसजनक होगा। जो भी हो, लक्ष्य तक सधे कदम बढ़ाते रहना ज़रूरी है।

होटल कास्तीय। मैं दरवाज़े के पार जाता हूँ। रिसेप्शन पर कोई नहीं है। मैं छोटी बैठक में चला जाता हूँ, मेरे पास दम लेने के लिए और अपने माथे का पसीना पोंछने का समय है। आज रात, फिर से मैं खतरे से बच निकला। वह वहाँ ऊपर, मेरा इन्तज़ार कर रही है। अकेली बस वही है जो मेरा इन्तज़ार करती है, जिसे मेरे इस शहर में गायब हो जाने पर फ़िक्र होगी।

हल्के हरे रंग की दीवारों वाला कमरा। लाल परदे खींच दिये गये हैं। रोशनी पलंग के साथ बायीं तरफ़ रखी छोटी मेज़ के दीपक से आ रही है। मैं उसके इत्र की खुशबू साँसों में भर रहा हूँ, एक तीखी खुशबू, और मुझे उसकी त्वचा के कुछ दाग और एक तिल जो उसके दाहिने नितम्ब के ऊपर है, सिर्फ़ वही दिख रहे हैं।

# 26

शाम को सात बजे के करीब, वह समुद्र तट से अपने बेटे के साथ वापस आता था और यह दिन की वह घड़ी थी जिसे वह बहुत तरजीह देता था। वह या तो बच्चे का हाथ पकड़े रहता था या उसे अपने आगे दौड़ने देता था।

सड़क सूनी थी, सूर्य की कुछ किरणें फुटपाथ पर ठहरी हुई थीं। वे दुकानों के आगे से जा रहे थे और बच्चा हर बार मिठाई की दुकान पर रुक जाता था। खुद, वह किताबों की दुकानों की शीशे में लगी प्रतियाँ देखता था।

उस दिन शाम को एक किताब ने उसका ध्यान आकर्षित किया। उसके शीर्षक, गहरे लाल रंग के अक्षरों में, 'कास्तीय' शब्द समाविष्ट था, और जब वह दुकानों की ओर चल रहा था, अपने बेटे का हाथ ज़ोर से पकड़े हुए, जो फुटपाथ पर पड़ती सूरज की किरणों से बनती धारियों के ऊपर छलाँग मार

कर खुश हो रहा था, इस शब्द 'कास्तीय' ने उसे एक होटल की याद दिलायी, पेरिस में, सैंत-ओनोरे उपनगर के पास।

एक दिन, एक आदमी ने उससे होटल कास्तीय में मुलाकात तय की थी। वह उससे पहले भी मिल चुका था, ओश एवेन्यू के परिसर में। उन सभी अजीबोगरीब शख़्सों में जो दबी आवाज़ में सौदेबाज़ी कर रहे थे और वह आदमी जिसने उसको एक क्लिप और हीरे के दो कंगन बेचने का प्रस्ताव दिया था क्योंकि वह फ्राँस छोड़ना चाहता था। उसने चमड़े के एक छोटे बॉक्स में सहेजे हुए गहने उसके सुपुर्द कर दिये थे, और उन लोगों ने आपस में तय किया था कि अगले दिन शाम को उसी होटल में मिलेंगे जहाँ पर यह आदमी रहता था।

वह होटल के रिसेप्शन को दोबारा देख रहा था, बगल में एक बहुत छोटा सा बार और फूल-पत्तियों से ढकी दीवार से घिरी फुलवारी। होटल के प्रभारी ने सूचित करने के लिए फोन किया, फिर उसने कमरे का नम्बर बताया।

वह आदमी बिस्तर पर पसरा हुआ था, होठों में सिगरेट दबाये हुए। वह धुआँ अन्दर नहीं खींच रहा था, घबराहट में धुएँ के छल्ले बाहर छोड़ रहा था। ऊँचे कद, भूरे बालों वाला, जिसने एक रोज़ पहले ओश एवेन्यू में अपना परिचय एक दक्षिण अमरीकी वाणिज्यिक दूतावास के व्यापार प्रभारी के रूप में दिया था। उसको उसने सिर्फ़ अपना पहला नाम बताया था : पेद्रो।

यह 'पेद्रो' कहलाने वाला पलंग के किनारे पर बैठा हुआ था और उसे देखकर मुस्कुरा रहा था, एक संकोच भरी मुस्कान। उसे नहीं मालूम था कि क्यों बगैर जान-पहचान के उसे इस 'पेद्रो' से हमदर्दी हो रही है। होटल के इस कमरे में, उसको यह पेद्रो, खदेड़ा हुआ सा लग रहा था। उसने तुरन्त उसको वह लिफ़ाफ़ा सौंप दिया जिसमें पैसे थे। एक रोज़ पहले एक मोटी रकम लेकर वह गहने बेचने में सफल हो गया था। ''यह लीजिये,'' उसने कहा, ''मैं यह आधी, बाकी रकम आपको दे रहा हूँ। 'पेद्रो' ने पलंग के पास की छोटी मेज़ की दराज़ में लिफ़ाफ़ा सँभाल कर रखते हुए, उसका शुक्रिया अदा किया।

उसी समय, उसने गौर किया कि पलंग के सामने, अलमारी का एक पल्ला आधा खुला था। कोई पोशाक और एक फर का कोट लटक रहे थे। अत: यह 'पेद्रो' कहलाने वाला, यहाँ एक महिला के साथ रहता था। एक बार

फिर, उसने सोचा था कि पेद्रो का इस महिला के साथ सम्बन्ध अनिश्चित रहा होगा।

'पेद्रो' बिस्तर पर फैला ही रहा और उसने एक नयी सिगरेट जला ली थी। इस आदमी पर उसको भरोसा लग रहा था क्योंकि उसने कहा :

"मेरी सड़क पर निकलने की हिम्मत, दिन-ब-दिन कम होती जा रही है..."

और उसने आगे यह भी जोड़ा :

"ऐसे भी दिन होते हैं,जब मुझे इस कदर डर लगता है कि मैं बिस्तर में ही रहता हूँ..."

इन सबके बाद, मद्धिम आवाज़ में पेद्रो के कहे, उसने दो और वाक्य सुने। उसको नहीं पता था कि क्या जवाब दे।

वे एक सामान्य टिप्पणी की तरह कहे गये थे, कुछ ऐसे :

"हम एक विचित्र दौर में जी रहे हैं।"

फिर पेद्रो ने अकस्मात् कहा था :

"मुझे यकीन है कि मुझे फ्राँस छोड़ने का एक ज़रिया मिल गया है... पैसों के साथ, सब कुछ मुमकिन है..."

उसे याद आ रहा था कि एकदम महीन बर्फ़ के कण, बारिश की बूँदों जैसे, खिड़की के काँच पर थिरक रहे थे। और गिरती हुई यह बर्फ़ थी, बाहर काली रात, कमरे का छोटापन, उसमें घुटन पैदा कर रहे थे। क्या अभी भी कहीं पलायन करना मुमकिन था, इन पैसों के साथ भी?

"हाँ," पेद्रो फुसफुसाया..."मेरे पास एक ज़रिया है, पुर्तगाल चले जाने का...स्विट्ज़रलैंड से होकर..."

इस शब्द, पुर्तगाल ने, एकदम से उसके लिए एक छवि जीवन्त कर दी—हरा समन्दर, सूरज, एक छतरी के नीचे नारंगी रंग के पेय को स्ट्रॉ लगा कर सुड़कना। और एक दिन—उसने खुद से कहा था—हम लोग दोबारा मिल

पाते, यह 'पेद्रो' और मैं, गर्मियों में, लिस्बन या एस्तोरिल के कॉफ़ी हाउस में? उनका बोतल से पानी खींचने का एक बेफिक्री भरा अन्दाज़ रहेगा...हालाँकि यह उन्हें दूर के ख़्वाब लग रहे थे, होटल कास्तीय का यह छोटा कमरा, साथ में बर्फ़, अँधेरा, जाड़ों का यह मनहूस हताशा भरा पेरिस, वे जोख़िम भरे जुगाड़, जो यहाँ से निकलने के लिए करने थे...उसने पेद्रो को 'गुड लक' कहते हुए कमरा छोड़ा था।

क्या हुआ था पेद्रो का फिर? वह दुआ कर रहा था कि यह शख़्स जिससे वह सिर्फ़ दो दफ़ा मिला था, एक मुद्दत पहले, वह भी उसी की तरह खुश और शान्ति से हो, इस ग्रीष्म की संध्या में, एक बच्चे के साथ, जो फुटपाथ पर डूबते सूरज की किरणों के टुकड़ों पर कूद रहा है।

# 27

मेरे प्रिय गी, आपके खत के लिए शुक्रिया। मैं नीस में बहुत खुश हूँ। मुझको लोंशाँ मार्ग में वह पुराना गिरजाघर मिल गया जहाँ मेरी दादी अक्सर मुझे ले जाती थीं। यह वह समय भी था, जब गुस्ताव द सुएद को देखते हुए मुझमें टेनिस का शौक जन्मा था...नीस में, सड़क का हर कोना मुझे अपने बचपन की याद दिलाता है।

रूसी गिरजाघर में, जिसका ज़िक्र मैंने आपसे किया, एक छोटा सा कमरा है, चारों ओर किताबों की शीशे की अलमारियों से घिरा हुआ। कमरे के मध्य में एक बड़ी मेज़ है, जो बिलियर्ड टेबल जैसी लगती है और पुरानी बाँह वाली कुर्सियाँ। यहीं पर मेरी दादी हर बुधवार को कुछ संस्करण लेने आया करती थीं, और मैं हमेशा उनके साथ आता था।

वे किताबें उन्नीसवीं सदी के अन्त की हैं। इसके अलावा, इस जगह पर, उस दौर की पठनशालाओं की अपनी कशिश बरकरार है। मैं यहाँ पर काफ़ी समय रूसी भाषा पढ़ने में व्यतीत करता हूँ, जो मैं थोड़ा भूल गया था।

गिरजाघर के साथ एक बाग का विस्तार है, जो बड़े ताड़ और यूक्लिप्टस के पेड़ों से खूब छायादार है। इस उष्णकटिबंधीय वनस्पति के बीच, चाँदी से तने वाला एक भोजपत्र का वृक्ष है। हमें अपने सुदूर रूस की याद दिलाने के लिए, मैं अन्दाज़ा लगा रहा हूँ, उसे वहाँ बोया गया होगा।

आपको बताना चाहूँगा, मेरे प्रिय गी, कि मैंने लाइब्रेरियन के पद के लिए आवेदन किया है। अगर यह हो जाता है, जैसी कि मैं उम्मीद लगाये हूँ, तब अपने बचपन की एक जगह पर आपको आमंत्रित करने में मुझको बेहद खुशी होगी।

इतने उतार-चढ़ावों के बाद (मेरी पादरी से बोलने की मज़ाल नहीं हुई कि मैंने जासूस का धंधा किया है) मैं अपनी जड़ों की ओर वापस लौट रहा हूँ।

आपने सही कहा था कि जीवन में जो अहमियत रखता है वह भविष्य नहीं, बल्कि अतीत है।

आपने जो मुझसे पूछा है, उसके बारे में, मेरे ख़याल से, सबसे बढ़िया रास्ता है : 'पारिवारिक मामलों' के विभाग से पूछताछ करना। मैंने अभी-अभी इसलिए द स्वेर्ट को लिखा है, जो आपके सवालों का जवाब देने के लिए उपयुक्त जगह है। वह आपको शीघ्र जानकारियाँ भेज देगा।

आपका

ह्यूट

नोट - 'अलेख द व्रेजे' नामक व्यक्ति के सन्दर्भ में, जिसकी पहचान हम उस समय तक नहीं कर पाये थे, मैं आपको एक खुशखबरी दे रहा हूँ : आपको एक ख़त मिलेगा अगली डाक से, जिससे आपको जानकारियाँ मिल जाएँगी। असल में, नीस के रूसी उपनिवेश के कुछ पुराने सदस्यों से, मैंने सवाल किये, यह सोच कर कि 'व्रेजे' की ध्वनि रूसी थी या बाल्टिक और किस्मत से मैं श्रीमती काहान से टकरा गया, जिनके मन में इस नाम ने कई यादें जगा दीं। हालाँकि बुरी स्मृतियाँ, जिन्हें वह अपनी याददाश्त से मिटा देना चाहती थीं, परन्तु उन्होंने मुझसे, आपको लिखने का वादा किया है, आपको वह सब बताने के लिए जो वह जानती थीं।

# 28

विषय : कुद्रज़ देनीज़ इवेत

जन्म : पेरिस में 21 दिसम्बर 1917। संतान : पॉल व ऑनरीयेत कुद्रज़, जन्म से बोगाएर

राष्ट्रीयता : फ्राँसीसी

विवाह 3 अप्रैल 1939 को 17वें जनपद के नगर मजिस्ट्रेट के दफ़्तर में सालोनिका (यूनान-मिस्र) में जन्मे यूनानी राष्ट्रीयता के जिमी पेद्रो स्टर्न से हुआ।

सुश्री कुद्रज़ का निवास क्रमशः रहा :

9, ओस्तेरलिट्ज़ घाट, पेरिस 13

97, रोम मार्ग, पेरिस 17

होटल कास्तीय, कॉम्बो मार्ग, पेरिस 8

10 ए, कॉम्बासेरेस मार्ग, पेरिस 8

सुश्री कुद्रज़ फैशन की तस्वीरों के लिए म्यूत नाम से काम करती थीं।

उन्होंने फैशन डिज़ाइनर जे एफ के साथ काम किया 32, ला बोएशी मार्ग पर, एक मॉडल के रूप में; उसके बाद वे किसी वान आलेन, हॉलैंड का नागरिक, के साथ सम्बद्ध रहीं, जिसने अप्रैल 1941 में 6, ओपेरा चौक पेरिस 9 में एक फैशन हाउस की स्थापना की थी।

इस फैशन हाउस का अस्तित्व थोड़े समय के लिए रहा और जनवरी 1945 में यह बन्द हो गया।

सुश्री कुद्रज़ फरवरी 1943 में फ्राँस-स्विट्ज़रलैंड की सरहद छुपकर पार करने की कोशिश करने के बाद से लापता हैं। मजेव (ओत साव्वा) और आन्नमास (ओत साव्वा) में की गयी तफ्तीशों का कोई परिणाम नहीं निकला।

# 29

विषय : स्टर्न जिमी पेद्रो।

जन्म : सालोनिका (मिस्र) में 30 सितम्बर 1912 को, संतान जॉर्ज स्टर्न व जीऊवीया सारानो।

राष्ट्रीयता : यूनानी।

विवाह 3 अप्रैल 1939 को 17वें जनपद के नगर मजिस्ट्रेट के दफ़्तर में फ्राँसीसी राष्ट्रीयता की देनीज़ इवेत कुद्रज़ से हुआ।

श्री स्टर्न का निवास फ्राँस में कहाँ था, इसकी जानकारी नहीं है।

फरवरी 1939 की तारीख में ज़ारी एकमात्र फॉर्म यह निर्दिष्ट करता है कि श्री जिमी पेद्रो स्टर्न उस दौरान निम्नलिखित पते पर रहते थे :

होटल लिंकन

24, बेय्यार मार्ग, पेरिस-8

इसके अलावा यही पता 17वें जनपद के नगर मजिस्ट्रेट द्वारा दिये गये, विवाह प्रमाणपत्र पर भी मिलता है।

होटल लिंकन अब नहीं है।

होटल लिंकन के फॉर्म पर निम्नलिखित उल्लेख मिलता है :

नाम : स्टर्न जिमी पेद्रो।
पता : अँधेरी दुकानों वाली गली, 2, रोम (इटली)।
व्यवसाय : ड्रेस डिज़ाइनर।

श्री जिमी स्टर्न 1940 में लापता हो गये होंगे।

# 30

विषय : मैकएवाय पेद्रो।

श्री पेद्रो मैकएवाय से सम्बद्ध सूचनाएँ जुटाना बहुत कठिन रहा, जितना पुलिस हेडक्वार्टर में, उतना ही आम सूचनाओं के दफ़्तर से।

हमें यह सूचना दी गयी थी कि पेद्रो मैकएवाय डोमिनिकन नागरिक थे जो पेरिस में डोमिनकन गणराज्य के वाणिज्यिक दूतावास में कार्यरत थे, दिसम्बर 1940 में उनका निवास स्थान 9, जूलियाँ–पोताँ मार्ग, नय्यी (सेन) पेरिस में था।

उसके बाद से उनका नाम–पता खो गया है।

सभी सम्भावित तथ्यों के आधार पर, श्री पेद्रो मैकएवाय पिछले युद्ध के दौरान फ्राँस छोड़ कर चले गये होंगे। सम्भवत: इस व्यक्ति ने छद्म नाम और जाली कागज़ातों का इस्तेमाल किया होगा जो उस दौर में बहुत आम बात थी।

# 31

उस दिन देनीज़ का जन्मदिन था। जाड़े की शाम जब पेरिस पर गिरती बर्फ़ कीचड़ में तब्दील हो जाती थी। लोग मेट्रो के प्रवेशद्वार पर उमड़ रहे थे और हड़बड़ी में चल रहे थे। सैंत ओनोरे उपनगर की खिड़कियाँ जगमगा रही थीं। क्रिसमस करीब आ रहा था।

मैं एक सुनार की दुकान में गया और मैंने इस शख़्स का चेहरा देखा। उसकी दाढ़ी थी और उसने रंगीन शीशे वाला चश्मा पहना था। मैंने देनीज़ के लिए एक अंगूठी खरीदी। जब मैं दुकान से निकला, बर्फ़ तब भी गिर रही थी। मुझे डर लग गया कि देनीज़ मिलनस्थल पर पहुँच न गयी हो और पहली बार मैंने सोचा कि हम इस शहर में खो सकते थे, इन तमाम सायों के बीच

में जो तेज़ कदमों से चल रहे थे।

और अब मुझे याद नहीं कि उस रोज़ की शाम, मुझे जिमी पुकारा जाता था या पेद्रो, स्टर्न या मैकएवाय।

# 32

वालपारेज़ो। वह खड़ी है, ट्रॉमवे के पिछले हिस्से में, खिड़की के पास, मुसाफिरों के हुजूम में दबी हुई, काला चश्मा पहने, एक छोटे कद वाले और भूरे बालों व कंकाल सी शक्ल वाली एक महिला के बीच में, जो फूल के इत्र सी महक रही थी।

जल्दी ही, लगभग वे सब एशोराँ चौक के स्टॉप पर उतर जायेंगे और वह बैठ सकेगी। वह दो दफ़ा से ज़्यादा वालपारेज़ो नहीं आती, अपनी खरीदारी करने, क्योंकि वह ऊँचाई वाले हिस्से में रहती है, सेर्रो आलेग्र मोहल्ले में। वहाँ उसने एक घर किराये पर लिया है, जिसमें उसने एक नृत्यशाला बनायी है।

उसको पेरिस छोड़ने का अफ़सोस नहीं है, पाँच साल बाद ही, टखने की हड्डी टूटने पर उसको पता चला कि वह कभी नृत्य नहीं कर पाएगी। इसलिए उसने शहर छोड़ने का फैसला कर लिया, उन सबसे बन्धन तोड़ने का जो उसका जीवन रहे थे। वालपारेज़ो क्यों? क्योंकि वहाँ पर वह किसी को जानती थी, क्यूएवा की रासमंडली का कोई पुराना साथी।

अब वह यूरोप वापस लौटने की उम्मीद भी नहीं करती। वह वहीं ऊँचाई पर रहेगी, नृत्य सिखाती रहेगी और अन्त में दीवार पर लगी अपनी पुरानी तस्वीरों को भूल जायेगी, जब वह बेसल कम्पनी की एक सदस्या थी।

दुर्घटना के पहले के अपने जीवन के बारे में, वह कभी-कभार ही सोचती है। सब कुछ गड्ड-मड्ड है उसके दिमाग में। वह नाम, तारीखों, जगहों में उलझ जाती है। फिर भी, एक स्मृति नियमित रूप से उसके मन में आती

है, सप्ताह में दो बार, एक ही समय पर और एक ही जगह पर। एक स्मृति जो बाकियों से ज़्यादा स्पष्ट है।

यह पल वह है, जब ट्रामवे नीचे एराज़्यूरी एवेन्यू में रुकती है, जैसे आज की शाम। पेड़ों से छायादार यह सड़क जो हल्की चढ़ती सी ऊपर को जाती है उसे जुइ–आ–जोसाँ मार्ग की याद दिलाती है, जहाँ वह बचपन में रहती थी। उसे डॉक्टर कुरज़ेन्न मार्ग के कोने का घर याद आता है, ज़मीन तक बिछी लताओं वाला पेड़, सफ़ेद गेट, सामने प्रोटेस्टेंट मन्दिर और एकदम नीचे रोबाँ–दे–ब्वा सराय। उसको एक इतवार याद आता है जो औरों से भिन्न था। उसकी धर्ममाता उसे लेने आयी थी।

उसे इस औरत के बारे में कुछ नहीं मालूम, सिवाय उसके नाम के : देनीज़। उसके पास एक गाड़ी थी, जिसकी छत खुलने वाली थी। उस इतवार को उसके साथ एक आदमी था जिसके बाल भूरे थे। वे तीनों आइसक्रीम खाने गये थे और उन्होंने नौका विहार किया और शाम को वेर्सायी छोड़ कर उसे जुइ–आँ–जोसाँ वापस लाने के लिए, वे एक मेले में रुके थे। वह एक झूला गाड़ी में चढ़ी थी, देनीज़ अपनी धर्ममाता के साथ, जबकि भूरे बालों वाला आदमी उन्हें देख रहा था।

वह इसके बारे में और जानना चाहती थी। उनके नाम क्या थे? कहाँ रहते थे वे? क्या हुआ उनका इतने समय के बाद? ये हैं वे सारे सवाल जो वह ख़ुद से पूछती है, जब ट्रामवे एराज़्यूरी एवेन्यू से गुज़रती है सेर्रो आलेग्र मोहल्ले की दिशा में चढ़ते हुए।

# 33

उस दिन शाम को, मैं पंसारी की दुकान में, जहाँ बार भी था, एक मेज़ पर बैठा हुआ था। नील एवेन्यू पर, एजेन्सी के बिलकुल सामने स्थित इस जगह से मेरा परिचय ह्यूट ने करवाया था। एक काउन्टर था और विदेशी उत्पाद ताखों पर

रखे थे : चाय, तुर्की मिष्ठान्न, गुलकंद, बाल्टिक की मछलियाँ। यह जगह पुराने घुड़सवारों को प्रिय थी, जो आपस में घोड़ों की मुड़ी-तुड़ी तस्वीरें दिखाते रहते थे, वे घोड़े जिन्हें माँस के लिए कब का काटा जा चुका होगा।

बार में, दो आदमी धीमी आवाज़ में बात कर रहे थे। उनमें से एक ने भूरे रंग का कोट पहना हुआ था जो लगभग उसके टखनों तक आ रहा था। वह छोटे कद का था, ज़्यादातर ग्राहकों की तरह। वह पलटा, बेशक प्रवेश द्वार के ऊपर दीवार घड़ी पर समय देखने के लिए और उसकी निगाह मुझ पर पड़ी।

उसका चेहरा ज़र्द पड़ गया। वह मुँह बाये मुझे देखता रह गया, आँखें निकली हुई थीं।

वह आहिस्ता-आहिस्ता मेरे नज़दीक आया, भवें सिकोड़ते हुए। वह मेरी मेज़ के आगे ठहर गया।

"पेद्रो..."

उसने मेरी बाँह के ऊपर मेरी जैकेट के कपड़े को उँगली से छुआ।

"पेद्रो, तुम?"

मैं उसे जवाब देने में हिचकिचाया। वह निराश लगा।

"माफ़ कीजियेगा," उसने कहा। "आप पेद्रो मैकएवाय नहीं हैं?"

"जी हूँ," मैंने जल्दी से कहा। "क्यों?"

"पेद्रो, तुम...तुम मुझे पहचान नहीं रहे हो?"

"नहीं।"

वह मेरे सामने बैठ गया।

"पेद्रो...मैं...आँद्रे विल्डमर हूँ..."

वह एकदम भावविह्वल हो रहा था। उसने मेरा हाथ पकड़ा।

"आँद्रे विल्डमर...घुड़सवार...तुमको मैं याद नहीं हूँ?"

"माफ़ कीजियेगा," मैंने कहा। "मेरी याददाश्त धोखा दे जाती है। हमारी जान-पहचान कब हुई थी?"

"लेकिन तुम अच्छी तरह जानते हो...फ्रेडी के साथ..."

इस नाम ने मेरे भीतर बिजली सी कौंध पैदा कर दी। घुड़सवार। वालब्रज़ के पुराने माली ने मुझसे एक घुड़सवार का ज़िक्र किया था।

"अजीब है," मैंने कहा। "किसी ने मुझसे आपका ज़िक्र किया था... वालब्रज़ में..."

उसकी आँखें भीग रही थीं। शराब का असर? कि भावावेश?

"पर देखो, पेद्रो...तुम्हें याद नहीं, जब हम लोग वालब्रज़ जाते थे फ्रेडी के साथ?

"बहुत अच्छी तरह नहीं। वही तो, वालब्रज़ के माली ने मुझे इसके बारे में बताया..."

"पेद्रो...तब फिर...तब तुम ज़िन्दा हो?"

उसने मेरा हाथ कस के पकड़ा हुआ था। मुझे दर्द हो रहा था।

"हाँ। क्यों?"

"तुम...तुम पेरिस में हो?"

"हाँ। क्यों?"

वह भयाकुल मुझको देखता रहा। उसे मुश्किल से विश्वास हो रहा था कि मैं ज़िन्दा हूँ। क्या हुआ था फिर? मुझे यह जानने की इच्छा थी मगर वह हौसला नहीं जुटा पा रहा था, इस मसले पर सीधा आने का।

"मैं...मैं जिर्वेनी में रहता हूँ...व्आज़ में," उसने कहा। "मैं...मैं पेरिस कभी-कभार ही आता हूँ...तुम कुछ पीना चाहोगे पेद्रो?"

"एक मारी ब्रिज़ार," मैंने कहा।

"बहुत अच्छा, मैं भी।"

उसने खुद ही, हम दोनों के गिलास में शराब उँड़ेली, धीरे-धीरे, मुझे एहसास हुआ कि वह समय लेना चाह रहा था।

"पेद्रो...क्या हुआ था?"

"कब?"

एक ही घूँट में उसने अपना गिलास खाली कर डाला।

"जब तुमने देनीज़ के साथ स्विट्ज़रलैंड की सरहद पार करने की कोशिश की थी?"

मैं क्या जवाब दे सकता था?

"तुम लोगों ने हमें कभी कोई खबर नहीं दी। फ्रेडी बहुत परेशान रहा..."

उसने फिर से अपना गिलास भरा।

"हम लोगों ने सोचा कि तुम लोग बर्फ़ में गुम हो गये..."

"आपको चिन्ता नहीं करनी चाहिये थी," मैंने कहा।

"और देनीज़?"

मैंने कन्धे उचकाये।

"आपको देनीज़ अच्छे से याद है?" मैंने पूछा।

"हद हो गयी पेद्रो, ज़ाहिर है...और पहले यह बताओ तुम मुझे आप क्यों कह रहे हो?"

"माफ़ करना, मेरे दोस्त," मैंने कहा। "हालात अच्छे नहीं हैं कुछ दिनों से। मैं कोशिश करता हूँ याद करने की वह समूचा दौर...लेकिन इतना धुँध जैसा है..."

"मैं समझ रहा हूँ। दूर हो चुके हैं हम, इन सब से...तुम्हें फ्रेडी की शादी याद है?"

वह मुस्कुरा रहा था।

"बहुत अच्छी तरह नहीं।"

''नीस में...जब उसने गे ओरलो से शादी की थी...''

''गे ओरलो?''

''बेशक, गे ओरलो...और किससे शादी करता वह?''

वह बिलकुल ख़ुश नहीं था यह देख कर कि इस शादी का ज़िक्र मुझमें कोई ख़ास याद नहीं जगा रहा था।

''नीस में...रूसी गिरजाघर में...धार्मिक विधि से शादी...बगैर कानूनी शादी के...''

''कौन सा रूसी गिरजाघर?''

''एक छोटा सा रूसी गिरजाघर फुलवारी के साथ...''

वही जिसका वर्णन ह्यूट ने अपने खत में किया था? कभी-कभी कैसे रहस्यमयी इत्तफाक होते हैं।

''बेशक,'' मैंने कहा...''बेशक...लोंशाँ मार्ग में छोटा सा रूसी गिरजाघर, फुलवारी थी और एक लायब्रेरी के साथ...''

''तब, तुम्हें याद है उसके बारे में? हम लोग चार गवाह थे...हमने फ्रेडी और गे के सिर पर का ताज थामा हुआ था...''

''चार गवाह?''

''बिलकुल...तुम, मैं, गे के नाना...''

''बूढ़े जिर्योजियाद्जे?...''

''बिलकुल...जिर्योजियाद्जे...''

वह तस्वीर, जिसमें मैं, गे ओरलो और बूढ़े जिर्योजियाद्जे के साथ हूँ, वह ज़रूर इसी अवसर पर खींची गयी होगी। मैं वह तस्वीर इसको दिखाऊँगा।

''और चौथा गवाह तुम्हारा दोस्त रूबीरोज़ा था...''

''कौन?''

"तुम्हारा दोस्त रूबीरोज़ा...पोरफिरियो...डोमिनिकन राजनयिक..."

इस रूबीरोज़ा पोरफिरियो को याद करके वह मुस्कुरा रहा था। डोमिनिकन राजनयिक। वाणिज्यिक दूतावास में, शायद मैं उसी के लिए काम करता होऊँगा।

"उसके बाद हम लोग बूढ़े जिर्योजियाद्जे के घर गये थे..."

मैंने कल्पना की कि हम सभी चल रहे हैं, दोपहर में, नीस की एक सड़क पर, जिसके दोनों किनारों पर चौड़े पत्तों वाले वृक्ष लगे हैं। धूप खिली हुई है।

"और देनीज़ थी वहाँ?"

उसने कन्धे उचकाये।

"और क्या...सच में तुम्हें कुछ भी याद नहीं है अब..."

मस्तमौला कदम बढ़ाते, हम लोग चलने लगे, सारे के सारे सात लोग, घुड़सवार, मैं, गे ओरलो और फ्रेडी, रूबीरोज़ा और बूढ़े जिर्योजियाद्जे। हम लोग सफ़ेद पोशाक में थे।

"जिर्योजियाद्जे आलसास-लोरेन उद्यान के कोने वाली इमारत में रहते थे।"

ताड़ के वृक्ष, जो ऊँचे उठ कर आसमान तक पहुँच रहे हैं। बच्चे फिसलपट्टी पर फिसल रहे हैं। इमारत का अगला सफ़ेद हिस्सा, अपने नारंगी तिरपाल सहित। सीढ़ियों में हमारी खिलखिलाहट।

"शाम को, इस शादी का जश्न मनाने के लिए तुम्हारे दोस्त रूबीरोज़ा हमें रात के खाने पर इडेन रॉक लेकर गया...अब बोलो, कुछ हुआ? तुमको याद है?..."

उसने आह भरी, मानो उसने अभी-अभी कोई भारी शारीरिक श्रम किया हो। लग रहा था कि वह थक गया था उस दिन की याद ताज़ा करवाने में, जब फ्रेडी और गे ओरलो की रीति-रिवाज़ से शादी हुई थी, बेफ़िक्री और धूप भरा दिन, जो निश्चित ही हमारी जवानी के खूबसूरत पलों में से एक रहा होगा।

"संक्षेप में," मैंने कहा, "हम लोग एक-दूसरे को काफ़ी लम्बे अरसे

से जानते हैं, तुम और मैं..."

"हाँ...मगर मेरा परिचय पहले फ्रेडी से हुआ...क्योंकि मैं उसके दादा का साईस था...बदकिस्मती से वह ज़्यादा दिन नहीं चला...उस बूढ़े ने सब गँवा दिया..."

"और गे ओरलो...तुम्हें मालूम है कि..."

"हाँ, पता है...मैं उसके घर के एकदम पास रहता था...आलिस्काँ चौक पर..."

वह बड़ी इमारत और खिड़कियाँ, जहाँ से निस्संदेह गे ओरलो को ओतई के दौड़ के मैदान का एक बेहद खूबसूरत नज़ारा दिखता होगा। वाल्डो ब्लंट, उसके पहले पति ने मुझसे कहा था कि उसने आत्महत्या इसलिए की कि उसे बुढ़ापे से डर लगता था। मेरे अनुमान से, अक्सर वह अपनी खिड़की से घुड़दौड़ देखती होगी। हर दिन, और किसी एक ही दोपहर में कई बार, दसियों घोड़े दौड़ पड़ते हैं, मैदान की लम्बाई तय करते हैं और आकर किसी बाधा से टकरा कर ढेर हो जाते हैं। और वे जो उन्हें पार कर जाते हैं, उन्हें कुछ और महीनों तक देखा जायेगा और फिर वे औरों के साथ गायब हो जायेंगे। निरन्तर नये घोड़ों की ज़रूरत पड़ती रहती है जिससे वे समय-समय पर बदली कर सकें। और हर बार यह दौड़ नाकामयाब होने पर खत्म होती है। इस किस्म का प्रदर्शन महज एकाकीपन और हताशा पैदा कर सकता है और वह इस मैदान के किनारे पर रहती थी, शायद इसी लिए गे ओरलो ने... मुझे आँद्रे विल्डमर से पूछने की इच्छा थी कि वह इसके बारे में क्या सोचता था। वह तो ज़रूर समझता होगा। वह घुड़सवार था।

"बहुत दुखद है," उसने कहा। "गे एक खूबसूरत लड़की थी..."

वह झुका और अपना चेहरा मेरे चेहरे के नज़दीक लाया। उसकी त्वचा लाल और चकत्तेदार थी और आँखें हल्की भूरी बादामी। दायें गाल पर बीच से ठुड्डी तक एक घाव का निशान था। बाल हल्के भूरे थे, माथे के ऊपर पीछे काढ़ कर खड़ी की हुई एक उजली लट के सिवाय।

"और तुम पेद्रो..."

लेकिन मैंने उसे उसका वाक्य पूरा नहीं करने दिया।

"जब मैं, नय्यी में, जूलियाँ-पोताँ मार्ग पर रहता था तब तुम्हारी मुझसे पहचान थी?" मैंने अनायास कहा क्योंकि मैंने वह पता अच्छी तरह याद कर लिया था जो "पेद्रो मैकएवाय" की विवरणिका पर लिखा था।

"जब तुम रूबीरोज़ा के यहाँ रहते थे...बिलकुल..."

फिर से यह रूबीरोज़ा।

हम लोग अक्सर आते थे फ्रेडी के साथ...हर शाम, जश्न की शाम होती थी।

"तुम्हारा दोस्त रूबीरोज़ा ऑरकेस्ट्रा वालों को बुलवा लेता था...सुबह छः बजे तक...तुम्हें वे दोनों धुनें याद हैं जो वह हमेशा गिटार पर हमारे लिए बजाता था?"

"नहीं..."

"एल रलोज़ और तू म आकोस्तुम्ब्रास्ते। ख़ास कर, तू म आकोस्तुम्ब्रास्ते..."

उसने इस धुन के कुछ अंश गुनगुनाये।

"अब बोलो?"

"हाँ...हाँ...याद आ रहा है," मैंने कहा।

"तुम लोगों ने मुझे एक डोमिनिकन पासपोर्ट दिलवा दिया था... वह मेरे बहुत काम न आ सका था..."

"तुम मुझसे वाणिज्यिक दूतावास में मिलने आये थे?" मैंने पूछा।

"हाँ। जब तुमने मुझको पासपोर्ट दिया था।"

"मैं कभी समझ नहीं सका कि मैं उस दूतावास में क्या झक्क मार रहा था।"

"मुझे नहीं पता, मैं... एक दिन तुमने मुझसे कहा था कि तुम कमोबेश रूबीरोज़ा के सचिव के रूप में काम करते थे और तुम्हारे लिए यह एक अच्छी सुरक्षित नौकरी थी... मेरे लिए रूबी की कार दुर्घटना में मौत की खबर बहुत

दुखद थी..."

हाँ, दुखद। फिर, एक और साक्षी, जिससे मैं सवाल नहीं कर सकता।

"बताओ पेद्रो...तुम्हारा असली नाम क्या था? इस बात ने मुझे हमेशा से परेशान किया है। फ्रेडी मुझसे कहता था कि तुम्हारा नाम पेद्रो मैकएवाय नहीं था...बल्कि रूबी था जिसने तुम्हें जाली कागज़ात मुहैय्या करवाये थे..."

"मेरा असली नाम? मैं भी जानना चाहूँगा।" और मैं मुस्कुरा रहा था ताकि वह यह सब मज़ाक में ले ले।

"फ्रेडी जानता था यह, क्योंकि तुम लोग स्कूल के ज़माने से एक-दूसरे को जानते थे...तुम लोगों ने कितना कान खाया है मेरा, अपनी लुइज़ा स्कूल की कहानियाँ सुना-सुना कर..."

"कौन सा स्कूल... ?"

"लुइज़ा...तुम अच्छी तरह जानते हो...बेवकूफ़ी मत करो...उस दिन जब तुम्हारे पापा, तुम लोगों को लेने आये थे गाड़ी में, तुम दोनों को...उन्होंने गाड़ी फ्रेडी के हाथों में दे दी, जिसका उस समय तक लाइसेंस भी नहीं बना था...यह वाला, तुम लोगों ने यह किस्सा मुझको कम से कम सौ बार सुनाया होगा..."

वह सिर हिला रहा था। तब इस प्रकार, मेरे एक पिता भी हुआ करते थे, जो मुझको लेने लुइज़ा स्कूल आते थे। रोचक जानकारी है।

"और तुम? तुम अभी भी घोड़ों के साथ काम करते हो?" मैंने पूछा।

"मुझको घुड़सवारी प्रशिक्षक के तौर पर जगह मिल गयी थी, जिवेरनी के एक घुड़सवारी के स्कूल में..."

उसकी आवाज़ संजीदा हो गयी थी जिसने मुझको भावुक कर दिया।

"तुम भली-भाँति जानते हो कि उस समय के बाद से, जब मैं एक दुर्घटना का शिकार हुआ, हालात बदतर होते चले गये..."

कौन सी दुर्घटना? मेरी मजाल नहीं हुई कि उससे यह पूछता...

"जब मैं तुम लोगों के साथ मजेव गया, तुम्हारे, देनीज़, फ्रेडी और गे

के साथ, उसी समय ठीक नहीं चल रहा था...मैंने अपना प्रशिक्षक का पद गँवा दिया था...वे लोग बात से पीछे पलट गये क्योंकि मैं अंग्रेज़ था...वे केवल फ्राँसीसियों को रखना चाहते थे...''

अंग्रेज़? हाँ। उसके बोलने में एक ख़ास अन्दाज़ था, जिस पर उस समय तक मैंने बमुश्किल गौर किया था। मेरा दिल थोड़ा ज़ोर से धड़का, जब उसने यह शब्द बोला : मजेव।

''अजीब विचार था, नहीं, यह मजेव जाने का?'' मैंने खतरा मोल लिया।

''अजीब विचार क्यों? हमारे पास और कोई रास्ता नहीं था...''

''तुम्हें लगता है?''

''वह एक महफूज़ जगह थी...पेरिस बहुत ज़्यादा जोखिम भरा होता जा रहा था...''

''तुमको सच में ऐसा लगता है?''

''अरे, पेद्रो, याद करो...छापे दिन-ब-दिन बढ़ते जा रहे थे...मैं, मैं अंग्रेज़ था...फ्रेडी के पास अंग्रेज़ी पासपोर्ट था...''

''अंग्रेज़ी?''

''और क्या...फ्रेडी का परिवार मॉरिशस से था...और तुम, तुम्हारी स्थिति कोई बहुत बढ़िया नहीं थी...और हमारे तथाकथित डोमिनिकन पासपोर्ट हमें किसी भी हालत में बचा नहीं सकते थे...याद करो...तुम्हारा दोस्त रूबीरोज़ा खुद ही...''

मैंने वाक्य का बाकी हिस्सा नहीं सुना।

उसने शराब का एक घूँट भरा और इसी समय चार जन अन्दर आये, रोज़ वाले ग्राहक थे, सभी पुराने घुड़सवार। मैं उनको पहचान रहा था, मैं अक्सर उनकी गुफ़्तगू सुनता था। एक हमेशा जोधपुरी पतलून और मृगछाल की जैकेट जिस पर कई जगह धब्बे पड़े थे, पहनता था। उन्होंने विल्डमर के कन्धे पर थपकी मारी। वे बात करते-करते ठहाके लगा रहे थे और इस से

बहुत ज़्यादा शोर हो रहा था। विल्डमर ने उनका परिचय मुझसे नहीं करवाया।

वे बार के साथ रखी तिपाइयों पर बैठ गये और उनका बातें करना ज़ारी रहा, खूब ऊँची आवाज़ में।

''पेद्रो...''

विल्डमर मेरी तरफ़ झुका। उसका चेहरा मेरे चेहरे से कुछ सेंटीमीटर की दूरी पर था। वह भावविह्वल हो रहा था, उसका चेहरा सिकुड़ रहा था मानो कुछ चन्द शब्द बोलने के लिए वह कोई अतिमानवीय चेष्टा करने जा रहा हो।

''पेद्रो...क्या हुआ देनीज़ के साथ जब तुम लोगों ने सरहद पार करने की कोशिश की?...''

''मुझको नहीं मालूम,'' मैंने कहा।

वह मुझ पर नज़रें टिकाये रहा। वह ज़रूर थोड़े नशे में होगा।

''पेद्रो...तुम लोगों के जाने से पहले मैंने कहा था तुमसे कि उस आदमी पर भरोसा नहीं करना चाहिये...''

''कौन सा आदमी?''

''वही आदमी जो तुम लोगों को स्विट्ज़रलैंड में पहुँचाना चाह रहा था...रूसी...''

वह लाल हो गया था। उसने शराब का एक घूँट भरा।

''याद करो पेद्रो...मैंने तुमसे कहा था कि उसकी बातों में नहीं आना चाहिये, न ही...स्की प्रशिक्षक की...''

''कौन सा स्की प्रशिक्षक?''

''वही जिसने तुम लोगों को सरहद पार करवाने का ज़िम्मा लिया था... तुम अच्छी तरह जानते हो...बॉब कुछ...बॉब बस्सों...क्यों गये तुम लोग?... तुम लोग आराम से थे हमारे साथ, उस लकड़ी के बंगले में...''

क्या बोलूँ उससे? मैंने सिर हिलाया।

"उसका नाम बॉब बस्सों था?" मैंने पूछा।

"हाँ। बॉब बस्सों..."

"और रूसी का?"

उसने भवें सिकोड़ीं।

"मुझे नहीं पता अब..."

उसका ध्यान कमज़ोर पड़ता जा रहा था। उसने जी-जान लगा दिया था, मेरे साथ गुज़रे वक्त की बातें करने में, मगर अब चुक गया था। जैसे एक थका-हारा तैराक, जो आखिरी बार सिर पानी से ऊपर उठाता है और फिर छोड़ देता है अपनेआप को, धीरे-धीरे बहने के लिए। वैसे मैंने उसकी कोई ख़ास मदद नहीं की थी इन यादों को ताज़ा करने में।

वह उठ गया और बाकियों के साथ शामिल हो गया। वह अपनी पुरानी आदतों में शुमार होने लगा। मैंने उसे कहते हुए सुना जो वह उसी दिन दोपहर में वैंसेन में हुई एक दौड़ के बारे में, काफ़ी ज़ोर से अपनी राय दे रहा था। जिसने जोधपुरी पहन रखी थी, उसने सबको दावत दी। विल्डमर को अपनी आवाज़ दोबारा मिल गयी थी और वह बातों में इतना तल्लीन था कि अपनी सिगरेट जलाना ही भूल गया। सिगरेट उसके होंठ के कोने से लटकी हुई थी। अभी अगर मैं उसके सामने जाकर खड़ा हो जाता, वह मुझे पहचानता नहीं।

बाहर निकलते हुए मैंने उससे विदा ली और उसको हाथ से इशारा किया लेकिन उसने मुझे अनदेखा कर दिया। वह पूरी तरह अपनी बातों में मग्न था।

# 34

विशी। एक अमरीकी कार पार्क दे सूर्स के किनारे पर आकर रुकती है, ऊँचाई पर बने होटल द ला पे के सामने। कार कीचड़ से सनी हुई है।

उसमें से, दो पुरुष और एक महिला उतरते हैं और होटल के मुख्यद्वार की दिशा में चलने लगते हैं। दोनों पुरुषों की दाढ़ी बढ़ी हुई है, और दोनों में से एक, लम्बा वाला, महिला को बाँह से सहारा दिये हुए है। होटल के सामने, बाँह वाली बेंत की कुर्सियों की कतार है जिस पर जुलाई की चुभती धूप से परेशान हुए बगैर लोग सो रहे हैं, उनके सिर झूले हुए हैं।

हॉल में, तीनों को रिसेप्शन तक पहुँचने के लिए, भीड़ के बीच से रास्ता बनाने में कठिनाई हुई। उन्हें कुर्सियों और उन बिस्तरों से भी बचते हुए निकलना है जिस पर बाकी उनींदे लोग हैं, कुछ फौजी लिबास में भी हैं। पाँच या दस लोगों के सघन झुंड में लोग, कमरे के कोने में उतावले हो रहे हैं, एक-दूसरे को पुकार रहे हैं, दुआ-सलाम कर रहे हैं और उनकी बातचीत का कोलाहल, बाहर की उमस भरी गर्मी से, आपको कहीं ज़्यादा दमघोंटू लग रहा है। आखिरकार वे रिसेप्शन तक पहुँचे और उनमें से एक आदमी, लम्बे कद वाले ने रिसेप्शनिस्ट को अपने तीन पासपोर्ट पकड़ाये। दो पासपोर्ट पेरिस में डोमिनिकन गणराज्य के दूतावास के हैं, एक 'पोरफीरियो रूबीरोज़ा' के नाम से, दूसरा 'पेद्रो मैकएवाय' के नाम से, तीसरा एक फ्राँसीसी पासपोर्ट है 'देनीज़ कुद्रज़' के नाम से।

रिसेप्शनिस्ट, उसका चेहरा पसीने से तर-बतर, ठुड्डी के नीचे से बूँदें टपक रही हैं, थका, बेहाल, उसने उन्हें तीनों पासपोर्ट वापस पकड़ाये। नहीं, पूरी विशी में अब एक भी कमरा खाली नहीं है, ''हालात के मद्देनज़र''...एकदम बदतर स्थिति में, दो बाँह वाली कुर्सियाँ हैं जिन्हें निचली मंज़िल पर बने लॉन्ड्री-रूम में या फिर स्नानागार में रख सकते हैं...चारों तरफ़ हो रही गड्ड-मड्ड बातों का शोरगुल, लिफ्ट के लोहे के दरवाज़े की धड़ाम-धड़ाम खुलने-बंद होने, टेलीफ़ोन की घंटियों, रिसेप्शन के ऊपर लगे लाउड स्पीकर से आ रही घोषणाओं में उसकी आवाज़ दबी जा रही है।

वे दोनों आदमी और महिला लड़खड़ाते कदमों से होटल से बाहर निकल गये। आसमान ढक गया है, अचानक, गहरे काले बादल छा गये। वे पार्क दे सुर्स को पार कर रहे हैं। घास के मैदान के किनारे, छाँवदार गलियारे के नीचे, पक्की पगडंडी को अवरुद्ध करते, झुंड के झुंड लोग खड़े हैं, होटल के हॉल

से भी ज़्यादा सघन झुंड। सभी आपस में खूब ऊँची आवाज़ में बात कर रहे हैं, कुछेक ने एक से दूसरे झुंड तक आवाजाही लगायी हुई है, कुछ बाकियों में शामिल होने से पहले अलग छिटके हुए हैं, दो या तीन लोग किसी बेंच पर या उद्यान की लोहे की कुर्सियों पर...कोई कहेगा कि यह किसी विद्यालय का विशाल प्रांगण है और वे बेसब्री से घंटी का इन्तज़ार कर रहे हैं जो उनकी इस खलबली और इस कोलाहल को शान्त कर देगी जिसका शोर मिनट दर मिनट बढ़ता जा रहा है और बहरा कर रहा है। लेकिन घंटी नहीं बज रही है।

भूरे बालों वाला लम्बा आदमी अभी भी औरत को बाँह से सहारा दिये हुए है, जबकि दूसरे वाले ने अपनी जैकेट उतार ली है। वे चले जा रहे हैं और रास्ते में लोग उन्हें धकेलते हुए चारों दिशाओं में दौड़ रहे हैं, किसी एक व्यक्ति या उस झुंड की तलाश में, जिससे वे अभी-अभी अलग हुए हैं, वह झुंड जो पलक झपकते बिखर गया है और जिसके सदस्य दूसरे झुंडों से रौंद डाले गये हैं।

तीनों कॉफ़ी हाउस के बाहर के चबूतरे पर निकल आये। चबूतरा खचाखच भरा है लेकिन किसी चमत्कार से, पाँच लोग अभी-अभी एक मेज़ छोड़ कर उठे और दोनों आदमी और वह औरत बेंत की कुर्सी पर ढेर हो गये। स्तब्ध, वे जुआघर की तरफ़ देख रहे हैं।

धुँध के एक बादल ने समूचे उद्यान को ढक लिया है और घनी लताओं के तोरण ने उस धुँध को कस कर जकड़ लिया है, हम्माम की धुँध। वह सीने में भर जाती है, उसकी वजह से जुआघर के सामने खड़ा हुजूम धुँधला पड़ने लगता है, उनकी गप-शप का शोर दब गया। पड़ोस की मेज़ पर एक बूढ़ी महिला फूट-फूट कर रोने लगी और दोहराये जा रही है कि उन्होंने हेनडाय पर सरहद की नाकाबन्दी कर दी है।

औरत का सिर, भूरे बालों वाले, लम्बे आदमी के कन्धे पर झूल गया है। उसने आँखें बन्द कर ली हैं। वह बच्चे जैसी नींद सो रही है। दोनों आदमियों के बीच एक मुस्कुराहट का आदान-प्रदान होता है। वे पुनः जुआघर के सामने इन सारे झुंडों को देख रहे हैं।

बौछार पड़ने लगी। मॉनसून की बारिश। वह पत्तों को भेद रही है हालाँकि पत्ते मोटे हैं, अखरोट और चिनार के। वहाँ पर, जुआघर के शीशे के छज्जे के नीचे, सर छुपाने के लिए वे ठेलमठेल कर रहे हैं। जबकि अन्य हड़बड़ी में एक-दूसरे को रौंदते-कुचलते, चबूतरे को छोड़ कर भाग रहे हैं और कॉफ़ी हाउस के अन्दर घुस रहे हैं।

सिर्फ़ वे दोनों आदमी और औरत अपनी जगह से नहीं हिले क्योंकि उनके मेज़ की छतरी ने उन्हें बारिश से बचाया हुआ है। औरत अभी भी सो रही है, गाल भूरे बालों वाले लम्बे आदमी के कन्धे पर, जो सूनी आँखों से, अपने सामने देख रहा है, जबकि उसका साथी अनमने भाव से सीटी में एक धुन निकाल रहा है : ''तु म आकोस्तुम्ब्रास्ते।''

# 35

खिड़की से घास का बड़ा मैदान दिखता था जिसके किनारों पर बजरी की पगडंडी थी। यह पगडंडी हल्की सी चढ़ाई लिए ऊपर एक भवन तक जा रही थी, जहाँ पर मैं था और इस इमारत ने मुझे भूमध्यसागर के किनारों पर बने उन उजले होटलों की याद दिलवा दी। लेकिन जब मैं भवन में प्रवेश करने के लिए सीढ़ी चढ़ रहा था, तब मेरी नज़रें चाँदी सदृश चमकीले अक्षरों में, इस शिलालेख पर पड़ीं जो प्रवेशद्वार को सुशोभित कर रहा था : ''लुईज़ा एवं अलबानी विद्यालय''।

वहाँ पर, घास के मैदान के छोर पर, एक टेनिस का मैदान था। दाहिनी ओर, भोज वृक्ष की एक कतार और एक स्विमिंग पूल जिसे खाली कर दिया गया था। गोताखोरी के लिए लगायी गयी पटरी टूट कर आधी गिरी हुई थी। वह आकर मेरे साथ खिड़की की चौखट में खड़ा हो गया।

''जी हाँ...माफ़ी चाहता हूँ मुँस्यूर...विद्यालय के सारे अभिलेख जल

चुके हैं...कुछ नहीं बचा...''

तकरीबन साठ वर्ष का आदमी था, जिसने सींग की कमानी वाला चश्मा और ट्वीड का कोट पहना हुआ था।

''और किसी भी सूरत में, श्रीमती जाँश्मिट इसकी अनुमति नहीं देतीं... वे अपने पति के देहान्त के पश्चात् लुईज़ा विद्यालय के सम्बन्ध में अब किसी किस्म की बात सुनना नहीं चाहतीं...''

''कोई पुरानी तस्वीर नहीं है कक्षा की, यहाँ-वहाँ पड़ी हुई?'' मैंने पूछा।

''नहीं, मुँस्यूर। मैं आपसे फिर दोहरा रहा हूँ कि सब जल गया...''

''आपने यहाँ पर बहुत लम्बे समय तक काम किया?''

''विद्यालय के आखिरी दो साल। उसके बाद, श्री जाँश्मिट गुज़र गये... पर विद्यालय वैसा नहीं रहा जैसा वह था...''

वह खिड़की से बाहर देख रहा था, सोच में डूबा हुआ।

''पुराने छात्र की हैसियत से, मुझको कुछ पुरानी यादगारें मिल जातीं तो मुझे अच्छा लगता,'' मैंने कहा।

''मैं समझ रहा हूँ। बदकिस्मती से...''

''और विद्यालय का क्या होगा अब?''

''ओह, वे सब कुछ नीलामी कर के बेच देंगे।''

और उसने विरक्त भाव से, हमारे सामने के घास का मैदान, टेनिस का मैदान, स्विमिंग पूल की ओर हाथ से इशारा किया।

''आप आखिरी बार छात्रावास और कक्षाएँ देखना चाहेंगे?''

''इस ज़हमत के काबिल नहीं।''

उसने अपनी जेब से सिगार निकाला और अपने मुँह में लगा लिया। वह खिड़की की चौखट छोड़ नहीं रहा था।

'' वह क्या था, ज़रा फिर बतायें, वह लकड़ी का कुटीर, बायीं तरफ़?''

''चेंजिंग रूम। बच्चे वहाँ कपड़े बदलते थे, खेल-कूद से पहले...''

''अच्छा, हाँ...''

वह अपनी सिगार भर रहा था।

''मैं सब भूल गया हूँ...क्या हम वर्दी पहनते थे?''

''नहीं मुँस्यूर। बस रात के खाने के समय और घूमने जाने वाले दिन, हल्के नीले रंग का ब्लेज़र अनिवार्य था।''

मैं खिड़की के करीब गया। मैंने अपना माथा काँच से लगभग चिपका दिया था। नीचे, उजले भवन के आगे, एक खुला मैदान था, बजरी से ढका हुआ और जहाँ पहले से ही झाड़-झंखाड़ उगे हुए थे। मैं ख़ुद को और फ्रेडी को जैकेट में देख रहा था। और मैंने उस आदमी की वहाँ पर कल्पना करने की कोशिश की, उसका रूप-रंग कैसा रहा होगा जो एक दिन हमें स्कूल से लेने आया था, गाड़ी से उतर कर हमारी तरफ़ बढ़ रहा था और जो मेरा पिता था।

# 36

नीस, 22 नवम्बर 1965

श्रीमती इ काहान
22, पिकार्दी मार्ग
नीस

श्री ह्यूट के अनुरोध पर, आपको वह सब बताने के लिए मैं आपको लिख रही हूँ जो मैं ''अलेख द व्रेजे'' नामक व्यक्ति के बारे में जानती हूँ हालाँकि इन बुरी स्मृतियों को कुरेदना मुझको बहुत महँगा पड़ रहा है।

एक दिन मैं फ्राँस्वा प्रथम मार्ग पर स्थित एक रूसी रेस्तराँ में गयी, शे

आरकादी - जिसे एक रूसी सज्जन चलाता था। उसका नाम मुझको अब याद नहीं है। रेस्तराँ साधारण था, वहाँ पर ज़्यादा लोग नहीं थे। उसका मालिक, उम्र से पहले बूढ़ा हो चुका एक आदमी, उदास ग़मगीन, ज़ाकूस्की की मेज़ के आगे खड़ा था—यह वर्ष 1937 के आसपास की बात थी।

मुझे एक लगभग बीस वर्ष के युवक की उपस्थिति का आभास हुआ, जिसकी बेतकल्लुफी से लग रहा था कि वह रेस्तराँ उसका अपना घर हो। बहुत ही अच्छे कपड़े पहने था, सूट, कमीज़ वगैरह, परिपूर्ण।

देखने में बहुत आकर्षक था—ज़िंदादिल, खिंची नीली आँखें, दमकती मुस्कान और अनवरत हँसी। उसके पीछे छुपा था एक पाशविक मक्कार।

वह मेरी बगल वाली मेज़ पर था। दूसरी बार जब मैं इस जगह पर आयी, उसने मुझे रेस्तराँ के मैनेजर को दिखाते हुए कहा :

"आप विश्वास करेंगी कि मैं इन महाशय का बेटा हूँ?" उस बेचारे की अवमानना करने के अन्दाज़ में कहा, जो वाकई उसका पिता था।

फिर उसने मुझे एक कंगन दिखाया जिस पर नाम खुदा था : "लुई द व्रेजे, मों-पाँसिये के काउंट (यूरोपीय देशों में कुलीन और प्रभावशाली व्यक्तियों को दी जाने एक उपाधि)" (रेस्तराँ में लोग उसे एक रूसी नाम से पुकारते थे : ओलेग)। मैंने उससे पूछा कि उसकी माँ कहाँ थीं। उसने कहा कि उनका देहान्त हो चुका है—मैंने उससे पूछा कि कैसे, कहाँ पर उनकी मुलाकात मों-पाँसिये (आर्रलेयाँ का एक उपखण्ड : मध्य फ्राँस का प्रखण्ड) के वासी से हुई होगी, तब उसने कहा : साइबेरिया में। यह सब क़ुछ निराधार था। मैं समझ गयी कि वह एक बदमाश था जिसे स्त्री-पुरुष किसी से एहसान लेने में कोई गुरेज़ नहीं था। मेरे यह पूछने पर कि वह क्या करता था, उसने कहा कि वह पियानो बजाता था।

उसके बाद सारे रिश्ते-नातों की फेहरिस्त लगा दी गयी जैसे कि उज़ेस की रानी उसका सम्मान करती थीं, विंडसर के राजा से उसके सम्बन्ध आत्मीय थे...मुझे लगा कि उसके किस्सों में कुछ सच था, कुछ झूठ। ऊँचे समाज के लोग, उसके 'नाम' उसकी मुस्कान और उसकी ठंडी मगर स्वाभाविक शिष्टता

के भुलावे में आ जाते होंगे।

युद्ध के दौरान, मेरे ख़याल से यह सन् 41-42 की बात होगी, मैं जुआँ-ले-पैं (दक्षिण फ्राँस का शहर) के समुद्र तट पर थी, वहाँ मैंने 'आलेख द व्रेजे' नामक इस शख़्स को दौड़ कर जाते देखा, हमेशा की तरह मस्त, ठहाके लगा कर हँसता हुआ। उसने मुझसे कहा कि उसे बन्दी बना लिया गया था और वह एक उच्च जर्मन पदाधिकारी की देख-रेख में था। उस वक्त युद्ध के दौरान वह अपनी धर्ममाता, विधवा श्रीमती आन्री द्यूर्वेन्वा के साथ कुछ दिन बिता रहा था। फिर उसने कहा : "वह इतनी लालची है, मुझे पैसे नहीं देती।"

उसने मुझे बताया कि वह पेरिस वापस लौट रहा है, "जर्मन लोगों के साथ काम करने के लिए।" किस क्षेत्र में? मैंने पूछा था। "उन्हें गाड़ियाँ बेचने का काम"।

मैंने फिर कभी उसे नहीं देखा और नहीं जानती कि उसका क्या हुआ। सो प्रिय मित्र, यही है वह सब, जो मैं आपको बता सकती थी, इस व्यक्ति के विषय में।

सादर,
इ काहान

# 37

अब, महज़ आँखें मूँदने की ज़रूरत थी। मजेव के लिए हमारे प्रस्थान से पहले की घटनाएँ, मेरी चेतना में, टुकड़े-टुकड़े में वापस आ रही हैं। ओश एवेन्यू में स्थित पुराने ज़ाहारौफ होटल की बड़ी रौशन खिड़कियाँ, विल्डमर के आधे-अधूरे वाक्य, और नाम, मसलन 'रूबीरोज़ा' का : रक्तिम व शानदार, और उसका फीका सा नाम 'आलेख द व्रेजे' और अन्य अस्पष्ट विवरण—यहाँ तक कि विल्डमर की रूखी और लगभग न सुनाई देने वाली आवाज़,—ये वे सारी चीज़ें हैं जो मेरे लिए एरियाडन का धागा बनेंगी।

एक रोज़ पहले, जाती दोपहर में, दरअसल मैं ओश एवेन्यू में था, पुराने ज़ाहारौफ होटल की पहली मंज़िल पर। बहुत सारे लोग थे। सामान्यतः, वे अपना ओवरकोट नहीं उतारते थे। मैं सूट में था। मैंने मुख्य कमरा पार किया, जहाँ मैंने करीब पंद्रह लोगों को देखा, टेलीफ़ोन के इर्द-गिर्द खड़े और अपने कारोबार निपटाने के लिए चमड़े की कुर्सियों में बैठे हुए, और मैं एक छोटे से ऑफिस में सरक गया, जिसके दरवाज़े मैंने अपने पीछे बन्द कर दिये। मुझे जिस आदमी से मिलना था, वह पहले से ही वहाँ पर था। उसने मुझे एक कोने में बुलाया और हम दोनों बाँह वाली दो कुर्सियों पर बैठ गये जिन्हें बीच में रखी एक नीची मेज़ अलग कर रही थी। मैंने वहाँ पर अखबार में लपेटे लुई द'ऑर (1640 में लुई XIII द्वारा पहली बार चलाये गये सोने के सिक्के) रख दिये। उसने तुरन्त मुझको नोटों की कई गड्डियाँ पकड़ा दीं जिसे मैंने गिनने की ज़हमत नहीं उठायी और उन्हें अपनी जेब में ठूँस लिया। उसे गहनों में कोई दिलचस्पी नहीं थी। हम एक साथ ऑफिस से निकले, फिर बड़ा वाला कमरा पार किया जहाँ पर बातचीत के कोलाहल और ओवरकोट पहने इन आदमियों की चहलकदमी में, पता नहीं क्यों, कुछ संदेहास्पद था। फ़ुटपाथ पर, उसने मुझे गहनों के लिए एक सम्भावित खरीददार का पता दिया, मालर्शेब चौक के आसपास और मुझको सलाह दी कि मैं उससे कहूँ कि उसने मुझे भेजा था। बर्फ़ गिर रही थी, लेकिन मैंने वहाँ पैदल जाने का ही निश्चय किया। शुरू-शुरू में हम, देनीज़ और मैं, अक्सर इस रास्ते से गुज़रते थे। मौसम बदल चुका था। बर्फ़ गिरती रही और मुझे इस सड़क को पहचानना मुश्किल हो रहा था, मनहूस अँधेरी इमारतें, पेड़ जिनकी पत्तियाँ झड़ चुकी थीं। माँसो पार्क के लोहे के कपाट के बराबर में कोई सुगंध नहीं बल्कि गीली और सड़ी मिट्टी की महक थी।

निचली मंज़िल पर, एक बन्द रास्ते के छोर पर, जिसे लोग 'चौक' या 'हवेली' कहते हैं। जिस कमरे में वह मुझको ले गयी उसमें कोई भी साज-सामान नहीं था। सिर्फ़ एक दीवान जिस पर हम बैठ गये और उस दीवान पर टेलीफ़ोन था। कोई चालीस के करीब की महिला थी, घबरायी हुई, उसके बालों का रंग लाल था। टेलीफ़ोन निरंतर बजता जा रहा था लेकिन वह हर बार उठा नहीं रही थी, और जब कभी वह उठाती तब जो भी उससे कहा जा

रहा था उसे वह एक डायरी में लिखती जा रही थी। मैंने उसे गहने दिखाये। मैंने नीलम और दोनों ब्रोच आधे दाम पर उसके हवाले कर दिये, इस शर्त पर कि वह मुझे तुरन्त नकद पैसे अदा करे। वह मान गयी।

बाहर, जब मैं कुर्रसेल मेट्रो स्टेशन की ओर जा रहा था, मैंने उस युवक के बारे में सोचा जो कुछ महीनों पहले, हमारे कास्तीय होटल वाले कमरे में आया था। उसने बिना देरी किये एक जड़ाउ पिन और हीरे के दो कंगन बेच दिये थे और बड़ी शालीनता से उसका नफ़ा मेरे साथ साझा करने का प्रस्ताव दिया। संवेदनशील आदमी था। मैंने उससे कुछ गोपनीय बातें भी कीं, उसे अपनी रवानगी के मंसूबों के बारे में बताया और यहाँ तक कि उस डर का भी ज़िक्र किया जो मुझे कभी-कभी बाहर जाने से रोकता था। उसने मुझसे कहा था कि हम एक अजीब दौर में जी रहे हैं।

बाद में, मैं देनीज़ को लेने एडवर्ड 7 चौक गया, उस फ्लैट में जहाँ उसके हॉलैंड वाले मित्र वान आलेन ने, सिलाई-कढ़ाई की कार्यशाला लगायी थी : यह एक इमारत की पहली मंज़िल पर था, सींट्रा (एक रेस्तराँ) के एकदम ऊपर। यह मुझको याद है क्योंकि हम लोग, देनीज़ और मैं, अक्सर इस बार में जाया करते थे, वजह थी कि वह ज़मीन के नीचे के तल में स्थित था, जिसमें हम लोग मुख्य दरवाज़े की बजाय एक चोर दरवाज़े के ज़रिये चुपके से अन्दर चले जाते थे। मेरे ख़याल में मुझको पेरिस की वे सारी सार्वजनिक जगहें, वे सभी इमारतें पता थीं जिनमें से बाहर निकलने के दो दरवाज़े थे।

इस छोटे से फैशन हाउस में गहमागहमी वैसी ही रहती थी जैसी ओश एवेन्यू में, आतुरता शायद थोड़ी ज़्यादा थी। वान आलेन अपना गर्मियों के कपड़ों का संग्रह तैयार कर रहा था और इतनी मेहनत, इतनी आशावादिता मुझे हैरान कर देती थी क्योंकि मुझे अचम्भा होता था कि और भी गर्मियाँ आयेंगी। एक भूरे बालों वाली लड़की को वह सफ़ेद रंग के हल्के कपड़े की एक पोशाक पहना कर देख रहा था, और अन्य मॉडल केबिन में अन्दर जा रही थीं या बाहर निकल रही थीं। बहुत सारे लोग लुई XV की शैली की एक मेज़ के इर्द-गिर्द बातें कर रहे थे जहाँ पर खाकों और कपड़ों के टुकड़े फैले पड़े थे। कमरे के एक कोने में देनीज़, एक सुनहरे बालों वाली औरत जिसकी

उम्र पचास वर्ष के करीब रही होगी और एक घुँघराले भूरे बाल वाले युवक के साथ किसी चर्चा में मशगूल थी। मैं उस बातचीत में शामिल हो गया। वे लोग, वह औरत और वह युवक, फ्रेंच रीवियेरा जा रहे थे। इस गहमागहमी में हमें एक–दूसरे की बातें सुनायी नहीं दे रही थीं। शैम्पेन के पतले लम्बे गिलासों का दौर चल रहा था, हालाँकि इस बात का ठीक से पता नहीं था कि किस खुशी में।

हम लोग, देनीज़ और मैं, रास्ता बनाते हुए मुख्य हॉल तक पहुँचे। वान आलेन हमारे साथ था। मुझे उसकी बेहद हल्की नीली आँखें और उसकी मुस्कुराहट याद है जब उसने अधखुले दरवाज़े में से सिर निकाला और हमारी सलामती की दुआ करते हुए हवा में एक चुम्बन हमारी ओर फेंका।

हम लोग, देनीज़ और मैं, आखिरी बार काम्बासेर मार्ग से गुज़रे। हम लोगों ने अपना सामान पहले ही बाँध लिया था, एक सूटकेस और दो चमड़े के बैग जो कमरे के कोने में बड़ी मेज़ के सामने हमारा इन्तज़ार कर रहे थे। देनीज़ ने किवाड़ लगाये और परदे खींच दिये। उसने सिलाई मशीन को उसके ढक्कन से ढक दिया और सफ़ेद जूट के उस कपड़े को हटा लिया जो पुतले की छाती पर टाँका हुआ था। मैंने उन शामों को याद किया जो यहाँ पर हमने एक साथ बितायी थी। वान आलेन जो नमूने उसे देता था, उसके अनुसार वह कपड़े बनाती थी, या फिर सिर्फ़ सिलाई करती थी, और मैं सोफ़े पर पसरा हुआ पढ़ता रहता था, कोई संस्मरण या मास्क के संग्रह का कोई जासूसी उपन्यास, जो उसे भी बहुत पसन्द थे। ये शामें ही बस वे आराम का लम्हा थीं जो मुझे मयस्सर थीं, वे लम्हे जब मुझको यह भ्रान्ति हो सकती थी कि हम बगैर दुःख–परेशानियों के अमन पसन्द दुनिया में अपना जीवन बसर कर रहे हैं।

मैंने सूटकेस खोला और बैंक के नोटों की गड्डियाँ उसमें सरका दीं जो स्वेटर और कमीज़ के अन्दर की मेरी जेबों और मेरे जूते की तली को फुलाये हुए थी। देनीज़ सफ़र वाले एक बैग के अन्दर रखे सामान की जाँच कर रही थी, यह देखने के लिए कि वह कुछ भूल तो नहीं गयी थी। मैं गलियारे से निकलता हुआ कमरे तक गया। मैंने बत्ती नहीं जलायी और मैं खिड़की में खड़ा हो गया। बर्फ़ अभी भी गिर रही थी। चौकीदारी पर पुलिस का सिपाही, एक

चौकी के अन्दर खड़ा था जो वहाँ सामने वाली फुटपाथ पर जाड़े की वजह से कुछ दिनों पहले ही खड़ी की गयी थी। एक दूसरा पुलिस का सिपाही, सोसेइज़ चौक से आता हुआ, तेज़ कदमों से चलता हुआ एक सिपाही के केबिन की ओर बढ़ रहा था। वह अपने सहकर्मी से हाथ मिला रहा था, उसे एक थर्मस पकड़ा रहा था और बारी-बारी से दोनों थर्मस के गोल ढक्कन में कोई पेय पी रहे थे।

देनीज़ अन्दर आ गयी। वह मेरे पास आकर खिड़की में खड़ी हो गयी। वह फ़रकोट पहने हुए थी और मुझसे सट कर खड़ी हो गयी। उससे एक तीखे इत्र की सुगंध आ रही थी। फ़रकोट के नीचे उसने एक कुर्ती पहन रखी थी। अन्ततः हम लोग पलंग पर थे, जिस पर सिर्फ़ एक गद्दा बचा था।

गार द लियों (पेरिस का एक रेलवे स्टेशन)। गे ओरलो और फ्रेडी प्रस्थान वाले प्लेटफार्म के प्रवेश द्वार पर हमारी राह देख रहे थे। उनके पास एक ठेला गाड़ी पर उनके बहुत सारे सूटकेसों का ढेर सा लगा हुआ था। गे ओरलो के पास एक अलमारीनुमा सन्दूक था। फ्रेडी कुली के साथ कुछ तय कर रहा था और उसने उसे एक सिगरेट पेश किया। देनीज़ और गे ओरलो आपस में बातें कर रहीं थीं और देनीज़ उससे पूछ रही थी कि फ्रेडी ने जो लकड़ी का घर किराये पर लिया था, वह चार लोगों के लिए पर्याप्त होगा या नहीं। स्टेशन पर अँधेरा था, सिवाय पीली रोशनी में नहाये हुए उस प्लेटफॉर्म के जहाँ पर हम लोग थे। विल्डमर भी आ गया, लालिमा लिये भूरे रंग का कोट पहने, जो हमेशा की तरह उसकी पिंडलियों को ढके था। एक ऊनी मफ़लर ने उसका माथा छुपाया हुआ था। हमने अपना सामान रेलगाड़ी के अपने-अपने शयनयान में चढ़ा दिया था। गे ओरलो ने ट्रेन पकड़ने वाले मुसाफिरों में से एक को पहचान लिया लेकिन फ्रेडी ने उसे ताकीद की थी कि वह किसी से बात न करे और किसी का ध्यान हमारी ओर आकृष्ट न होने दे।

मैं कुछ समय के लिए देनीज़ और गे ओरलो के साथ उनकी बोगी में रुका रहा। खिड़की का लोहे वाला परदा आधा गिरा हुआ था और झुकने पर खिड़की से मैं देख पा रहा था कि हम शहर का बाहरी हिस्सा पार कर रहे थे। बर्फ़ गिरना ज़ारी था। मैंने देनीज़ ओर गे ओरलो से विदा ली और

अपनी बोगी में फिर से चला आया जहाँ फ्रेडी पहले से ही जमा हुआ था। तुरन्त ही विल्डमर हमसे मिलने आया। वह जिस बोगी में था उसमें फ़िलहाल वह इकलौता मुसाफिर था, और वह उम्मीद कर रहा था कि सफ़र के अन्त तक वहाँ कोई न आये। दरअसल उसे डर लग रहा था कि कोई उसे पहचान लेगा क्योंकि लोगों ने कुछ सालों पहले हिप्पी अखबारों में उसकी तस्वीरें खूब देखी थीं, ओतई दौड़ के मैदान में हुई दुर्घटना के वक्त। हम यह कह कर उसे दिलासा देने की कोशिश कर रहे थे कि लोग घुड़सवारों के चेहरे बहुत जल्दी भूल जाते हैं।

हम लोग अपनी बर्थ पर लेट गये, फ्रेडी और मैं। ट्रेन ने रफ्तार पकड़ ली थी। हमने बर्थ के साथ लगी रात वाली छोटी बत्ती जलती छोड़ दी थी और फ्रेडी घबराहट में सिगरेट पर सिगरेट फूँके जा रहा था। वह थोड़ा बेचैन था, सम्भावित जाँच-पड़ताल के डर से। मैं भी, लेकिन मैं अपना डर छुपाने का यत्न कर रहा था। हम लोगों के पास, फ्रेडी, गे ओरलो, विल्डमर, और मेरे पास डॉमिनिकन पासपोर्ट थे, रूबीरोज़ा की बदौलत, लेकिन हम उसकी कार्यसाधकता पर पूरा भरोसा नहीं रख सकते थे। रूबी ने खुद ही मुझसे यह कहा था। हम लोग उस नकचढ़े सिपाही या किसी पड़ताली अफसर के रहम-ओ-करम पर थे जो औरों की अपेक्षा अधिक मीनमेख निकालने वाला हो। अकेली, सिर्फ़ देनीज़ ही थी जिसे कोई खतरा नहीं था। वह असली फ्राँसीसी थी।

ट्रेन पहली बार रुकी। दीजों (पूर्वी फ्राँस का एक शहर)। बर्फ़ में लाउडस्पीकर पर आ रही आवाज़ घुटी हुई थी। हमें गलियारे में किसी के चलने की आहट सुनायी पड़ी। कोई बोगी का दरवाज़ा खोल रहा था। शायद विल्डमर वाली बोगी में कोई घुस रहा हो। तब, मुझ पर और फ्रेडी पर पागलों जैसी ज़ोरों की हँसी का एक दौरा चढ़ गया।

ट्रेन आधे घंटे के लिए शालों-स्यूर-साओन के स्टेशन पर खड़ी रही। फ्रेडी सो चुका था और मैंने बोगी की छोटी वाली बत्ती बुझा दी। मुझे मालूम नहीं है क्यों, लेकिन मैं अँधेरे में ज़्यादा सुरक्षित महसूस कर रहा था।

मैंने गलियारे से आ रही कदमों की गूँज पर ध्यान देने के बजाय कुछ और सोचने की कोशिश की। प्लेटफार्म पर, लोग बातें कर रहे थे और उनकी

बातचीत के कुछेक शब्द मेरी पकड़ में आ रहे थे। वे ज़रूर हमारी खिड़की के आगे खड़े होंगे। उनमें से एक खाँस रहा था, बलगम वाली खाँसी। दूसरा सीटी बजा रहा था। गुज़रती ट्रेन के तालबद्ध शोर में उनकी आवाज़ें डूब गयीं।

दरवाज़ा झटके से खुला और गलियारे की रोशनी ओवरकोट पहने एक आदमी की परछाईं से कट गयी। उसने अपनी टॉर्च से, बोगी में ऊपर से नीचे तक रोशनी फेंकी, निश्चित करने के लिए कि हम कितने लोग थे। फ्रेडी झटके से जाग उठा।

"आपके कागज़ात..."

हमने उसकी ओर अपने डोमिनिकन पासपोर्ट बढ़ा दिये। उसने उन्हें अन्यमनस्कता से जाँचा, फिर उन्हें अपने पास खड़े, किसी और व्यक्ति को दे दिया जिसे हम दरवाज़े की किवाड़ की वजह से देख नहीं पा रहे थे। मैंने आँखें बन्द कर लीं। उन्होंने आपस में कुछ शब्दों का आदान-प्रदान किया जो सुनाई नहीं पड़े। उसने बोगी के अन्दर एक कदम बढ़ाया। उसके हाथ में हमारे पासपोर्ट थे।

"आप लोग राजनयिक हैं?"

"जी।" मैंने यंत्रवत उत्तर दिया।

कुछ क्षणों के बाद, मुझे याद आया कि रूबीरोज़ा ने हमें कूटनीतिक पासपोर्ट दिये थे।

बगैर एक शब्द कहे, उसने हमें पासपोर्ट वापस किये और दरवाज़ा बन्द कर दिया।

अँधेरे में हमारी साँस में साँस आयी। हम गाड़ी छूटने तक खामोश ही रहे। ट्रेन खुल गयी। मुझे फ्रेडी की हँसी सुनाई पड़ी। उसने बत्ती जलायी।

"हम बाकियों को देखने चलते हैं।" उसने कहा।

देनीज़ और गे ओरलो की बोगी की पड़ताल नहीं की गयी थी। हमने उन्हें जगाया। उन्हें हमारी घबराहट का मतलब समझ में नहीं आ रहा था। फिर मुँह लटकाये विल्डमर भी हमारे पास आ गया। वह अभी तक काँप रहा था।

जब उसने उन्हें अपना पासपोर्ट दिखाया तब उन लोगों ने उससे पूछा था कि क्या वह 'डोमिनिकन राजनयिक' था, और उसकी ज़ुर्रत नहीं हुई जवाब देने की, डर के मारे कि सादे कपड़ों में सिपाहियों और टिकट जाँच करने वालों में कहीं कोई ऐसा न हो जो सदैव घुड़दौड़ में शरीक होता हो और उसे पहचान ले।

ट्रेन सरकती रही, बर्फ़ से सफ़ेद हो गये खेत-खलिहानों के पार। कितना मोहक और आत्मीय था यह दृश्य। मुझे नशे में होने का एहसास हुआ और इन उनींदे मकानों को देखने से एक तरह का आत्मविश्वास जागा, जो मैंने उससे पहले कभी भी महसूस नहीं किया था।

जब हम लोग सालाँश (दक्षिण-पूर्वी फ्राँस का एक शहर, आल्प पर्वत शृंखला में) पहुँचे तब भी रात थी। पर्यटकों की एक बस और एक बड़ी काली गाड़ी स्टेशन के सामने खड़ी थी। फ्रेडी, विल्डमर और मैं सूटकेस उठाये हुए थे जबकि दो आदमी गे ओरलो का अलमारीनुमा सन्दूक सँभाल रहे थे। हम लोग करीब दस यात्री थे जो मजेव तक जाने वाली बस में बैठने वाले थे और बस चालक व दो कुली पीछे डिक्की में सूटकेसों की टाल लगा रहे थे, उसी समय एक सुनहरे बालों वाला आदमी गे ओरलो के नज़दीक आया, वही जिसे उसने लियों स्टेशन पर देखा था, एक दिन पहले। उन लोगों के बीच, फ्रेंच में कुछ शब्दों का आदान-प्रदान हुआ। बाद में, उसने हमें स्पष्ट किया कि उस व्यक्ति से उसकी कोई ख़ास पहचान नहीं थी, एक रूसी था, जिसका नाम किरील था। यह आदमी काली बड़ी गाड़ी को इंगित कर रहा था जिसकी चालक सीट पर कोई उसका इन्तज़ार कर रहा था, और उसने हमें मजेव तक पहुँचाने का प्रस्ताव दिया। मगर फ्रेडी ने यह निमंत्रण यह कह कर ठुकरा दिया कि वह पर्यटक बस में जाना पसन्द करेगा।

बर्फ़ गिर रही थी। बस धीरे-धीरे आगे बढ़ रही थी और काली गाड़ी हमसे आगे निकल गयी। हम एक ढलान वाले रास्ते से गुज़र रहे थे और बस का ढाँचा हर बार गति बढ़ने पर थरथरा उठता था। मुझे सन्देह हो रहा था कि कहीं मजेव पहुँचने से पहले ही गाड़ी खराब न हो जाये। क्या फर्क पड़ेगा? जिस कदर रात ने सफ़ेद ऊन सदृश कोहरा ओढ़ लिया था कि चीड़ के पेड़ तक मुश्किल से दिख पा रहे थे, मैंने अपनेआप से कहा कि यहाँ पर हमें ढूँढने

कोई नहीं आयेगा। हमें कोई खतरा नहीं था। आहिस्ता-आहिस्ता हम अदृश्य होते जा रहे थे। यहाँ तक कि हमारे शहरी लिबास जो किसी का ध्यान आकृष्ट कर सकते थे - विल्डमर का गेरुआ लाल कोट और उसका समुद्री नीले रंग का मफलर, चीते के चमड़े वाला गे का कोट, फ्रेडी का ब्रश कोट, उसका हरा मफ़लर और उसके सफ़ेद-काले भारी गोल्फ के जूते—कोहरे में ओझल हो गये थे। कौन जाने? शायद हमारा अन्त अचानक गायब हो जाने से हो। या फिर हम इस भाप से बढ़कर कुछ न हों जो खिड़कियों पर जमा हुआ है, यह ढीठ भाप जो हाथ से मिटाये नहीं मिटता। बस चालक कैसे रास्ता देख पा रहा था? देनीज़ नींद के आगोश में चली गयी थी और उसका सिर मेरे कन्धे पर डोल रहा था।

पर्यटक बस एक चौक के बीचोंबीच रुक गयी, नगर मजिस्ट्रेट के दफ़्तर के आगे। फ्रेडी ने हमारा बोरिया बिस्तर एक ठेले पर लाद दिया था, जो वहाँ रुका हुआ था और हम लोग कुछ गरम-गरम पीने के लिए एक चाय की दुकान में चले गये, गिरजाघर के एकदम नज़दीक। दुकान अभी-अभी खुली थी और जो औरत हमें परोस रही थी वह इतनी सुबह हमारे धमकने से हैरान लग रही थी। या कि इसका कारण गे ओरलो के बोलने का लहज़ा और हमारी शहरी पोशाकें थीं? विल्डमर को हर चीज़ अचम्भित कर रही थी। उसने अभी तक पहाड़ नहीं देखे थे, न ही पहाड़ों की क्रीड़ाएँ। माथा शीशे से सटाये, वह युद्ध स्मारकों और मजेव की नगरपालिका पर बर्फ़ गिरते देखता रहा था। वह उस औरत से सवाल कर रहा था कि केबल कार (ski-lift) किस तरह से काम करती थी और क्या वह स्की स्कूल में दाखिला ले सकता था।

हमारे लकड़ी के बंगले का नाम था 'क्वा द्यू स्यूद'। घर बड़ा था, गहरे रंग की लकड़ी का बना हुआ था, हरे रंग के किवाड़। मुझे यकीन है कि फ्रेडी ने पेरिस के किसी मित्र से उसे किराये पर लिया था। यह घर सड़क के एक घुमावदार मोड़ पर खड़ा था और वह किसी को दिखता नहीं था क्योंकि चीड़ के पेड़ों की एक चादर उसको ढके हुए थी। सड़क से वहाँ पर पहुँचने का रास्ता एक सर्पीली पगडंडी से होते हुए था। सड़क भी कहीं-कहीं पर ऊपर चढ़ती हुई थी, लेकिन मुझे यह जिज्ञासा कभी नहीं हुई कि वह कहाँ तक जाती होगी। हमारा कमरा, मेरा और देनीज़ का, पहली मंज़िल पर था

और खिड़की से, चीड़ों के परे, हमें समूचे मजेव गाँव का एक विहंगम दृश्य मिलता था। जब कभी मौसम अच्छा होता था मैं गिरजाघर की घंटी, रोशब्रयून की तलहटी में गेरुआ पैबन्द की तरह दिखता होटल, बस स्टॉप और स्केटिंग का मैदान तथा एकदम अन्त में कब्रिस्तान को पहचानने का अभ्यास करता था। फ्रेडी और गे ओरलो ने निचली मंज़िल का एक कमरा लिया था, बैठक के बगल में, और विल्डमर के कमरे तक जाने के लिए, एक मंज़िल और उतरना पड़ता था क्योंकि वह और नीचे स्थित था और उसकी खिड़की, एक रौशनदान भर, ज़मीन की सतह पर थी। लेकिन विल्डमर ने खुद ही चुना था वहाँ पर रहना—अपने बिल में, जैसा कि वह कहता था।

शुरुआत में, हम घर से बाहर नहीं निकलते थे। बैठक में, हम लोग अन्तहीन ताश की बाज़ियाँ खेलते रहते थे। मेरे मन में इस कमरे की एकदम स्पष्ट छवि है। एक ऊनी गलीचा। खिड़की के पास चमड़े की सीट जिसके ऊपर किताबों की ताक लगी थी। एक नीची मेज़। दो खिड़कियाँ जिनसे छज्जा दिखता था। एक औरत जो पड़ोस में रहती थी उसका ज़िम्मा था, मजेव से सौदा लाने का। देनीज़ जासूसी उपन्यास पढ़ती थी जो उसको आलों पर मिल गये थे। मैं भी। फ्रेडी ने अपनी दाढ़ी बढ़ने को छोड़ दी थी। गे ओरलो हर शाम को हमारे लिए एक यूक्रेनी सूप बनाती थी। विल्डमर ने अनुरोध किया था कि उसके लिए गाँव से नियमित रूप से *पेरिस स्पोर्ट* पत्रिका मँगवायी जाये जो वह पढ़ता था, अपने 'बिल' की तह मैं छुपा हुआ। एक दिन दोपहर में, जब हम लोग ताश खेल रहे थे, वह हाथ में अखबार लहराता हुआ अवतरित हुआ, चेहरे पर तनाव। एक समीक्षक ने पिछले दस वर्षों में घुड़दौड़ की दुनिया की उन सारी विशिष्ट घटनाओं का ब्यौरा दिया था और जिसमें अन्य चीज़ों के अलावा ज़िक्र था—"ओतई में, अंग्रेज़ घुड़सवार आँद्रे विल्डमर की असाधारण दुर्घटना।" कुछ तस्वीरें उस लेख की सचित्र व्याख्या के लिए दी गयी थीं जिनमें से एक तस्वीर विल्डमर की थी, बहुत सूक्ष्म, डाक टिकट से भी छोटी। और यही थी वजह जिससे वह इस कदर आतंकित था : कि सालांश के स्टेशन पर या मजेव में, गिरजाघर के पास हलवाई की दुकान पर कहीं कोई उसे पहचान सकता था। कि वह औरत जो हमारा सौदा लाया करती थी और घर की देखभाल करती थी उसने उसे 'अंग्रेज़ घुड़सवार आँद्रे

विल्डमर' के रूप में पहचान लिया होगा। हमारे प्रस्थान से एक सप्ताह पहले, उसके घर, आलीस्काँ चौक पर उसको एक गुमनाम टेलीफ़ोन आया नहीं था? दबी आवाज़ में किसी ने उससे कहा था : "हैलो? अभी तक पेरिस में हो, विल्डमर?" और ठहाके मार कर हँसते हुए फोन काट दिया था।

हमने चाहे बार-बार उससे कहा कि उसे कोई खतरा नहीं है क्योंकि वह 'डोमिनिकन नागरिक' था, वह बुरी तरह घबराया रहा।

एक दिन रात को, भोर के तीन बजे के करीब, फ्रेडी ने विल्डमर की कंदरा के दरवाज़े पर चीखते हुए, खूब ज़ोर से खटखटाया : "हमें पता है कि आप अन्दर हैं, आँद्रे विल्डमर...हम जानते हैं कि आप अंग्रेज़ घुड़सवार आँद्रे विल्डमर हैं...तुरन्त बाहर निकलिये..."

विल्डमर को यह मज़ाक अच्छा नहीं लगा और दो दिनों तक उसने फ्रेडी से बात नहीं की। फिर बाद में, उन दोनों में दोस्ती हो गयी।

इस फालतू से वाकये के अलावा, उस बंगले में, शुरुआत के दिनों में, सब कुछ बेहद शान्ति से बीत रहा था।

लेकिन आहिस्ता-आहिस्ता, फ्रेडी और गे ओरलो, हमारी दिनचर्या की एकरसता से तंग आ गये। विल्डमर, खुद ही, अपने डर के बावजूद कि उसमें कोई "अंग्रेज़ घुड़सवार" को पहचान लेगा, ऊपर-नीचे, आगे-पीछे चक्कर लगाता रहता था। वह खिलाड़ी था, उसे ऐसे आराम व सुस्ती की आदत नहीं थी।

मजेव में सैर करने के दौरान फ्रेडी और गे ओरलो की मुलाकात, 'लोगों' से हुई। बहुत से 'लोग' लगता है, हमारी तरह यहाँ शरण लेने आये हुए थे। वे आपस में मिलते-जुलते थे, एक साथ मिलकर 'जश्न' मनाते थे। हम तक ये कहानियाँ फ्रेडी, गे ओरलो और विल्डमर द्वारा पहुँची जिन्होंने इन रंगीन शामों में शामिल होने में देर नहीं लगायी। मैं एहतियात बरतता था। मैं देनीज़ के संग बंगले में रहना ज़्यादा पसन्द करता था।

हालाँकि फिर भी, हमारे सामने ऐसी स्थितियाँ आती थीं कि हमें गाँव तक जाना पड़ता था। हम सुबह दस बजे के करीब बंगले से निकलते थे और एक रास्ते से गुज़रते थे जिसके दोनों किनारों पर छोटे-छोटे गिरजाघर थे।

कभी-कभी हम इनमें से किसी एक में चले जाते थे और देनीज़ वहाँ पर एक पूजा वाली बड़ी मोमबत्ती जलाती थी। कुछ गिरजाघर बन्द थे। हम आहिस्ता चलते थे ताकि बर्फ़ में फिसल न जायें।

थोड़ा नीचे एक किस्म के गोल चक्कर के मध्य में पत्थर का क्रॉस खड़ा था जहाँ से एक खड़ी ढाल वाला रास्ता निकलता था। इस रास्ते पर आधी दूरी तक लकड़ी की सीढ़ियाँ लगायी गयी थीं, लेकिन बर्फ़ ने उन्हें ढक रखा था। मैं देनीज़ के आगे चलता था, कुछ इस तरह कि अगर वह फिसले तो मैं उसे सँभाल सकूँ। रास्ते के नीचे गाँव था। हम लोग मुख्य सड़क के साथ चलते थे, नगरपालिका वाले चौक तक, और मों-ब्लाँ के होटल के आगे से गुज़रते थे। थोड़ी और दूरी पर, दाहिनी तरफ़ की फुटपाथ पर, पोस्ट ऑफिस की धूसर कंकरीट की एक कोठी खड़ी थी। वहाँ से हम देनीज़ के मित्रों को कुछ चिट्ठियाँ भेजते थे : लेयों, एलेन जिसने कॉम्बासेर मार्ग का अपना फ्लैट हमें रहने के लिए दिया था...मैंने रूबीरोज़ा को दो शब्द लिखे थे उसे बताने के लिए कि हम उसके दिये पासपोर्ट की बदौलत अच्छे से पहुँच गये थे और उसको सलाह दी कि वह भी यहाँ हमारे पास आ जाये क्योंकि जब हम आखिरी बार वाणिज्यक दूतावास में मिले थे तब उसने मुझसे कहा था कि उसका इरादा देहाती इलाके में बसने का था। मैंने उसे अपना पता भेजा था।

हम लोग रोशब्रयून की तरफ़ चढ़ रहे थे। सारे होटलों से, सड़क के किनारे, मॉनीटरों की देखरेख में, समुद्री नीले रंग की खेल की पोशाकों में बच्चों के झुंड निकल रहे थे। उन्होंने कन्धे पर स्की या बर्फ़ वाले स्केट लिए हुए थे। दरअसल कुछ महीनों से हिलस्टेशन के होटलों से बड़े शहरों के अति गरीब बच्चों के लिए मदद माँगी गयी थी। वापस मुड़ने से पहले, दूर से हम लोग लोगों को केबल कार के काउंटर पर धावा बोलते देखते थे।

'क्रवा द्यू स्यूद' बंगले के ऊपर, यदि चीड़ के वृक्षों से होते हुए ढलान वाली पगडंडी पर निकलने पर हम एक लकड़ी के बंगले पर पहुँच जाते थे, नीचा सा, सिर्फ़ एक मंज़िला। यहीं पर वह औरत रहती थी जो हमारे लिए सौदा लाती थी। उसके पति के पास कुछ गायें थीं, मालिकों की अनुपस्थिति में वह 'क्रवा द्यू स्यूद' की रखवाली करता था और अपने घर में उसने एक

बड़ा सा कमरा बनवाया था जिसमें कुछ मेज़ें थीं, मद्यपान के लिए एक बार और एक बिलियर्ड की टेबल। एक दिन दोपहर में हम लोग, देनीज़ और मैं, दूध लेने के लिए इस आदमी के घर गये। उसका व्यवहार हमसे कोई ख़ास दोस्ताना नहीं था लेकिन जब देनीज़ ने बिलियर्ड देखा तब उससे खेलने की इजाज़त माँगी। पहले तो वह ज़रा आश्चर्यचकित दिखा, फिर वह नरम पड़ गया। उसने कहा कि देनीज़ का जब जी चाहे वह खेलने आ सकती है।

हम अक्सर शाम को वहाँ जाते थे, फ्रेडी, गे ओरलो और विल्डमर के उन दिनों के मजेव के जीवन में शामिल होने के लिए जाने के बाद। वे हमें प्रस्ताव देते थे कि हम उसके बाद *ल-एकीप* में या किसी और बंगले में 'दोस्तों के साथ जश्न' करने के लिए उनके साथ शामिल हो लें, लेकिन हम वापस वहाँ ऊपर जाना ज़्यादा पसंद करते थे। जॉर्ज—यह उस आदमी का नाम था—वह और उसकी पत्नी हमारी राह देखते थे। मुझे यकीन है कि उन लोगों को हम अच्छे लगते थे। हम लोग उसके साथ और उसके दो-तीन दोस्तों के साथ बिलियर्ड खेलते थे। लेकिन वह देनीज़ थी जो सबसे अच्छा खेलती थी। मुझे याद है वह, छरहरी, हाथ में बिलियर्ड की छड़ी, मुझे उसका मृदुल एशियाई चेहरा याद है, उसकी हल्के रंग की आँखें, ताँबे की छाँह लिए उसके हल्के भूरे बल खाते कमर तक के बाल...वह एक पुराना लाल रंग का स्वेटर पहनती थी जो फ्रेडी ने उसे दिया था।

हम देर तक जॉर्ज और उसकी बीवी के साथ गप्पें मारते रहते थे। जॉर्ज हमसे कहता था कि किसी भी दिन कोई हंगामा, पहचानपत्रों की जाँच होना तय था, क्योंकि मजेव में छुट्टियाँ बिताने के लिए बड़ी तादाद में आये हुए लोग खूब मौज-मस्ती कर रहे थे और अपनी तरफ़ ध्यान आकर्षित कर रहे थे। हम औरों के जैसे नहीं थे। किसी गड़बड़ी की सूरत में, उसकी बीवी और वह हमारी हिफ़ाज़त करेंगे...

देनीज़ ने मुझे चुपके से बताया था कि 'जॉर्ज' उसे उसके पिता की याद दिलाता था। अक्सर हम लोग अलाव जला लेते थे। इस नरमाहट और गरमाहट के माहौल में घंटों बीत जाते थे और हमें परिवार के बीच होने का एहसास होता था।

कभी-कभी जब बाकी लोग चले जाते थे, हम अकेले "क्रवा द्यू स्यूद" में रह जाते थे। बंगला बस हमारा होता था। मैं दोबारा वे निरभ्र रातें जीना चाहूँगा, जब हम निहारते रहते थे, नीचे, बर्फ़ में सफाई से तराशा हुआ गाँव जो दरअसल किसी गाँव का लघु चित्र प्रतीत होता था, उन खिलौनों में से एक जो दुकान के शीशों मे सजे होते हैं। उन रातों को सब कुछ सहज और आश्वस्त करने वाला लगता था और हम भविष्य के सपने बुनते थे। हम यहीं बस जायेंगे, हमारे बच्चे गाँव की पाठशाला में जाया करेंगे, ग्रीष्म का आगमन वहाँ से गुज़रने वाले मवेशियों की घंटियों के शोर से होगा...हम एक सुखद जीवन व्यतीत करेंगे, बगैर किसी अनहोनी के।

अन्य रातों को बर्फ़ गिरती रहती थी और मुझ पर घुटन हावी हो जाती थी। हम लोग, देनीज़ और मैं, कभी भी यहाँ से निकल नहीं पायेंगे। हम कैद हो गये थे, इस घाटी की तली में और आहिस्ता-आहिस्ता बर्फ़ हमें दफ़न कर लेगी। इन पहाड़ों से ज़्यादा हतोत्साहित करने वाला कोई नहीं हो सकता जो क्षितिज को अवरुद्ध कर देते हैं। एक संत्रास मुझको दबोच लेता था। तब मैं खिड़कीनुमा दरवाज़े खोल देता था और हम छज्जे पर निकल आते थे। चीड़ की खुशबू से सराबोर सर्द हवा मैं साँसों में भर लेता था। फिर मुझको डर नहीं लगता था। उसके विपरीत, एक तटस्थता, एक उदासीन विषाद का अनुभव होता था जो उन नज़ारों से जन्मता था। और उसके अन्दर हम लोग? मुझे लगता था कि हमारे हाव-भाव और हमारे जीवन की प्रतिध्वनि इस रूई में घुट के रह गयी है जो हल्के हिमकणों के रूप में हमारे चारों तरफ़ गिरती रहती है, गिरजाघर के बुर्ज पर, स्केटिंग के आँगन पर, उस सड़क पर जो घाटी के आर-पार एक अँधेरी लकीर की तरह खिंची थी।

फिर गे ओरलो और फ्रेडी ने शाम को बंगले पर लोगों को आमन्त्रित करना शुरू कर दिया। विल्डमर को अब पहचाने जाने का डर बिलकुल नहीं सताता था और वह जानता था कि वह एक बहुत उत्कृष्ट विदूषक है। लगभग दस लोग आते थे, अक्सर ज़्यादा, अनपेक्षित, आधी रात के करीब और किसी और बंगले में शुरू हुआ जश्न यहाँ अपने पूरे शबाब पर कायम रहता था। हम लोग उनसे दूर रहते थे लेकिन फ्रेडी इतनी विनम्रता से हमसे रुकने का अनुरोध करता था कि हम कभी-कभार उसकी बात मान लेते थे।

कुछ लोगों की धुँधली छवि मुझे अभी भी याद है। भूरे बालों वाला एक ज़िन्दादिल आदमी, जो हरदम 'पोकर' (ताश का एक खेल) की एक बाज़ी खेलने के लिए बुलाता था और लक्ज़मबर्ग में पंजीकृत गाड़ी में घूमता रहता था—एक कोई 'आँद्रे कार्ल' लाल स्वेटर में, सुनहरे बालों वाला, चेहरा क्रॉस-कंट्री स्की करने से धूप में झुलसा हुआ—एक और शख्स, काफ़ी तगड़ा, सिर से पाँव तक काले मखमल से ढँका हुआ, और मेरी स्मृति में एक मोटे भँवरे की तरह वह निरन्तर परिक्रमा करता रहता था... मनचले हुस्न जिनमें थीं 'जैकलीन' और एक 'श्रीमती कॉम्पां'।

ऐसी शामों में अक्सर, वे अचानक बैठक वाले कमरे की बत्ती बुझा देते थे या फिर एक जोड़ा किसी कमरे के एकान्त में चला जाता था।

फिर यह 'किरील', जिसे गे ओरलो ने सालाँश स्टेशन पर पहचाना था और जिसने हमें अपनी गाड़ी इस्तेमाल करने का प्रस्ताव दिया था। वह रूसी था, एक फ्राँसीसी लड़की से शादी की थी, बेहद खूबसूरत लड़की। मुझे यकीन है कि वह अलमुनियम और रंग के डिब्बों में कुछ अवैध सामान का धन्धा करता था। बंगले से, वह अक्सर पेरिस टेलीफ़ोन लगा कर बात करता था और मैं बार-बार फ्रेडी से कहता था कि ये टेलीफ़ोनी बातचीत हमारी ओर ध्यान खींच लेगी, लेकिन विल्डमर की तरह फ्रेडी के मन में भी किसी किस्म की सावधानी का ख़याल उड़नछू हो गया था।

'किरील' और उसकी बीवी ही थे जो एक दिन शाम को बंगले पर बॉब बस्सों और किसी 'अलेख व्रेजे' को ले कर आये। बस्सों स्की प्रशिक्षंक था और नामीगिरामी हस्तियाँ उसके आसामी रहे थे। वह स्की-कूद का अभ्यास करता था और एक बुरी दुर्घटना ने उसके चेहरे को घाव की सीवनों से भर दिया था। वह हल्का सा लंगड़ाता था। छोटे कद का, भूरे बालों वाला आदमी, जन्मजात मजेव का। वह पीता था, लेकिन शराब सवेरे आठ बजे से उसके स्की करने में बाधक कभी नहीं बनती थी। अपने स्की प्रशिक्षक के पेशे के अलावा वह आपूर्ति विभाग में एक पदभार सँभालता था और इस ओहदे की बदौलत उसे एक गाड़ी मिली हुई थी, वही काली वाली जिसे मैंने हमारे सालांश पहुँचने पर गौर किया था। व्रेजे, एक युवा रूसी, जिससे गे ओरलो पहले ही पेरिस में मिल चुकी थी,

बारम्बार मजेव में डेरा डाला करता था। लगता था कि उसकी जीविका के साधन उसकी वाक्पटुता, टायरों और पुर्जों के क्रय और पुन: विक्रय करना था क्योंकि वह भी बंगले से पेरिस टेलीफ़ोन करता था और मैंने हमेशा उसे किसी रहस्यमयी 'कोमेत के गैराज' को फोन करते हुए सुना था।

क्यों उस शाम को मैंने व्रेजे से जान-पहचान बनायी? शायद इसलिए कि वह मिलनसार था। उसकी नज़र निष्कपट थी और एक भोलापन झलकता था। मामूली सी बात पर भी उसको हँसी आती थी। शिष्टता ऐसी कि आपसे पूछते न थके कि "आप आराम से तो हैं", कि "आप क्या कुछ पीना चाहेंगे", कि "आप क्या इस कुर्सी की बजाय सोफ़े पर बैठना पसंद नहीं करेंगे", कि "बीती रात क्या आपको अच्छे से नींद आयी"...एक अन्दाज़, मानो आपके मुँह से निकले हर शब्द को फूल की तरह चुन रहा हो, आँखें गोल किये, माथे पर सिलवट, जैसे कि आप देववाणी उच्चारित कर रहे हों।

उसको समझ में आ गया था कि हमारे हालात क्या थे और बहुत जल्दी ही मुझसे पूछा था कि हमारा इरादा क्या लम्बे समय तक 'इन पहाड़ों' में रहने का था। जैसा कि मैंने उसे जवाब दिया कि हमारे पास कोई चारा नहीं था, उसने आहिस्ते से मुझे जताया था कि उसे एक तरकीब मालूम थी, गुप्त रूप से स्विट्ज़रलैंड की सरहद पार जाने की। क्या मुझे उसमें दिलचस्पी थी?

मैं एक क्षण को झिझका फिर हामी भर दी।

उसने मुझसे कहा कि प्रति व्यक्ति 50,000 फ्रैंक का अन्दाज़ लगाना पड़ेगा और बताया कि बस्सों इस काम में माहिर था। उसने और बस्सों ने ज़िम्मा लिया हमें गाड़ी में सरहद के नज़दीक एक बिन्दु तक ले जाने का, जहाँ एक अनुभवी सरहद पार कराने वाला, उनका एक दोस्त यह ज़िम्मा ले लेगा। उन्होंने इस तरह से दसेक लोगों को स्विट्ज़रलैंड में घुसवाया था जिनके नामों का वे उल्लेख करते रहते थे। मेरे पास इस पर विचार करने का वक्त था। वे फिर से पेरिस जा रहे थे लेकिन आने वाले सप्ताह में वापस लौटने वाले थे। उन्होंने मुझको पेरिस का एक नम्बर दिया : AUTeuil 54-73 जहाँ शीघ्र कोई निर्णय ले लेने की स्थिति में, मैं उनसे सम्पर्क कर सकता था।

मैंने इस विषय में गे ओरलो, फ्रेडी और विल्डमर से बात की। गे ओरलो

अचम्भित लग रही थी कि 'व्रेजे' सरहद पार करवाने के कामों में मुब्तला था, वह उसको सिर्फ़ एक छिछोरे, लेन-देन पर जीवन बसर करने वाले नौजवान के रूप में देखती थी। फ्रेडी का ख़याल था कि फ्राँस त्यागना व्यर्थ था क्योंकि हमारे डोमिनिकन पासपोर्ट हमारी रक्षा कर रहे थे। विल्डमर को व्रेजे में एक 'जिगोलो' दिखता था, मगर बस्सों खासकर उसको बिलकुल अच्छा नहीं लगता था। उसने दावा किया कि उसके चेहरे पर घाव के चिह्न नकली थे और यह कि वह हर रोज़ सुबह खुद ही मेकअप से उन्हें बनाता था। खिलाड़ी प्रतिद्वंदिता? नहीं, सचमुच, उसे बस्सों बर्दाश्त नहीं होता था, जिसे उसने एक नाम दिया था : 'पेपर मैशे'। देनीज़ को लगता था कि व्रेजे 'शरीफ़' था।

इस सम्बन्ध में फैसला जल्दी कर लिया गया। बर्फ़बारी की वजह से। एक हफ्ते से हिमपात रुक नहीं रहा था। मुझे फिर से उस घुटन का एहसास होने लगा जो मैंने पहले पेरिस में महसूस की थी। मैंने खुद से कहा कि अगर मैं यहाँ पर और अधिक लम्बे समय तक रहा तब हम फँस जायेंगे। मैंने देनीज़ को बताया कि मुझे कैसा महसूस हो रहा है।

व्रेजे अगले हफ्ते लौट आया। हम लोगों ने आपस में तय किया और हमने उसके और बस्सों के साथ सरहद पार करने की योजना पर विचार-विमर्श किया। व्रेजे पहले कभी मुझे इतना मेहरबान, इतना भरोसेमंद नहीं लगा था। उसका कन्धे थपथपाने का दोस्ताना अन्दाज़, हल्के रंग की उसकी आँखें, उसके उजले दाँत, उसकी आतुरता, यह सब कुछ मुझे अच्छा लगता था, जबकि गे ओरलो अक्सर हँसी में मुझे कहती थी कि रूस और पोलैंड के लोगों पर कभी भरोसा नहीं करना चाहिये।

उस दिन तड़के सवेरे, हमने, देनीज़ और मैंने, अपना सामान बाँधा। बाकी सब अभी तक सो रहे थे और हमें उन्हें जगाने का मन नहीं किया। मैंने फ्रेडी के लिए एक संदेश छोड़ दिया।

वे लोग सड़क के किनारे हमारा इन्तज़ार कर रहे थे, बस्सों की काली गाड़ी में, वही गाड़ी जो मैंने पहले ही सालाँश में देखी थी। व्रेजे चालक सीट पर था, बस्सों उसके बगल में बैठा हुआ था। मैंने अपना सामान लादने के लिए अपनेआप ही गाड़ी की डिक्की को खोला और हम गाड़ी की पिछली

सीट पर बैठ गये।

पूरे सफर के दौरान, हम लोगों ने बात नहीं की। व्रेजे घबराया हुआ लग रहा था।

बर्फ़ गिर रही थी। व्रेजे धीरे-धीरे गाड़ी चला रहा था। हम लोग पहाड़ के सँकरे रास्तों पर चल रहे थे। खासा दो घंटे का सफर रहा।

वह तो जब व्रेजे ने गाड़ी रोकी और मुझसे पैसे माँगे तब मुझको हल्का सा पूर्वाभास हुआ। मैंने उसे नोटों की गड्डियाँ पकड़ायीं। उसने उन्हें गिना। फिर वह हमारी ओर मुड़ा और मुस्कुराया। उसने कहा कि अब हम लोग एहतियात के तौर पर, सरहद पार जाने के लिए, एक-दूसरे से अलग होने वाले हैं। मैं बस्सों के साथ जाऊँगा, वह देनीज़ और सामान के साथ। हम लोग एक घंटे में फिर से उस पार, उसके दोस्तों के घर पर मिलेंगे...वह अभी भी मुस्कुरा रहा था। एक विचित्र मुस्कुराहट जो अभी भी मेरे सपनों में आती है।

मैं बस्सों के साथ गाड़ी से उतर गया। देनीज़ आगे बैठ गयी, व्रेजे के बगल में। मैं उसे देख रहा था, और फिर से एक पूर्वाभास ने मेरे दिल को कचोटा। मेरा मन हुआ कि गाड़ी का दरवाज़ा खोलूँ और उससे कहूँ कि उतर जाये। हम लोग चले गये होते, हम दोनों। लेकिन मैंने सोचा कि शक करना मेरी फ़ितरत में है और मैं ख्वामखाह उल्टा-सीधा सोच रहा हूँ। देनीज़ आश्वस्त और ख़ुश लग रही थी। हाथ उठा कर, उसने मेरी ओर हवा में एक चुम्बन फेंका।

उस दिन सुबह, उसने एक फ़र कोट, जाकार्ड स्वेटर और फ्रेडी की दी हुई स्की वाली पतलून पहनी हुई थी। वह छब्बीस वर्ष की थी, हल्के अखरोटी रंग के बाल, हरी आँखें और कद पाँच फीट-पाँच इंच था। हमारे पास ज़्यादा सामान नहीं था : दो चमड़े के बैग और एक गहरे भूरे रंग का सूटकेस।

व्रेजे, अभी भी मुस्कुरा रहा था, उसने इंजन चालू किया। मैंने देनीज़ को हाथ हिलाया, वह खिड़की का शीशा नीचे कर के, सिर बाहर निकाले हुए थी। मैंने नज़रों से, दूर होती जा रही गाड़ी का पीछा किया। अब वहाँ पर एक छोटे से काले बिन्दु के सिवाय कुछ नहीं था।

मैंने बस्सों के पीछे चलना शुरू कर दिया। मैं उसकी पीठ और बर्फ़ पर

उसके कदमों की छाप को गौर से देख रहा था। अचानक उसने मुझसे कहा कि चूँकि हम सरहद के करीब पहुँच रहे हैं, वह आगे जाकर पता लगायेगा। उसने मुझसे इन्तज़ार करने के लिए कहा।

दस मिनट बीतते-बीतते मुझे समझ में आ गया कि वह नहीं आयेगा। क्यों मैंने देनीज़ को इस दांव में घसीटा? अपनी पूरी ताकत लगा कर मैं इस ख़याल को मन से निकालने की कोशिश कर रहा था कि व्रेजे उसको भी कहीं पटक देगा और हम दोनों का कोई निशान नहीं बचेगा।

बर्फ़ अभी भी गिर रही थी। मैं चलता रहा, व्यर्थ किसी संकेत की तलाश में। मैं घंटों चलता रहा। और फिर, अन्ततः मैं बर्फ़ पर लेट गया। मेरे चारों तरफ़ था श्वेत, सिर्फ़ श्वेत और कुछ नहीं।

# 38

सालाँश में, मैं ट्रेन से नीचे उतरा। सूरज निकला हुआ था। स्टेशन के चौक पर, एक बस इन्तज़ार कर रही थी, इंजन चालू था। एक इकलौती टैक्सी, डी एस 19, फुटपाथ के किनारे पर लगी हुई थी। मैं उसमें चढ़ गया।

''मजेव,'' मैंने चालक से कहा।

उसने इंजन चालू किया। लगभग साठ साल का एक आदमी, बाल काले-सफ़ेद खिचड़ी, उसने फ़र के किनारों वाली एक जैकेट पहनी हुई थी जिसके कॉलर के फ़र घिसे हुए थे। वह कोई टॉफी चूस रहा था।

''अच्छा मौसम है, नहीं?'' उसने कहा।

''जी हाँ...''

मैं खिड़की से देख रहा था और जिस सड़क पर हम जा रहे थे, बगैर बर्फ़ के वह रास्ता, मैं पहचानने की कोशिश कर रहा था। वह ज़रा भी पुराने

दिनों जैसा नहीं लग रहा था। चीज़ों और घास के विशाल मैदानों पर सूरज, सड़क के ऊपर, पेड़ों से बने मेहराब, ये किस्म-किस्म की हरियाली देख कर मुझे आश्चर्य हो रहा था।

''मुझको ये दृश्य एकदम पहचान में नहीं आ रहे हैं,'' मैंने चालक से कहा।

''आप पहले यहाँ आ चुके हैं?''

''जी। एक मुद्दत हुई...मगर बर्फ़ में...''

''बर्फ़ में, वह एकदम अलग बात है।''

उसने अपनी जेब से एक छोटा, गोल, धातु का डिब्बा निकाला जिसे उसने मेरी ओर बढ़ाया।

''आप एक वाल्दा लेंगे?''

''शुक्रिया।''

उसने भी एक लिया।

''मैंने एक हफ़्ते से सिगरेट पीनी छोड़ रखी है...मेरे डॉक्टर ने वाल्दा चूसने की सलाह दी है...आप सिगरेट पीते हैं?''

''मैंने भी छोड़ दी है...बताइये मुझे...आप मजेव के हैं?''

''जी, जनाब।''

''मैं कुछ लोगों को जानता था मजेव में...मैं जानना चाहूँगा कि उनका क्या हुआ...जैसे कि मेरी एक शख़्स से मुलाकात हुई थी जिसका नाम था बॉब बस्सों...''

उसने गाड़ी धीमी की और मेरी तरफ़ मुड़ा।

''रॉबर्ट? वह प्रशिक्षक?''

''जी।''

उसने सिर हिलाया।

''मैं पाठशाला में उसके साथ था।''

''उसका क्या हुआ?''

''वह मर गया। कुछ वर्ष हुए स्की-कूद करने में मारा गया।''

''अच्छा...''

''वह कोई अच्छा काम कर सकता था...लेकिन...आपकी उससे जान-पहचान थी?''

''बहुत अच्छी तरह नहीं।''

''रॉबर्ट का दिमाग बहुत कम उम्र में घूम गया था, उसके ग्राहकों की वजह से...''

उसने स्टील का डिब्बा खोला और एक टॉफी खायी।

''वह मौके पर ही खत्म हो गया था...कूद लगाते हुए...''

एक बस हमारे पीछे आ रही थी, कोई बीस ग़ज पर थी। आसमानी नीली बस।

''उसकी एक रूसी आदमी के साथ बहुत दोस्ती थी, नहीं?'' मैंने पूछा।

''रूसी? बस्सों की दोस्ती रूसी आदमी के साथ?''

जो मैं कहना चाह रहा था वह उसकी समझ में नहीं आ रहा था।

''जानते हैं, बस्सों असल में एक बहुत अच्छा आदमी नहीं था...खराब मानसिकता थी उसकी...''

मैं समझ गया कि वह बस्सों के विषय में और कुछ नहीं बोलेगा।

''मजेव में आप वह बंगला जानते हैं जिसका नाम ''क्वा द्यू स्यूद'' है?

''क्वा द्यू स्यूद?...बहुत सारे बंगले हैं जिनके इस किस्म के नाम हैं...''

उसने फिर से मेरी तरफ़ टॉफियों वाला डिब्बा बढ़ाया। मैंने एक टॉफी ले ली।

''वह बंगला, एक सड़क के ऊपर लटका हुआ सा था,'' मैंने कहा।

"कौन सी सड़क?"

हाँ, कौन सी सड़क? वह जो मेरी स्मृति में मुझे दिखता था, वह पहाड़ की किसी भी अन्य सड़क से मेल खा रहा था। कैसे ढूँढें उसे? और सम्भवत: उस बंगले का अस्तित्व ही न हो अब। और अगर अब वह अस्तित्व में नहीं है...

मैं ड्राइवर की तरफ़ झुका। मेरी ठुड्डी उसके जैकेट के फ़र के कॉलर को छूने लगी थी।

"मुझे वापस सालाँश के स्टेशन पर पहुँचा दीजिये," मैंने कहा।

वह मेरी तरफ़ मुड़ा। वह अचम्भित लग रहा था।

"जैसी आपकी इच्छा, मुँस्यूर।"

# 39

विषय : हावर्ड द ल्यूज़, अलफ्रेड जाँ।

जन्म : पोर्ट लुई (मॉरिशस) में 30 जुलाई 1912 को, संतान हावर्ड द ल्यूज़, जोज़ेफ़ सिम्टी व लुईज़, जन्म से फ़ुकरो।

राष्ट्रीयता : अंग्रेज़ (तथा अमरीकन)

श्री हावर्ड द ल्यूज़ का निवास फ्राँस में निम्नलिखित स्थानों पर रहा :

शातो सैं-लाज़ार, वालब्रज़ (ऑर्न)

23, रेनुआर्र मार्ग, पेरिस-16

होटल शातोब्रियाँ, सीर्क मार्ग, पेरिस-8

56, मोन्तान्य एवेन्यू, पेरिस-8

25, मारेशाल-लिओते एवेन्यू, पेरिस-16

श्री हावर्ड द ल्यूज़, अलफ्रेड जाँ का पेरिस में कोई सुनिश्चित पेशा/व्यवसाय नहीं था।

सन् 1934 से 1939 तक वह प्रमाणित रूप से फ्राँस में निवास कर रहे एक यूनानी, नामित जिमी पेद्रो स्टर्न के लिए पुराने असबाब के ग्राहकों की खोज और उनके विक्रय के काम में पूर्णतः समर्पित रहे और इसी समय, अमरीका की एक लम्बी यात्रा पर गये, जो उनकी दादी का जन्मस्थान था।

ऐसा प्रतीत होता है कि मॉरिशस के एक फ्राँसीसी पविार से सम्बद्ध होने के बावजूद श्री हावर्ड द ल्यूज़ को दोहरी नागरिकता, अंग्रेज़ी और अमरीकन का लाभ मिला हुआ था।

सन् 1950 में हावर्ड द ल्यूज़ ने पोलीनेशिया के पाडीपी द्वीप, बोरा-बोरा के पास (सोसाइटी द्वीप) में बसने के लिए फ्राँस त्याग दिया।

इस ज्ञापन के साथ निम्नलिखित सन्देश संलग्न था :

> महाशय, हावर्ड द ल्यूज़ से सम्बद्ध जानकारियाँ जो हमारे पास उपलब्ध हैं, उसकी सूचना देने में विलम्ब के लिए क्षमा चाहूँगा। इन विवरणों को खोजना जटिल था : चूँकि श्री हावर्ड ल्यूज़ अंग्रेज़ (या अमरीकन) नागरिक थे, उनका पता ठिकाना कदाचित् ही हमारे विभागों और दफ़्तरों में होगा।
>
> आपको और ह्यूट को मेरा स्नेह भरा नमस्कार।
>
> जे-पी बेरनार्डी

# 40

"मेरे प्रिय ह्यूट, मैं अगले सप्ताह पेरिस छोड़ कर, एक प्रशांत महासागरीय द्वीप जा रहा हूँ, संयोग अच्छा हुआ तो मुझे एक व्यक्ति मिल सकता

है, जो मुझे मेरे पिछले जीवन के बारे में कुछ जानकारियाँ दे सकता है। यह एक बचपन का साथी है।

अभी तक सब कुछ इतना गड्ड-मड्ड है, ऐसा टुकड़े-टुकड़े में...मेरी तलाश के दौरान, कुछ धज्जियाँ, कुछ कतरनें अचानक मेरे ज़ेहन में आती रहती हैं... लेकिन आख़िरकार, शायद यही तो है जीवन।

क्या वाकई यह मेरी ज़िन्दगी थी जिसे मैं ढूँढ रहा हूँ? या किसी और की थी जिसमें मैं समाहित हो गया था?

मैं वहाँ से आपको लिखूँगा।

मैं आशा करता हूँ कि वहाँ नीस में, सब कुशल मंगल है और आपको पुस्तकालय में वह पद मिल गया है जिसकी आपको प्रबल कामना थी, वह जगह जो आपको आपके बचपन की याद दिलाती है।''

# 41

AUTeuil 54-73 : कोमेत का गैराज -

5, फ़ूको मार्ग, पेरिस 16।

# 42

एक सड़क जहाँ से घाट दिखता है, त्रोकादेरो के बागानों से पहले, और ऐसा लगा कि वाल्डो ब्लंट, अमरीकन पियानोवादक इस सड़क पर रहता था जिसके साथ मैं उसके घर तक गया था और जो गे ओरलो का

पहला पति था।

गैराज लम्बे अरसे से बन्द था, उसके बड़े जंग लगे फाटक से यह अनुमान लगाया जा सकता था। उसके ऊपर, स्लेटी दीवार पर, अभी भी पढ़ा जा सकता था, हालाँकि नीले अक्षर आधे मिट चुके थे : कोमेत का गैराज।

पहली मंज़िल पर, दाहिनी ओर, एक खिड़की थी जिस पर नारंगी परदा झूल रहा था। किसी शयनकक्ष की खिड़की थी? कोई ऑफिस? वह रूसी क्या इसी कमरे में था जब मैंने उसे मजेव से फोन नम्बर AUTeuil 54-73 मिलाया था? क्या काम करता था वह कोमेत के गैराज में? कैसे पता चलेगा यह? आज जब मैं इस लावारिस इमारत के सामने खड़ा हूँ, सब कुछ एक भूले-बिसरे ज़माने की बात लग रही थी...

मैं वहाँ से पलटा और एक पल के लिए घाट पर ठहरा रहा। मैं सेन नदी के दूसरे किनारे पर, शाँ-द-मार्स के पास कतार में जाती गाड़ियों और बत्तियों को देख रहा था। मेरी ज़िन्दगी के कुछ अवशेष शायद अभी भी वहाँ पर बचे हुए हों, बागानों के साथ लगे एक छोटे से फ्लैट में, कोई व्यक्ति जिससे मेरा परिचय हुआ हो और जिसको अभी भी मैं याद होऊँ।

# 43

रयूद मार्ग और साइगों मार्ग के कोने पर निचली मंज़िल की खिड़कियों में से एक खिड़की में एक औरत खड़ी थी। धूप भरा दिन है और थोड़ी और दूरी पर, बच्चे फुटपाथ पर गेंद खेल रहे हैं। बच्चे निरन्तर चिल्ला रहे हैं : ''पेद्रो,'' क्योंकि उनमें से एक का नाम है यह और बाकी बच्चे खेलने के बीच में उसे ललकार रहे हैं। और स्पष्ट, खनखनाती आवाज़ों में उच्चारित यह ''पेद्रो,'' शब्द कुछ अनोखे ढंग से सड़क में गूँज रहा है।

अपनी खिड़की से वह बच्चों को नहीं देख रही है। पेद्रो। वह किसी

को जानती थी जो इसी नाम से पुकारा जाता था, बहुत पहले। वह याद करने की कोशिश कर रही है कि किस दौर की बात होगी, जबकि बच्चों का चिचियाना, हँसना, दीवार पर पड़ती गेंद की धप्प का शोर उस तक पहुँच रहा है। बेशक। यह वह दौर था जब वह मॉडलिंग करती थी, आलेक्स मागी के पास। वह किसी देनीज़ से मिली थी, जिसके बाल सुनहरे थे और चेहरे में एशियाई झलक। और वह भी कपड़ों की सिलाई-कढ़ाई का काम करती थी। उन दोनों में फौरन दोस्ती हो गयी थी।

देनीज़ एक आदमी के साथ रहती थी, जिसका नाम था पेद्रो। बिना शक, एक दक्षिण अमरीकी था। दरअसल उसको याद है कि यह पेद्रो किसी वाणिज्यिक दूताावास में काम करता था। ऊँचे कद का, बाल भूरे थे, उसका चेहरा उसे बहुत साफ़-साफ़ याद है। वह उसे आज भी पहचान लेती लेकिन उस पर ज़रूर उम्र का असर दिखने लगा होगा।

एक दिन शाम को, वे दोनों यहाँ आये थे, उसके घर, साइगों मार्ग पर। उसने कुछ मित्रों को रात के खाने पर आमन्त्रित किया था। जापानी अभिनेता और उसकी पत्नी जिसके बाल मूँगिया सुनहरे रंग के थे, वे लोग बिलकुल नज़दीक में ही रहते थे शालग्राँ मार्ग पर, एवलीन, भूरे बालों वाली जिससे उसकी पहचान आलेक्स मागी के यहाँ हुई थी, उसके साथ एक नौज़वान था कुम्हलाया हुआ सा, एक और व्यक्ति मगर वह भूल गयी थी कौन, और जाँ-क्लोद, बेल्जियम का रहने वाला, जो उससे प्रणय-निवेदन करता रहता था... शाम बेहद खुशनुमा थी। उस रोज़ उसने सोचा था कि देनीज़ और पेद्रो की जोड़ी ख़ूबसूरत थी।

एक बच्चे ने हवा में गेंद पकड़ ली, उसे सीने में दबा कर, बड़े- बड़े डग भरते हुए बाकियों से दूर जा रहा है। वह उन्हें अपनी खिड़की के आगे दौड़ते हुए देख रही है। जिसने गेंद पकड़ी हुई है वह ग्राँत-आर्मे एवेन्यू में घुस रहा है, हाँफता हुआ। वह सड़क पार कर रहा है, गेंद अभी भी सीने से चिपकाये। बाकी सब उसका पीछा करने की जुर्रत नहीं कर रहे हैं, बस खड़े हैं बुत की तरह, उसको सामने वाली फुटपाथ पर दौड़ते हुए देख रहे हैं। उसने गेंद को पैर से मारा। सूर्य की किरणों से साइकिल की दुकान के आगे सजायी गयी,

सड़क पर यहाँ से वहाँ तक खड़ी साइकिलें चमचमा रही हैं।

वह औरों को भूल गया। गेंद के साथ वह अकेला दौड़ रहा है और दाहिने आनातोल-द-ला-फोर्ज मार्ग में, गेंद पटकते हुए जा रहा है।

# 44

मैंने अपना माथा जहाज़ की गोल छोटी खिड़की के सहारे टिका दिया। दो आदमी पुल पर गपशप लड़ाते हुए और चाँदनी उनके चेहरों को चमका रही थी।

मैं सो नहीं पा रहा था। हालाँकि अब हिचकोले नहीं लग रहे थे। मैं एक-एक करके अपनी, हम सभी की तस्वीरें देख रहा था, देनीज़ की, फ्रेडी की, गे ओरलो की और जैसे-जैसे जहाज़ अपने सफ़र पर बढ़ता जा रहा था, उनकी वास्तविकता आहिस्ता-आहिस्ता गुम होती जा रही थी। क्या उन सबका अस्तित्व था कभी? मेरी स्मृतियों में लोगों की बतायी हुई बात आ रही है, जो फ्रेडी के काम के बारे में कही गयी थी। वह 'जाँ जिलबर का विश्वासपात्र' रह चुका था। और ये शब्द मेरे मनसपटल पर एक छवि बनाते थे : किसी हवेली का, परित्यक्त बाग, दो आदमी बगल-बगल चलते हुए, एक टेनिस का मैदान है, जिस पर सूखे पत्ते और टूटी टहनियाँ बिछी हुई हैं, उन दोनों में से लम्बा वाला आदमी—फ्रेडी—दूसरे वाले की तरफ़ झुका है जो ज़रूर उससे दबी आवाज़ में बात कर रहा होगा और निश्चित तौर पर वह जाँ जिलबर था।

बाद में, मुझे गलियारे में एक अफरा-तफरी, ऊँची आवाज़ें और ठहाके सुनायी पड़े। लोग आपस में एक तुरही के लिए झगड़ रहे थे 'ओप्रे द मा ब्लोंद' का मुखड़ा बजाने के लिए। मेरे केबिन के बगल वाली केबिन का दरवाज़ा धड़ाम से बन्द हुआ। अन्दर वे बड़ी संख्या में थे। फिर से ठहाकों की, आपस में टकराते गिलासों की खनखनाहट, धौंकनी सी साँसें, मन्द-मन्द

और देर तक कराहने की आवाज़ें...

कोई एक छोटी सी घंटी हिलाते हुए गलियारे में घूम रहा था और भजनमंडली के बच्चे जैसी महीन आवाज़ में दोहराये जा रहा था कि हम लोग सीमा के दूसरी तरफ़ पहुँच गये थे।

# 45

वहाँ पर, जहाजों की लाल रोशनी का सिलसिला सा बँधा हुआ था और जिसे देखने पर, पहले लग रहा था कि वे हवा में लटक रहे हैं, फिर समझ में आया कि हम लोग समुद्र तट के साथ चल रहे हैं। लग रहा था कि ये गहरे नीले रंग के रेशम के पहाड़ थे। चट्टानों को पार करने के बाद था नीरव जल।

हम लोग पापीती के बन्दरगाह पर पहुँच रहे थे।

# 46

मुझे किसी फ्रीबुर्ग से सम्पर्क करने को कहा गया था। वह तीस वर्षों से बोरा बोरा में रह रहा था और प्रशांत महासागर पर डॉक्यूमेंटरी फिल्में बनाता था, जिसे पेरिस के प्लेयेल हॉल में दिखाने का रिवाज़ बना रखा था। वह उन आदमियों में से एक था जिनको मध्य और दक्षिणी महासागर का सबसे अच्छा ज्ञान था।

मुझे उसको फ्रेडी की तस्वीर तक दिखाने की ज़रूरत नहीं पड़ी। वह उससे कई दफ़ा मिल चुका था, जब वह पाडीपी द्वीप के तट पर आता था। उसका

वर्णन वह मुझसे एक साढ़े छः फुट के आदमी के रूप में कर रहा था, जो कभी अपने द्वीप को छोड़ता नहीं था, या फिर अकेले अपनी नाव पर, एक दो मस्तूल के जहाज़ पर निकल जाता था, जिस पर सवार होकर वह लम्बी यात्राएँ करता था, टुआमेट्स के प्रवालद्वीपों के पार, और मार्केसास द्वीपों तक भी।

फ्रीबुर्ग ने मुझे अपने साथ पाडीपी द्वीप ले जाने का सुझाव दिया। हम लोग एक किस्म की मछली पकड़ने वाली नाव पर सवार हो गये। एक स्थूलकाय माओरी (न्यूज़ीलैंड का मूल निवासी, पॉलीनेशियन कुटुम्ब) हमारे साथ हो लिया था जो फ्रीबुर्ग को पल भर के लिए भी छोड़ नहीं रहा था। मेरा यकीन है कि वे इकट्ठे रहते थे। विचित्र जोड़ी थी, यह छोटा सा आदमी दिखने में पूर्व स्काउट प्रमुख की तरह, गोल्फ की उधड़ी सी निकर और आधी बाँह की कमीज़ में, धातु की कमानी वाला चश्मा लगाये और धूप में तपा हुआ मोटा माओरी। इसने लुँगी और आसमानी नीले रंग का सूती कुर्ता पहना हुआ था। इस समुद्री सफ़र के दौरान, एक किशोर सदृश मीठी आवाज़ में उसने मुझे बतलाया कि उसने एलेन जेरबो के साथ फुटबॉल खेला था।

## 47

द्वीप पर, हम लोग घास से पाटी हुई एक पगडंडी पर चल रहे थे जिसके दोनों ओर नारियल के और इस द्वीप के ख़ास गोलाकार फलों वाले पेड़ों की झालर बनी हुई थी। कुछ-कुछ दूरी पर, हमारे जितनी ऊँची एक सफ़ेद दीवार, उद्यान की सीमा निर्धारित कर रही थी। इसके बीचोंबीच एक मकान खड़ा था—वैसा ही—एक बरामदा और अलमुनियम की चादर की छत, हरे रंग से रंगी हुई।

हम लोग कँटीली बाड़ों से घिरे, एक विशाल घास के मैदान में निकल आये। बायीं तरफ़, किनारों के साथ छप्पर लगे हुए थे, उनके बीच गुलाबीपन लिए हुए बादामी रंग की एक दोमंज़िली इमारत थी। फ्रीबुर्ग ने मुझे बताया

कि वह एक पुराना छोटा हवाई अड्डा था, प्रशान्त महासागर में युद्ध के दौरान अमरीकियों द्वारा निर्मित, और वहीं पर फ्रेडी रहता था।

हम लोग दोमंज़िली इमारत के अन्दर गये। निचली मंज़िल पर, एक शयनकक्ष था, एक पलंग लगा था, एक मच्छरदानी, एक लिखने-पढ़ने वाली मेज़ और एक बेंत की बाँह वाली कुर्सी। एक दरवाज़े से एक कामचलाऊ स्नानागार का रास्ता था।

पहली और दूसरी मंज़िल पर, कमरे खाली थे और खिड़कियों से चौकोर शीशे गायब थे। गलियारों के बीच में मलबे थे। किसी ने एक दीवार पर दक्षिणी प्रशान्त का एक सेना वाला नक्शा लटकता हुआ छोड़ दिया था।

हम लोग शयन कक्ष में वापस आ गये जो ज़रूर फ्रेडी का शयनकक्ष होगा। भूरे पंखों वाली चिड़ियाँ आधी खुली खिड़की से अन्दर सरकती आ रही थीं और पलंग पर, मेज़ पर, दरवाज़े के पास लगे किताबों के आलों पर कतार में सट कर बैठ रही थीं। वे बड़ी संख्या में अन्दर आती चली जा रही थीं। फ्रीबुर्ग ने मुझसे कहा कि वे मालुकू द्वीप की श्यामापक्षी थीं और वे सब कुछ कुतर जाती थीं—कागज़, लकड़ी, दीवारें और यहाँ तक कि मकान भी।

एक आदमी कमरे के अन्दर आया। उसने लुँगी पहनी हुई थी और उसकी दाढ़ी सफ़ेद थी। उसने मोटे माओरी से बात की जो फ्रीबुर्ग के साथ साये की तरह चिपका हुआ था और यह मोटा आदमी हल्का सा डोलते हुए अनुवाद कर रहा था। करीब पन्द्रह दिनों पहले वह दो मस्तूल वाला जहाज़, जिस पर फ्रेडी मार्केसास तक की यात्रा करना चाहता था, वापस आकर द्वीप से टकरा गया था और फ्रेडी उस पर नहीं था।

उसने हमसे पूछा कि क्या हम वह नाव देखना चाहते थे और हमें लेकर सागर के किनारे पर गया। नाव वहाँ पर थी, मस्तूल क्षत था और उसकी दोनों दीवारों पर ट्रक के पुराने टायर लगाये हुए थे उसकी सुरक्षा के लिए।

फ्रीबुर्ग ने बल देकर कहा कि हम लोग वापस लौटते ही प्रशासन से तफ्तीश करवाने की माँग करेंगे। आसमानी नीले कुर्ते में मोटा माओरी दूसरे वाले आदमी से कर्णभेदी आवाज़ में बात कर रहा था। जल्दी ही, मैंने उनकी

तरफ़ ध्यान देना ही छोड़ दिया।

मुझे मालूम नहीं है कि मैं कितनी देर तक इस सागर तट पर रहा। मैं फ्रेडी के बारे में सोच रहा था। नहीं, वह निश्चित ही समुद्र में विलीन नहीं हुआ था। बगैर किसी शुबहे के, उसने यकीनन आखिरी कड़ियाँ तोड़ने का यह निर्णय लिया होगा और ज़रूर किसी प्रवालद्वीप में छुपा हुआ होगा। और अब एक आखिरी कदम उठाना बाकी था : अपने पुराने पते पर जाना, रोम में, अँधेरी दुकानों वाली गली नम्बर 2

शाम ढल गयी थी। समुद्र धीरे-धीरे शिथिल पड़ गया था, कुछ इस तरह कि उसका हरा रंग फीका पड़ गया था। पानी पर टिमटिमाती तरंगों पर अभी भी, बैंगनी स्लेटी परछाइयाँ दौड़ रही थीं।

मैंने अपनी जेब से यंत्रवत् वे तस्वीरें निकाल ली थीं, हमारी तस्वीरें जो मैं फ्रेडी को दिखाना चाहता था और इन तस्वीरों में एक थी गे ओरलो की तस्वीर, छोटी बच्ची वाली। उस वक्त तक मैंने गौर नहीं किया था कि उस तस्वीर में वह रो रही थी। इस बात का अन्दाज़ा, उसकी भवों की सिकुड़न से लगाया जा सकता था। एक क्षण के लिए मेरे ख़याल, मुझे इस खाड़ी से दूर ले गये, दुनिया के दूसरे छोर पर, दक्षिण रूस के एक समुद्र तटीय शहर में, जहाँ एक लम्बे अरसे पहले यह तस्वीर खींची गयी थी। एक छोटी सी लड़की, गोधूलि वेला में, अपनी माँ के साथ तट से लौट रही है। वह बिना बात के रो रही है क्योंकि वह अभी और खेलना चाहती होगी। वह नज़रों से ओझल होती जा रही है। अब तक वह सड़क के कोने से मुड़ चुकी है और हमारी ज़िन्दगियाँ भी क्या ऐसे ही पलक झपकते किसी शाम में विलीन नहीं हो जातीं जैसे इस बच्ची की व्यथा?

❑❑❑